16	3	2	13
5	10	11	8
9	6	7	12
4	15	14	1

J. W. GOETHE

FAUSTO

Primeira parte

Tradução de Jenny Klabin Segall
Apresentação, comentários e notas de Marcus Vinicius Mazzari
Edição de bolso com texto integral

editora■34

EDITORA 34

Editora 34 Ltda.
Rua Hungria, 592 Jardim Europa CEP 01455-000
São Paulo - SP Brasil Tel/Fax (11) 3811-6777 www.editora34.com.br

Copyright © Editora 34 Ltda., 2011
Tradução © Herdeiros de Jenny Klabin Segall, 1967, 2004
Apresentação, comentários e notas © Marcus Vinicius Mazzari, 2004

A FOTOCÓPIA DE QUALQUER FOLHA DESTE LIVRO É ILEGAL e configura uma apropriação indevida dos direitos intelectuais e patrimoniais do autor.

Edição conforme o Acordo Ortográfico da Língua Portuguesa.

Capa, projeto gráfico e editoração eletrônica:
Bracher & Malta Produção Gráfica

Revisão:
Alexandre Barbosa de Souza, Cide Piquet

1ª Edição - 2011, 2ª Edição - 2014, 3ª Edição - 2017,
4ª Edição - 2020, 5ª Edição - 2023

CIP - Brasil. Catalogação-na-Fonte
(Sindicato Nacional dos Editores de Livros, RJ, Brasil)

Goethe, Johann Wolfgang von, 1749-1832
G217f Fausto: uma tragédia — primeira parte / Johann Wolfgang von Goethe; tradução de Jenny Klabin Segall; apresentação, comentários e notas de Marcus Vinicius Mazzari. — São Paulo: Editora 34, 2023 (5ª Edição).
416 p.

Tradução de: Faust: eine Tragödie — Erster Teil

ISBN 978-85-7326-479-1

1. Literatura alemã - Séculos XVIII e XIX.
I. Segall, Jenny Klabin. II. Mazzari, Marcus Vinicius.
III. Título.

CDD - 981.03135

Sumário

Goethe e a história do Doutor Fausto:
do teatro de marionetes à literatura universal
Marcus Vinicius Mazzari 7

Fausto

Dedicatória 29
Prólogo no teatro 33
Prólogo no céu 45

Fausto: primeira parte da tragédia

Noite 57
Diante da porta da cidade 85
Quarto de trabalho 109
Quarto de trabalho 131
Na Taberna de Auerbach em Leipzig 167
A cozinha da bruxa 193
Rua 215
Crepúsculo 223
Passeio 231
A casa da vizinha 237
Rua 251
Jardim 257

Um caramanchão	271
Floresta e gruta	275
Quarto de Gretchen	287
Jardim de Marta	291
Na fonte	303
Diante dos muros fortificados da cidade	309
Noite	313
Catedral	325
Noite de Valpúrgis	331
Sonho da Noite de Valpúrgis *ou* As bodas de ouro de Oberon e Titânia	363
Dia sombrio — Campo	379
Noite — Campo aberto	385
Cárcere	387
Sobre o autor	406
Sobre a tradutora	410
Sobre o organizador	412

Goethe e a história do Doutor Fausto: do teatro de marionetes à literatura universal

Marcus Vinicius Mazzari

O assunto fáustico

No início do romance *Os anos de aprendizado de Wilhelm Meister*, mais precisamente entre o segundo e o oitavo capítulos do primeiro livro, Goethe oferece ao leitor uma caracterização extremamente vívida do entusiasmo que o herói nutria, quando criança, pelo teatro de marionetes. São passagens que se enraízam na infância do próprio autor, como testemunha o relato autobiográfico de *Poesia e verdade* sobre o significado que um presente de sua avó, no Natal de 1753, teve para o menino de quatro anos: "Numa noite de Natal, porém, ela coroou todas as suas bondades ao nos apresentar um teatro de bonecos e, com isso, criar um novo mundo na velha casa".

Sendo a história do Doutor Fausto peça fundamental no repertório dessa forma teatral, o primeiro contato de Goethe com o assunto da mais célebre de suas obras deu-se já na primeira infância. O contato lança sementes que não tardam a germinar, pois quando Goethe, por volta dos 22 anos de idade, começa a elaborar os seus primeiros trabalhos literários, ocorre-lhe — paralelamente à figura do líder camponês do século XVI Götz von Berlichingen, sobre o qual logo escreve e publica um drama — a personagem com que se deparara quando criança: "A significativa fábula do teatro de marionetes do outro [isto é, do Doutor Fausto] soava e reverberava em meu íntimo de múltiplas maneiras. Eu também havia me movimentado por todas as ciências e fora remetido suficientemente cedo à vanidade de tudo isso. Também havia feito muitas tentativas na vida e a cada vez voltado mais insatisfeito e torturado ao ponto de partida".

Várias décadas mais tarde — e cerca de 75 anos após o primeiro encontro com a "significativa fábula do teatro de marionetes" — dava Goethe, pouco antes da morte em março de 1832, as últimas pinceladas na segunda parte de seu *Fausto*, uma criação poética que, provavelmente mais do que qualquer outra da literatura universal, merece a designação "obra de vida", pois que acolheu em si as marcas pré-românticas do período "Tempestade e Ímpeto" (*Sturm und Drang*), os acordes harmoniosos do "Classicismo de Weimar", a depurada expressão simbólica e alegórica de sua velhice.

Antes, porém, de ingressar no repertório do teatro de marionetes (e de companhias teatrais que perambulavam pela Europa), a história do Doutor Fausto foi tomando corpo na tradição oral, ensejada pela lenda em torno de um homem que viveu na Alemanha aproximadamente entre os anos de 1470 e 1540. Os documentos mais antigos atribuem-lhe o nome de Georgius, mas posteriormente ele passa a ser mencionado também como Johann; já o aposto "Faustus" (o "feliz" ou "afortunado") representava, como era costume na época do Humanismo e da Reforma, o pseudônimo latino que os eruditos se atribuíam. Como muitos de seus contemporâneos — entre os quais se sobressai a figura do filósofo, médico e alquimista suíço Paracelsus (1493-1541) —, esse Fausto histórico teria inicialmente empenhado os seus esforços na conquista de um saber universal (Pansofia), realizando para isso vários cursos universitários: segundo algumas fontes, teria frequentado a Universidade de Heidelberg; segundo outras, a de Cracóvia, conhecida na época por seus cursos de magia, e a famosa Universidade de Wittenberg, berço do movimento luterano. Logo, porém, envereda inteiramente pelo charlatanismo e passa a percorrer a Alemanha apregoando serviços de magia e astrologia. Conquista os seus clientes não apenas em feiras populares, mas também, conforme registram documentos da época, entre pessoas de elevada posição social, como o bispo de Bamberg e o influente cavaleiro imperial Franz von Sickingen, que lhe pagam vultosas quantias por horóscopos. Lendas e superstições começam então a formar-se em torno de sua figura insólita e até mesmo em escritos de Lutero e Melanchthon encontram-se referências a uma aliança que esse famigerado doutor, frustrado com os resultados dos esforços humanos e cada vez mais obcecado pelo desejo de conhecimento e de novas descobertas, teria firmado com o diabo mediante assinatura com o próprio sangue.

É o motivo do "pacto demoníaco", de certo modo prefigurado na tentação a que Cristo é submetido no deserto ("Tudo isto te darei, se, prostrado, me adorares", *Mateus*, 4: 8-10), e já desenvolvido em algumas lendas medievais. A mais célebre destas, *Le miracle de Théophile*, constituiu-se no século IX e foi dramatizada cerca de quatro séculos depois pelo menestrel francês Rutebeuf: por ter sido preterido na eleição para bispo, Teófilo alia-se ao demônio assinando com sangue o documento em que lhe entrega a alma; com a ajuda do ser maligno torna-se então um bispo despótico, mas é conduzido ao arrependimento por Deus e finalmente salvo graças à intercessão de Maria.

Ao contrário, porém, do desfecho feliz desse "mistério" medieval, não é para a salvação religiosa que conflui a trajetória do pactuário alemão contemporâneo de Lutero e Paracelsus, tal como narrada numa obra anônima que aparece durante a Feira do Livro de Frankfurt no ano de 1587, acompanhada de um prefácio do editor protestante Johann Spiess. Como era costume na época, o título completo dessa narrativa, demasiado longo para ser reproduzido aqui, resume todo o enredo e vem introduzido pelas palavras: *Historia von D. Johann Fausten, dem weitbeschreyten Zauberer unnd Schwartzkünstler* [História do Doutor Johann Faustus, o amplamente falado feiticeiro e nigromante]. O seu impacto sobre o público contemporâneo se reflete nas dezessete edições que teve na Alemanha apenas nos dois primeiros anos e nas traduções que logo se fizeram para as principais línguas europeias. A figura do diabo já aparece sob o intrigante nome de "Mephostophiles", em que alguns eruditos pretendem enxergar uma etimologia grega ou hebraica significando "aquele que não ama a luz" ou "o destruidor do bem". Além desse espírito maligno, o livro popular de 1587 apresenta ainda outras personagens que também marcarão presença no *Fausto* goethiano, como o fâmulo Wagner, Helena de Troia e o Imperador (os dois últimos na segunda parte da tragédia). Recheada de anedotas e episódios burlescos, a *Historia* narra nos capítulos iniciais as origens de Fausto, seus estudos de teologia e medicina, suas invocações do demônio e o estabelecimento de um pacto, assinado com o próprio sangue, a estender-se por 24 anos — exatamente o mesmo período que o diabo concederá a Adrian Leverkühn, no *Doktor Faustus* de Thomas Mann, para realizar as geniais composições que culminam na cantata *Dr. Fausti Wehklag* ("Lamento do Doutor Fausto"). A segunda parte da *Historia* é dedicada às atividades do pactuário como astrólogo e às aventuras que "Mephostophiles", sob a condição de apoderar-se de sua alma após o prazo estipulado, lhe proporciona, como viagens por vários lugares do mundo e também incursões pelo Inferno e pelo Paraíso. A terceira parte mostra Fausto em situações farsescas, enquanto feiticeiro e praticante da magia negra, e relata por fim o seu arrependimento e lamentação, a que se segue a horrenda morte do pactuário, estrangulado pelo demônio.

Salpicada de peripécias inverossímeis e concebida ao mesmo tempo como advertência aos contemporâneos de uma época cada vez mais empenhada em "especular sobre os elementos" e expandir os limites do mundo, a *Historia* publicada pelo livreiro Spiess veio inaugurar a grande tradição literária fundamentada no motivo do "pacto com o demônio", em que se inserem poemas narrativos, tragédias, romances do porte do já mencionado *Doktor Faustus*, ou ainda *Grande sertão: veredas*, mas também uma pequena obra-prima como *A história maravilhosa de Peter Schlemihl*, de Adelbert von Chamisso. Na Alemanha, o livro popular de 1587 ensejou de imediato uma série de adaptações, destacando-se a de Georg Rudolf Widmann (1599), que por sua vez foi reelaborada em 1674 por Johann Nikolaus Pfitzer (talvez a obra mais consultada por Goethe, como revela a sua ficha de empréstimo na biblioteca de Weimar), e ainda a versão publicada anonimamente em 1725 por um autor que se dizia "intencionado pela fé cristã": *Das Faustbuch des Christlich Meynenden*.

Embora a lenda fáustica tenha encontrado intensa repercussão na Alemanha, foi contudo da Inglaterra que veio a sua primeira grande tematização literária, assinada pelo dramaturgo elisabetano Christopher Marlowe (1564-1593), contemporâneo de Shakespeare. Trata-se do drama *The Tragicall History of the Life and Death of Doctor Faustus* [A trágica história da vida e morte do Doutor Fausto], escrito em 1592 sob inspiração da tradução inglesa do livro popular de Johann Spiess, publicada neste mesmo ano com o título *The Historie of the Damnable Life, and Deserved Death of Doctor John Faustus* [A história da vida amaldiçoada e da merecida morte do Doutor João Fausto]. Goethe veio a ler a peça de Marlowe somente em 1818, em tradução do poeta Wilhelm Müller. No entanto, uma vez que já a partir do século XVII atores itinerantes ingleses começam a representá-la na Alemanha, a *Tragicall History* é logo incorporada por companhias teatrais alemãs e, por essa via, acaba fecundando também a "significativa fábula de marionetes" que tanto impressionara o menino Goethe. A intensidade dessa vivência infantil talvez possa ser mensurada pelo seguinte testemunho do genial aforista (e figura exponencial do Iluminismo alemão) Georg Christoph Lichtenberg, apenas sete anos mais velho do que Goethe: "Entre outras personagens, erigimos um monumento magnífico ao Doutor Fausto, pelo fato de o demônio, seis vezes por semana, vir buscá-lo na hora exata, em toda barraca de marionetes e em todas as feiras de Frankfurt".

Quando Goethe, portanto, se lançou em 1772 à redação do texto que veio a ser conhecido posteriormente como *Urfaust* ("Fausto original", "Proto-Fausto" ou, numa tradução algo livre, "Fausto zero"), ele estava recorrendo a um assunto que desde o século XVI circulava na tradição popular alemã, mas que naquela altura também já havia franqueado as fronteiras da expressão erudita, pois em 1759 G. E. Lessing, buscando fazer frente a concepções estéticas demasiado presas ao classicismo francês, publicara o fragmento dramático *Faust*.

Se a opção do jovem dramaturgo Goethe por um assunto tradicional pode ter sido em grande parte espontânea e intuitiva, meio século mais tarde, numa conversa registrada por Eckermann sob a data de 18 de setembro de 1823, ele advertia escritores iniciantes dos riscos de se aventurarem por "grandes invenções" poéticas: "Com um assunto já dado, ao contrário, tudo é diferente e mais fácil. São transmitidos então fatos e caracteres e o escritor tem apenas a tarefa de dar vida ao conjunto". Abstraindo do fato de que uma tal "tarefa" representa, mais uma vez, o "fácil" tão difícil de se fazer, pode-se dizer que todo o trabalho consciente do poeta com o assunto do Fausto obedece a dois princípios básicos: enquanto os "fatos e caracteres" promovem a reconstituição da realidade histórica e da atmosfera espiritual do século XVI, a vivificação do "conjunto" é tributária da própria época de Goethe, decorrendo portanto de concepções do século XVIII e, quanto ao *Fausto II*, dos primeiros decênios do século XIX.

A GÊNESE DO *FAUSTO* GOETHIANO

"O mais feliz dos homens", disse Goethe em certa ocasião, "é aquele que consegue ligar o fim de sua vida ao início." Lançando um arco entre o menino fascinado por teatro de marionetes e o ancião debruçado, ainda às vésperas da morte, sobre a segunda parte da tragédia, foi a longa convivência com a história do doutor pactuário que permitiu ao poeta atingir a meta que, na sua visão, seria a mais elevada a que pode aspirar a existência individual. Pois nada menos do que sessenta anos demandou a realização literária do tema "incubado" em Goethe já na infância, num ritmo que alternava períodos de intensa dedicação com outros de estagnação e afastamento.

A fase inicial na longa e intricada gênese dessa "obra de vida" começa, como mencionado acima, em 1772 e estende-se até 1775. Encontra-se então em pleno vigor a estética pré-romântica do movimento "Tempestade e Ímpeto" e Goethe escreve as cenas da tragédia em linguagem arrebatada e vigorosa, mais empenhado em conferir expressão poética às visões de seu gênio indômito do que em construir uma organização coerente do conjunto, em estabelecer a lógica do enredo. Quando em 1775 se estabelece definitivamente em Weimar, a convite do duque Karl August, leva consigo o manuscrito dessa primeira versão da tragédia e faz diversas leituras nos círculos da corte. Uma das ouvintes mais entusiasmadas, Luise von Göchhausen, pede o manuscrito emprestado e o copia integralmente, apenas censurando, mediante abreviações, uma referência que lhe pareceu pouco lisonjeira a Lutero e alguns outros termos não compatíveis com o seu senso de decoro. Tendo Goethe, alguns anos mais tarde, destruído os originais dessa versão juvenil, ela seria dada como perdida até o ano de 1887, quando o pesquisador Erich Schmidt encontra o texto copiado por aquela antiga dama da corte weimariana e o publica sob a designação de *Urfaust*.

Pelos onze anos subsequentes, Goethe não voltou a trabalhar nesse projeto literário, absorvido por atividades administrativas e pela dedicação crescente às ciências naturais. Contudo, não deixou em nenhum momento de acalentar o desejo de dar-lhe continuidade, de explorar as possibilidades dramáticas desse fragmento a cujo frescor primordial e "ações maravilhosamente urdidas" ninguém menos do que Bertolt Brecht, que o levou ao palco do Berliner Ensemble em 1952, rendeu tributo num breve texto intitulado "Intimidação pela classicidade".

Somente a partir de 1786, quando dá início à publicação sistemática de seus "Escritos" (*Schriften*), Goethe volta a defrontar-se seriamente com a tarefa de retomar o manuscrito dramático e concluí-lo. São feitos acréscimos à cena de abertura que se desenrola no gabinete de estudo de Fausto (contudo o momento do pacto com Mefistófeles ainda não é redigido), a cena "Na Taberna de Auerbach", escrita originalmente em prosa, é versificada e surgem duas novas cenas ("Na cozinha da bruxa" e "Floresta e gruta") durante a viagem italiana de Goethe, entre setembro de

1786 e abril de 1788. No entanto, os esforços ainda não são suficientes para a conclusão da obra e em 1790 é publicado, no oitavo volume de seus "Escritos", junto a dois outros textos de pouca relevância, *Faust. Ein Fragment*, o qual se interrompe imediatamente após a cena "Catedral". Faltavam ainda, ao lado de passagens tão importantes como o pacto, todo o complexo da "Noite de Valpúrgis" e o desfecho da tragédia de Gretchen (Margarida), que culmina na grandiosa cena "Cárcere" (já presente no *Urfaust*, mas numa versão em prosa).

Após a publicação desse *Fragmento* o trabalho fica suspenso por mais alguns anos. A retomada do manuscrito em 1797 se deve sobretudo ao incentivo de Friedrich Schiller, cuja presença já havia sido decisiva para a conclusão e publicação, dois anos antes, do romance *Os anos de aprendizado de Wilhelm Meister*. A 2 de dezembro de 1794, respondendo a uma carta em que Schiller se referia aos fragmentos do *Fausto* como "torso de Hércules" e manifestava o desejo de ler novos trechos, Goethe escreve-lhe: "Do *Fausto* nada posso comunicar no momento. Não ouso desatar o embrulho que o mantém preso. Eu não poderia copiar sem desenvolvê-lo e, para isso, não me sinto com coragem. Se alguma coisa no futuro me levar a isso, então será certamente o seu interesse".

Entretanto, dois anos e meio mais tarde, imbuído agora da "coragem" que então lhe faltava, Goethe comunica ao amigo a retomada do projeto ("decidi-me a entrar de novo no meu *Fausto* e, se não concluí-lo, pelo menos levá-lo adiante um bom pedaço") e envia-lhe o manuscrito acompanhado de um pedido: "Mas agora eu gostaria que tivesse a bondade de refletir sobre a coisa numa noite de insônia, me expusesse as exigências que teria a fazer ao conjunto e, como um verdadeiro profeta, me contasse e interpretasse os meus próprios sonhos".

Inaugura-se assim uma nova fase de trabalho, a qual se estende até 1806: Goethe reelabora cenas já existentes e faz-lhes vários acréscimos (finalmente molda o pacto — ou antes a insólita "aposta" entre Fausto e Mefistófeles), redige a extensa "Noite de Valpúrgis" assim como o seu *Intermezzo* ("As bodas de ouro de Oberon e Titânia"), transpõe para versos a prosa original da cena "Cárcere", que se constitui então em efetivo contraponto ao "cárcere" figurado que aprisiona Fausto no início da peça. Também escreve, além da "Dedicatória" e do "Prólogo no teatro" (com a disputa entre o diretor, o poeta e o bufo), o extraordinário "Prólogo no céu", emoldurando não apenas o pacto firmado na segunda cena "Quarto de trabalho", mas também todos os desdobramentos que conferem à tragédia fáustica, em suas duas partes, o estatuto de "drama da humanidade". Pois um dos princípios classicistas que norteiam o trabalho de Goethe a partir de então é justamente o de elevar a sua personagem à condição de representante do gênero humano, conferir-lhe a dimensão universal que torna essa obra uma das mais citadas por escritores de todas as literaturas, como por exemplo Machado de Assis no conto "A igreja do diabo" (apenas uma de suas várias referências à tragédia goethiana), quando faz o seu "espírito que nega" procurar Deus para lançar-lhe um desafio: "Não venho pelo vosso servo Fausto, respondeu o Diabo rindo, mas por todos os Faustos do século e dos séculos".

O diário de Goethe traz indicações precisas sobre a conclusão desse projeto literário que, desenvolvido ao longo de mais de três décadas, mesclou fecundamente a estética do Classicismo de Weimar com os traços pré-românticos do movimento "Tempestade e Ímpeto". No dia 13 de abril de 1806, Goethe anotava em seu diário o encerramento dos seus trabalhos na tragédia e doze dias depois: "Últimos arranjos no *Fausto* para a impressão". Em seguida entrega o manuscrito a Johann Cotta, conhecido então como o "editor dos clássicos", mas as atribulações acarretadas pela invasão das tropas napoleônicas frustram a sua publicação imediata. Somente em 1808, durante a feira de livros da Páscoa, a obra chega ao público com o título *Fausto: uma tragédia — Primeira parte*, exatamente o texto que se apresenta neste volume em tradução de Jenny Klabin Segall.

Tragédia do conhecimento e tragédia amorosa

Embora tivesse recorrido a um "assunto já dado", a "fatos e caracteres" legados pela tradição, Goethe criou uma obra tão original quanto "incomensurável" (termo que sempre lhe foi muito caro), fazendo plena justiça às palavras com que, no mencionado conto "A igreja do diabo", Deus rechaça os capciosos argumentos do Mefistófeles machadiano: "Tudo o que dizes ou digas está dito e redito pelos moralistas do mundo. É assunto gasto; e se não tens força, nem originalidade para renovar um assunto gasto, melhor é que te cales e te retires".

Nas duas principais linhas de ação que constituem o *Fausto I* o leitor poderá observar a "força" e a "originalidade" com que Goethe renovou o velho assunto do pactuário alemão. Em primeiro lugar, na chamada "tragédia do erudito", que toma uma surpreendente inflexão com a aposta selada, na segunda cena "Quarto de trabalho", sob condições por assim dizer inauditas, que redimensionam todo o legado da tradição — marca, aliás, da grande criação artística, como mostram ainda os mencionados romances de Thomas Mann e Guimarães Rosa, em que a encenação literária do pacto demoníaco também se apresenta sob condições inteiramente originais. Em seguida, na "tragédia de Gretchen" que, entretecida com grande maestria ao motivo do pacto, isto é, à esfera mefistofélica, vem desembocar em opróbrio, infanticídio e execução pública.

A inspiração para este desenvolvimento dramático, o qual confere ao *Fausto I* também o estatuto de tragédia amorosa, não veio do livro popular de 1587. Neste, a temática erótica articula-se em torno de Helena de Troia, com quem Fausto, tomado de "apetite por carne feminina", se une e gera um filho que recebe o nome de Justus. (Vale lembrar que, já por volta de 1800, Goethe começou a trabalhar num complexo temático centrado na figura de Helena, mas só pôde integrá-lo no terceiro ato do *Fausto II*.) Apenas a versão de Pfitzer (1674) e a do autor "intencionado pela fé cristã" (1725) falam do amor de Fausto por "uma criada bela mas pobre". Trata-se, contudo, de uma referência demasiado periférica para que possa ser vista como inspiração para a "tragédia de Margarida". Pouco convincentes mostram-se igualmente as posições teóricas que vislumbram nesse eixo dramático a sublimação estética de um possível remorso de Goethe advindo do seu relacionamento juvenil com Friederike Brion, como no seguinte passo de um texto (no mais, bastante elucidativo) de Otto Maria Carpeaux sobre o *Fausto*: "Escrevendo a tragédia de Margarida, Goethe se livrou de um complexo de culpa. Seu primeiro amor fora Friederike Brion, filha de um pastor protestante na Alsácia, perto de Estrasburgo, onde Goethe estudava na Universidade. Amou-a muito; mas, já consciente de sua vocação, não conseguiu encerrar-se no estreito mundo provinciano da moça. Abandonou-a. Acreditava ter arruinado a vida dela".

Muito mais relevante para a concepção da "tragédia de Gretchen" parece ter sido um acontecimento que agitou toda a cidade de Frankfurt no ano de 1772, referido pelo próprio poeta em sua autobiografia *Poesia e verdade*: a execução, no dia 14 de janeiro, da infanticida Susanna Margaretha Brandt, uma moça de 25 anos que, abandonada pelo homem que a engravidara, acaba assassinando o filho logo após o parto — "por sugestão do demônio", como declara durante o interrogatório. Por várias circunstâncias, o jovem jurista Goethe pôde acompanhar intimamente o desenrolar do processo (inclusive com acesso aos autos e protocolos), e é bem provável que o impulso decisivo para a elaboração do *Urfaust* tenha nascido sob o impacto da execução dessa "Gretchen" apenas três anos mais velha do que o poeta.

Este não foi, contudo, o único caso de infanticídio ligado à biografia de Goethe, pois posteriormente, durante suas atividades administrativas no ducado de Weimar, ele se viu confrontado algumas vezes com crimes semelhantes. O caso mais célebre (e até hoje controverso) diz respeito à jovem Anna Katharina Höhn, que no dia 11 de abril de 1783 assassinou o filho recém-nascido. Na condição de membro, ao lado de dois outros colegas, do Concílio Secreto de Weimar, Goethe teve de posicionar-se por escrito em relação à sentença de morte proferida por um júri popular e o seu parecer foi no sentido da manutenção da morte por decapitação, que lhe pareceu então a mais "humana" das alternativas possíveis. Se é possível dizer que o jurista votou diferentemente do dramaturgo, então repetiu-se mais uma vez a velha contradição entre consciência ideológica e poesia, expressa com inexcedível beleza no canto V do *Inferno* dantesco, quando Paolo e Francesca, os amantes condenados pela doutrina católica de Dante, são ao mesmo tempo redimidos de maneira sublime pelo poder da poesia. Se como jurista Goethe não pôde esquivar-se de assinar a sentença de morte contra uma moça infanticida, por outro lado conferiu expressão trágica e sublime, como talvez nenhum outro poeta antes ou depois, à história de uma "operária" — pois é da roca de fiar (e não de elevada posição social ou mesmo do alto de um trono, como em muitas tragédias clássicas) que Gretchen vem cair sobre o patíbulo. Assim, com a criação de uma das mais pungentes personagens femininas da literatura mundial, Goethe advoga a causa de uma criatura constrangida pela sociedade e pela lei dos homens à ignomínia, à loucura e à morte.

Visão semelhante expressou Bertolt Brecht por ocasião de uma leitura do *Urfaust*, ao anotar em seu *Diário de trabalho*, em relação à cena "Catedral" (em que o desespero da moça chega ao paroxismo), que não seria difícil "encená-la como espécie de execução espiritual e física de Gretchen, levada a cabo pela Igreja, e sobretudo como execução moral, já que ela é incitada aqui ao homicídio". Contudo, ao contrário do desfecho sombrio que o jovem Goethe deu à concepção original da tragédia, na versão do *Fausto I* a palavra final na história de Margarida fica com a "voz do alto" que proclama a sua absolvição. O que não foi possível ao ministro Goethe, aqui se realiza com os meios mais elevados da poesia.

Desdobramentos fáusticos: a segunda parte da tragédia, a tradução de Jenny Klabin Segall e a presente edição

Em seu prefácio à segunda edição do *Fausto I* (1949), Sérgio Buarque de Holanda fechava os seus comentários elogiosos ao trabalho de Jenny Klabin Segall com a expectativa de que também a segunda parte da tragédia pudesse ser logo oferecida ao leitor brasileiro em tradução igualmente conscienciosa. Pouco depois Augusto Meyer, num texto escrito com a argúcia de sempre, reiterava essa expectativa e buscava demonstrar a superioridade da tradução de Jenny Segall, na primeira versão publicada em 1943, sobre as portuguesas de Agostinho D'Ornellas (1867) e de Antonio Feliciano de Castilho (1872). É certo que Meyer constatava também que a fidelidade rigorosa ao original alemão acarretava por vezes uma certa "dureza" em algumas passagens daquela primeira versão (que aliás a tradutora alterou substancialmente, acolhendo valiosas sugestões do próprio Meyer e de outros leitores, como Ernst Feder). Compensando, porém, o "cascalho" que assomava aqui e ali como tributo cobrado pela fidelidade (obrigando a tradutora "a uma torsão da linguagem fluente, a requintes de arcaísmo ou de termos desusados"), Meyer ressaltava a larga predominância dos momentos em que "a tradutora consegue reproduzir, além do sentido profundo, a sugestão de harmonia que há na contextura poética do original", concluindo então que "já não terá sido em vão o seu esforço".

Em vão, felizmente, também não foram as expectativas de Sérgio Buarque de Holanda, Augusto Meyer e de todos os que ansiavam pelo prosseguimento do trabalho de Jenny Segall, pois pouco antes de sua morte em 1967 concluía ela a tradução integral da segunda parte da tragédia, coroando uma dedicação de muitos anos ao *Fausto* goethiano.

Embora o texto que se apresenta ao leitor brasileiro neste volume (a primeira parte da tragédia) possa e deva ser visto como obra autônoma, para uma compreensão mais profunda e acabada muito contribuiria a leitura do *Fausto II*, em que Goethe também trabalhou até pouco antes da morte e, por sua vontade expressa, só foi publicado postumamente. E isso não apenas porque essa segunda parte, em seu quinto e último ato, descortinará aos olhos do leitor tanto o desfecho da aposta selada entre Fausto e Mefistófeles como o cumprimento da promessa feita por Deus, no "Prólogo no céu", em seu magnífico diálogo com o "espírito que nega": "Que o homem de bem, na aspiração que, obscura, o anima,/ Da trilha certa se acha sempre a par". Personagens como o fâmulo Wagner ou o estudante a quem Mefistófeles, na segunda cena "Quarto de trabalho", apresenta a sua impagável sátira do ensino universitário também reaparecerão, sensivelmente transformados: Wagner agora como professor e o estudante como o *baccalaureus* que ressurge com as palavras "Mas diferente eu estou aqui". E sobretudo Gretchen terá a sua aparição epifânica na derradeira cena da segunda parte, pronunciando versos de extraordinária beleza, que aludem à trágica história desenrolada anteriormente, mas ao mesmo tempo tornando plástica a promessa de redenção que soa no final do *Fausto I*. Uma série, portanto, de repetições e correspondências, de polaridades e intensificações — fenômenos literários que constituem a incomensurabilidade dessa obra goethiana, com a sua densa rede de imagens, símbolos e alegorias, assim como de referências antecipatórias e retrospectivas, que o *Fausto II* desdobrará plenamente aos olhos do leitor.

Embora complementares, as duas partes da tragédia apresentam diferenças consideráveis, e numa conversa com Eckermann, registrada sob a data de 17 de fevereiro de 1831, o próprio Goethe as caracterizou da seguinte maneira: "A primeira parte é quase inteiramente subjetiva. Tudo adveio aí de um indivíduo mais perturbado e apaixonado, num estado de semiobscuridade que até pode fazer bem aos homens. Mas, na segunda parte, quase nada é subjetivo, aqui aparece um mundo mais elevado, mais largo e luminoso, menos apaixonado, e quem não tenha se movimentado um pouco por conta própria e vivenciado alguma coisa, não saberá o que fazer com ela". Depois, portanto, do *piccolo mondo* do *Fausto I*, se descortinará o "grande mundo" que Mefistófeles promete igualmente ao doutor antes de iniciarem as suas aventuras: "Ver o pequeno mundo, e o grande, eis o mister".

Estas palavras valem certamente também para o leitor brasileiro, convidando-o a não perder de vista a personagem que Goethe carregou consigo, "como um íntimo conto de fadas", por setenta e cinco anos de sua longa vida (e sessenta de atividade literária), mas que esteja pronto a acompanhá-la, conduzido pela tradução de Jenny Segall, pelo "grande mundo" da segunda parte. Ele se deslocará assim de uma acanhada cidade medieval (e de um sufocante e embolorado quarto "gótico") para a ampla Corte Imperial do *Fausto II*, da sombria região do Harz e do Monte Brocken, onde tem lugar a "Noite de Valpúrgis" nórdica, às harmoniosas regiões da Hélade com a sua "Noite de Valpúrgis clássica", do escuro cárcere de Margarida ao luminoso céu em que Fausto ingressa por fim na esfera do "Eterno-feminino".

Nas belíssimas cartas que escreveu na velhice, Goethe procurou elucidar algumas vezes os princípios estéticos que nortearam o seu trabalho no *Fausto*. Numa longa carta dirigida a Carl J. L. Iken no dia 27 de setembro de 1827 encontra-se a seguinte formulação: "Como muita coisa em nossa experiência não pode ser pronunciada de forma acabada e nem comunicada diretamente, há muito tempo elegi o procedimento de revelar o sentido mais profundo ao leitor atento por meio de configurações que se contrapõem umas às outras e ao mesmo tempo se espelham umas nas outras. Como tudo a que dei expressão se fundamenta em experiência de vida, posso certamente sugerir e esperar que as minhas criações poéticas sejam por sua vez efetivamente vivenciadas". E aos seus amigos Heinrich Meyer e Johann Sulpiz Boisserée (este 34 anos mais jovem) escrevia, em julho e setembro de 1831, manifestando a esperança de que o leitor sensível a "gestos, acenos e leves alusões" pudesse encontrar no *Fausto* muito mais do que o autor fora capaz de oferecer. Se essa esperança se fundamenta na convicção de que novas experiências e vivências podem muitas vezes descortinar uma perspectiva inédita de leitura, então atualiza-se aqui para o leitor brasileiro a possibilidade de descobrir no texto goethiano dimensões que, constituídas por imagens contrapostas e ao mesmo tempo mutuamente especulares, poderão levá-lo muito além do que foi buscado conscientemente pelo poeta.

O leitor terá em mãos uma tradução em que a fidelidade ao "sentido profundo" do original (como observou Augusto Meyer) encontra-se sempre conjugada ao esforço de reproduzir a métrica, a disposição de rimas, o ritmo e inclusive o mesmo número de versos elaborados por Goethe. Nesse sentido, cumpriria dizer ainda, a respeito desta nova edição, que se procurou reconstituir a última versão do texto preparado por Jenny Klabin Segall, corrigindo-se as distrações e os equívocos (alguns incrivelmente grosseiros) que se foram acumulando com as reedições lançadas desde a sua morte em 1967. Evidentemente, essa reconstituição não interferiu em nenhum momento no texto visado pela tradutora; apenas quando uma ou outra formulação se afasta, numa "torsão da linguagem fluente", do sentido do original, sobrecarregando em grau maior a compreensão do leitor, buscou-se apresentar em nota uma tradução mais literal, sem as exigências formais que distinguem o trabalho de Jenny Segall. Incorreções na estruturação de estrofes, na disposição gráfica de versos ou fragmentos de versos, em rubricas e indicações cênicas também foram corrigidas mediante o cotejo com os textos preparados por Erich Trunz (a conceituada edição de Hamburgo) e, sobretudo, por Albrecht Schöne, na extraordinária edição publicada em 1999 pela Deutscher Klassiker Verlag [Editora dos Clássicos Alemães].

Essas duas obras constituem também a principal fonte para os comentários e notas que acompanham a presente tradução brasileira. Foram consultadas ainda várias outras fontes (enciclopédias gerais e literárias, histórias da literatura alemã etc.) e entre estas valeria mencionar o volume *Goethes Faust. Erster und Zweiter Teil. Grundlagen. Werk. Wirkung* [O *Fausto* de Goethe. Primeira e Segunda Parte. Fundamentos. Obra. Efeito], publicado em 2001 por Jochen Schmidt; o *Goethe. Lexikon* (1998), de Gero von Wilpert; e o *Goethe. Handbuch (Dramen)*, editado em 1996 por Theo Buck. Mas a menção central é devida à edição crítica e comentada de Albrecht Schöne, fruto de décadas de dedicação intensiva à obra goethiana e enriquecida com as pesquisas desenvolvidas por sua equipe de colaboradores. É dessa obra, expressivo marco na filologia alemã sobre o *Fausto*, que provém a maioria das notas que se apresentam aqui ao leitor brasileiro.

Mais do que desfilar informações e dados pitorescos sobre uma criação literária, a elaboração de notas e comentários deve ter sempre o intuito primeiro de proporcionar ao leitor uma fruição estética mais intensa, oferecer-lhe subsídios para adensar a sua postura crítica em face do texto. Não foi outra a motivação para o trabalho desenvolvido em torno desta tradução, empenhado em descortinar ao leitor brasileiro novas vias de acesso a uma das obras mais significativas da "literatura universal". Termo, aliás, cunhado pelo próprio Goethe durante a última fase de sua vida, enquanto redigia o romance *Os anos de peregrinação de Wilhelm Meister* e avançava na conclusão do *Fausto II*: "Literatura nacional não quer dizer muita coisa agora; chegou a época da literatura universal (*Weltliteratur*) e cada um deve atuar no sentido de acelerar essa época", conforme dizia a Eckermann no dia 31 de janeiro de 1827.

Na visão profundamente humanista do velho poeta, "literatura universal" não significava um cânone das criações mais extraordinárias, e por assim dizer "atemporais" ou "eternas", das várias literaturas nacionais, e, muito menos, uma soma meramente quantitativa de obras literárias de todas as culturas e épocas. Significava antes um conceito dinâmico de intercâmbio artístico, espiritual e intelectual entre as nações, correspondente à aceleração, no século XIX, do avanço tecnológico, do comércio internacional, dos meios de comunicação. Avesso a toda forma de nacionalismo (assim como à celebração do mero desenvolvimento técnico e material de uma era "velocífera"), Goethe sempre procurou associar o conceito de literatura universal ao processo de uma crescente aproximação e compreensão entre os povos — "e, mesmo que estes não possam se gostar entre si, que ao menos aprendam a se tolerar uns aos outros". Atribuía ao trabalho de tradução um papel fundamental na constituição da literatura universal e, nessa perspectiva, seria plenamente legítimo homenagear a longa dedicação de Jenny Klabin Segall a esta obra magna com palavras goethianas que enaltecem tal ofício de promover o contato e o enriquecimento mútuo entre os povos e as culturas: "E assim deve ser visto o tradutor, já que se empenha enquanto mediador nesse amplo comércio espiritual e toma a si a incumbência de fomentar o intercâmbio. Pois não importa o que se possa dizer das insuficiências da tradução, esta é e permanecerá um dos negócios mais importantes e dignos na movimentação geral do mundo".

FAUSTO

Dedicatória

Segundo um breve registro de Goethe em seu diário, esta "Dedicatória" (*Zueignung*, em alemão) foi redigida no dia 24 de junho de 1797. O poema estrutura-se em "estâncias" (a "oitava rima" utilizada por Ariosto, Tasso e Camões em suas epopeias) com o esquema rímico *ab* repetindo-se três vezes e desembocando no par *cc* do sétimo e oitavo versos.

Como Goethe começou a trabalhar no projeto do *Fausto* por volta de 1772, essas quatro estrofes do primeiro prólogo não assinalam nem o estágio inicial do trabalho nem o conclusivo, mas sim o momento em que retomou o manuscrito, o que se deu em grande parte graças ao incentivo de Friedrich Schiller.

Em sua "Dedicatória", o poeta dirige-se às ressurgentes "trêmulas visões" (no original, *schwankende Gestalten*) das partes iniciais da tragédia (as personagens que ainda não adquiriram forma mais consistente), evoca pessoas queridas que conheceram as primeiras cenas — como sua irmã Cornélia, falecida em 1777 aos 27 anos de idade, a pietista Susanna Katharina von Klettenberg, que o introduziu no estudo da Pansofia, e amigos como Jakob M. R. Lenz (1751-1792), antigo companheiro do movimento "Tempestade e Ímpeto" — e apresenta-se a si mesmo como "harpa eólica" de cujas cordas o vento extrai "indecisos tons", uma vez que se sente tocado pelas figuras oscilantes que assomam "do fumo e da neblina". [M.V.M.]

Tornais, vós, trêmulas visões, que outrora[1]
Surgiram já à lânguida retina.
Tenta reter-vos minha musa agora?
Inda minha alma a essa ilusão se inclina?
À roda afluis! reinai, então, nesta hora
Em que assomais do fumo e da neblina;
Torna a fremir meu peito com o bafejo
Que vos envolve em mágica o cortejo.

Trazeis imagens de horas juvenis,
Sombras queridas vagam no recinto;
Amores, amizades, ressurgis
Do olvido como um conto meio extinto;
Renasce a dor, que em seus lamentos diz
Da vida o estranho, errante labirinto.
Evoca os bons que a sorte tem frustrado,
E antes de mim, à luz arrebatado.

Meus novos cantos já não ouvirão
Os que me ouviram os primeiros versos;
Desfeito, ah! se acha o grupo amigo, irmão,
Ecos de outrora estão no nada imersos.
Meu canto soa à ignota multidão,
Seu próprio aplauso ecoa em sons adversos,[2]
E o mais, que a minha lira amara, erra,
Se vivo for, esparso sobre a terra.

---

[1] Machado de Assis, que em todos os romances de maturidade faz alusões ao *Fausto*, evoca este verso, no segundo capítulo de *Dom Casmurro*, com uma tradução algo livre: "Aí vindes outra vez, inquietas sombras...".

[2] Literalmente: "O seu próprio aplauso causa medo ao meu coração".

E de um remoto anelo o grave encanto 25
Àquele reino de visões me acena;
Vibra, ora, em indecisos tons meu canto,
Qual da harpa eólia a murmurante pena;
Sinto um tremor, segue-se o pranto ao pranto,[3]
A rígida alma abranda-se e serena; 30
O que possuo vejo ao longe, estranho,
E real me surge o que se foi antanho.[4]

---

[3] O original diz: "lágrima segue-se às lágrimas". Erich Trunz observa quanto a este verso que o motivo da lágrima designa com frequência, na obra de Goethe, não apenas um abalo íntimo, mas também a passagem para uma nova solução mediante o tremor. Assim o poeta se reencontra aqui com uma criação profundamente enraizada em seu íntimo, mas da qual sua consciência estivera afastada por largo tempo.

[4] No original, literalmente: "E o que desapareceu, converte-se para mim em realidade".

Prólogo no teatro

Este segundo texto introdutório ao *Fausto* foi redigido provavelmente na segunda metade do ano de 1798. Em grande parte o poeta fala aqui, como na "Dedicatória", em estâncias e rememora igualmente a fase de concepção da obra. Já as duas outras personagens do "Prólogo no teatro" valem-se de uma forma poética mais livre, os chamados "versos madrigais". Às concepções estéticas do poeta, que giram em torno da autonomia da obra literária ("Nasce o que brilha para o já;/ Para o porvir, o que é real viverá"), contrapõe-se o diretor com argumentos pragmáticos e financeiros. Já o ator, representado na figura do "bufo" (*lustige Person*, no original, "personagem cômica"), tenta mediar entre as duas posições antagônicas. Goethe, que por muitos anos exerceu a função de diretor de teatro e também atuou como ator em seus primeiros tempos de Weimar, conhecia por dentro essas três perspectivas, embora não se possa afirmar evidentemente que esteja expressando, de maneira direta, suas próprias convicções mediante as figuras tipificadas do diretor, do poeta e do bufo.

Foi de um antigo drama da literatura hindu, *Sakuntala: drama em sete atos e um prólogo*, de autoria de Kālidāsa (que viveu entre os séculos IV e V), que Goethe extraiu a ideia para a concepção desta peça introdutória com os seus três tipos. O significado do "Prólogo no teatro" para as duas partes da tragédia é comentado pelo diretor teatral e ator Gustav Gründgens (1899-1963), um dos maiores intérpretes de Mefistófeles, nos seguintes termos: "Nesse prelúdio e com esse prelúdio, Goethe nos dispensa de uma vez por todas da obrigação de fazer os espectadores acreditarem que o seu céu seja *o* céu, que o seu Palatinado seja *o* Palatinado, que a sua Grécia seja *a* Grécia. Não, tudo isso — o céu, o inferno, o pequeno mundo, o grande mundo — tudo isso é o mundo do teatro". [M.V.M.]

(O diretor. O poeta-teatral. O bufo)

O DIRETOR

> Vós dois, que em miséria e em tristeza
> Tanta vez me assististes, leais,
> Em terra alemã, de nossa empresa, 35
> Dizei-me, agora, que esperais?
> Quisera eu agradar à multidão,
> Que faz, vivendo, com que a gente viva.
> Postes e tábuas já de pé estão;
> Cada um, da festa, sente a expectativa. 40
> Sentados, já, arregalado o olhar,
> Esperam ver sucessos de espantar.
> Sei o que ao ânimo da turba apraz;
> Mas, nunca estive em embaraços tais;
> Do que é bom o hábito não têm, aliás! 45
> Contudo, leram muito, por demais.
> Como fazer com que haja novidade
> Em tudo, e que também tenha substância e agrade?
> Porque, decerto, estimo ver o povo,
> Quando se arroja ao nosso barracão 50
> E, aos empurrões, com arranco sempre novo,
> Da entrada força o estreito vão;[1]

---

[1] No original, o diretor diz "entrada" ou "porta" (*Pforte*) da "graça" (*Gnade*). Como observa Erich Trunz, trata-se de uma imagem frequente na linguagem religiosa da época, derivada do *Evangelho de São Mateus* (7: 13): "Entrai pela porta estreita, porque largo e espaçoso é o caminho que conduz à perdição", que Goethe transplanta aqui para a esfera profana.

Em pleno dia, antes das quatro,[2]
Como a clamar por pão, velhos e moços,
Por um bilhete, no saguão do teatro, 55
Por pouco não deslocam os pescoços.
Esse milagre, em turba tal, consigo
Com a obra só do poeta; oh! faze-o hoje, amigo!

O POETA

Oh! não me fales da vã multidão[3]
Cuja presença o gênio nos desgasta. 60
Deixa-me oculta a humana flutuação
Que, ao seu remoinho, à força nos arrasta.
Não! leva-me à alma, espiritual mansão,[4]
Em que só o poeta haure alegria casta
E a amizade, o amor, com mão celeste, 65
Fomentam bens de que a alma se reveste.

Ah! o que do imo peito tem surgido,
O que assoprara o lábio vacilante,

---

[2] Cerca de duas horas antes do início do espetáculo, que no Teatro de Weimar começava às 17h30 ou 18 horas.

[3] Abrindo o seu discurso idealista e intransigente, o poeta faz ressoar o célebre verso de Horácio (*Odes*, Livro III, 1, 1): *Odi profanum vulgus et arceo* ("Odeio o vulgo profano e afasto-o", na tradução de Paulo Rónai).

[4] Aqui a tradutora provavelmente emprega "alma" como adjetivo, feminino de "almo": nutridor, benigno, vivificante. No original, o poeta fala em "sereno canto celeste", isto é, a esfera em que lhe floresce a alegria pura e casta. Na cena "Sala vasta", no *Fausto II*, o Mancebo-Guia, encarnação alegórica da Poesia, será remetido também a essa mesma esfera da criação artística: a solidão (v. 5.696).

Ora ainda falho, ora bem-sucedido,
Traga a violência do impetuoso instante.⁵ 70
Só após ter os anos transcendido,
Reaparece em perfeição radiante.
Nasce o que brilha apenas para o já;
Para o porvir, o que é real viverá.⁶

O BUFO

Do porvir, oxalá já nada ouvisse; 75
Se, com o porvir, também eu me embaísse,
À gente de hoje quem daria algum recreio?
É ao que ela aspira, e deve tê-lo,
O dia de hoje e o seu urgente apelo
Vale também algo, ao que creio. 80
O humor do povo já não incomoda
A quem com jeito se transmite e fala;
Até deseja grande roda,⁷
Para com mais força abalá-la.
Tende, pois, juízo e graça, como eu disse, 85
Da fantasia armai o vasto coro,

---

⁵ "Traga" no indicativo presente do verbo "tragar" (e não no subjuntivo presente de "trazer"): aquilo que surgira do peito profundo, do lábio vacilante, é engolido, tragado pela "violência do impetuoso instante".

⁶ Enquanto o que brilha nasce apenas para o momento presente (o "já"), o autêntico, como diz literalmente este verso, não se perderá para a posteridade.

⁷ "Roda" no sentido de "círculo" (*Kreis*): aquele que sabe comunicar-se com jeito deseja um grande círculo de leitores ou espectadores para, como diz o verso seguinte, abalá-lo com mais força.

Tino, emoções, paixão, sorrisos, choro,
Mas que não faltem chistes e doidice.

O DIRETOR

E muita ação! é o que mais se requer!
Vem ver a gente, e ver muito é o que quer. 90
Se apresentardes quantidade à vista,
Para que se encha a multidão de pasmo,
Fareis também de muitos a conquista:
Amar-vos-ão com entusiasmo.
A massa só se empolga pela massa, 95
Cada um escolhe uma parcela assim;
Dai muito, a cada um dando algo que o satisfaça,
E gratos todos saem no fim.
Dais uma peça? é dá-la logo em peças![8]
Não falhareis numa iguaria dessas; 100
Tão fácil é inventar quão exibir o engodo.
De que vos serve apresentar um todo?
O público o esfrangalha mesmo, às pressas.

O POETA

E não sentis quão torpe é tal ofício?
Quão pouco digno é do genuíno artista? 105

---

[8] Para escândalo do poeta, as palavras do diretor contrariam frontalmente a concepção classicista da obra de arte como uma formação orgânica, coesa, fechada e completa em si mesma. "Iguaria", no verso seguinte, corresponde no original a *Ragout*, um ensopado com pedaços de carne, legumes variados e molho farto.

Vejo que da ralé o mísero artifício,
Convosco, como axioma se regista.⁹

O DIRETOR

Tal repreensão pouco me ofende:
Quem o êxito maior pretende,
Escolhe os instrumentos; é só ver 110
Quão mole é a lenha que deveis fender.
Pensai: escreveis para quem?
Se enfado impele a esse, outro vem
Da lauta ceia, farto por demais;
Pior que tudo, acho, porém, 115
Mais de um vir da leitura dos jornais.
Acodem cá, tal como às mascaradas,
Curiosidade, só, aguça-lhes o intuito;
Exibem-se à plateia as damas adornadas,
Dando espetáculo gratuito. 120
Que sonhas, poeta? do alto, a quem acenas?
A sala cheia a júbilo te induz?
Olha de perto os tais Mecenas!
São semifrios, semicrus.
Corre esse, findo o teatro, ao jogo de baralho, 125
A amores vis, aquele, e a excitações confusas;
Convém por tal, pobre paspalho,
Atormentar as meigas Musas?

---

⁹ Indignado, o poeta diz aqui que a fancaria, o trabalho malfeito (*Pfuscherei*) de senhores distintos e asseados (*saubern Herren*, em sentido irônico) já vale como máxima para o diretor (ou se registra como "axioma").

Eu digo-vos, dai mais, dai mais, e sempre mais,
E nunca haveis de errar o intento; 130
Basta que os homens aturdais,
Árduo é lidar a seu contento...[10]
Que te acomete? é êxtase, ou é dor?

O POETA

Vai-te e procura um outro servidor!
Deve o poeta esbanjar seu máximo direito 135
E dom da natureza, o inato humano alento,
Criminalmente, em teu proveito?
Com que comove ele a alma em todo peito?
Com que governa qualquer elemento?
Não é com o uníssono que, do Eu emerso, 140
Dentro do coração lhe rebate o universo?
Quando, indolente, a natureza enlaça
O eterno, imenso fio sobre o fuso;
Quando, da vida toda, a discordante massa
Ressoa num vibrar morno e confuso; 145
Quem parte a enfiada fluente e sempre igual,
Para que ondule em rítmica onda nova?
Quem chama o avulso à sagração geral,
Onde em magníficos acordes trova?
Quem faz tempestuar paixões febris? 150
Em rubros tons abrasa a madrugada?

---

[10] Literalmente: "Satisfazê-los [a tais homens que o diretor do teatro concebe como público] é difícil...".

Quem lança pétalas primaveris,
No atalho, aos pés da bem-amada?
Quem a coroa verde enrama
Que do merecimento a glória sela?   155
Quem firma o Olimpo, à união os deuses chama?[11]
O gênio humano, que no poeta se revela.

O BUFO

Usai, pois, esses belos dons sem ócio
E organizai o poético negócio
Como no amor uma aventura se prepara.   160
A gente encontra-se, olha, sente, para,
E a pouco e pouco enleia-se na trama;
Surge a paixão, algo lhe obstrui a chama,
Cresce o êxtase, a dor vem de relance,
E, vede só! num ai, está pronto um romance.   165
Ponde espetáculo desses em cena!
Atende-vos à vida humana plena!
Cada um a vive e dela é ignorante,
E onde a pintais, se torna interessante.
Multíplices visões e pouca claridade,   170
Cem ilusões e um raio de verdade,[12]
Assim prepara-se a poção perfeita,
Que tudo, em torno, anima, atrai, deleita.

---

[11] Arrematando a série de elogios aos feitos do poeta, que organiza em ondas rítmicas o curso da natureza e a agitação da vida social (vv. 142-5), este verso alude agora a Homero, que firmou o Olimpo como sede e morada dos deuses.

[12] Literalmente, o bufo exorta o poeta a colocar em sua criação, para envolver o público, "muito erro e uma faísca de verdade".

Junta-se, então, do povo a nata jovem,
A ouvir-vos da obra o inspirador acento;   175
As almas meigas se comovem
E lhe haurem melancólico alimento.[13]
Ora isso, então, exalta-se, ora aquilo;
Vê cada um o que em si traz em sigilo.
Tão pronta a lágrima lhes vem como a risada,   180
Ainda honram a impulsão, aplaudem o aparato;
Ao homem feito, já não seduz nada;
O que se forma há de ser sempre grato.

O POETA

Pois restitui-me os tempos santos,
Em que me formava eu, ainda,   185
Em que um tesouro de áureos cantos
Da alma me fluía em fonte infinda,
Do mundo um véu cobria os males,
Milagres a alva prometia,[14]
Em que mil flores eu colhia   190
Que enchiam com abundância os vales.
Nada tinha e o bastante me era,
O anelo da verdade e o gosto da quimera.

---

[13] O pronome oblíquo "lhe" refere-se à obra, à peça do poeta, diante da qual reúne-se a nata jovem do povo.

[14] Instigado pela referência do bufo à sensibilidade e capacidade receptiva da pessoa em formação (*Werdender*), o poeta, provavelmente já entrado em anos, passa a exprimir o seu anelo pelos tempos de juventude. Neste verso "alva" corresponde, de maneira coerente e expressiva, a *Knospe*, isto é, botão (que, como é sugerido, promete desabrochar no milagre da rosa).

Sim! restitui-me o flâmeo ardor,
O imo êxtase, pungente e rude,
A força do ódio, o afã do amor,
Oh! restitui-me a juventude!

O BUFO

Da juventude, amigo, apenas necessitas
Quando te acossa o imigo aço,
Quando das jovens mais bonitas
Te cinge o colo o ardente abraço,
Quando o troféu engalanado,
Do alvo à veloz corrida induz,
Quando, após baile desenfreado,
Bebes até ao raiar da luz.
Mas, reviver, com graça e brio,
O sopro familiar da lira,
Vaguear, em sedutor desvio,
Até alcançar do eu próprio a mira,[15]
É o que convosco, anciãos, condiz,
Sem desrespeito algum: não é que a idade
Torne infantil, como se diz;
Só nos torna em crianças de verdade.

---

[15] O "desvio" que se percorre até alcançar a meta colocada a si mesmo ("do eu próprio a mira") pode ser entendido como o percurso labiríntico da criação artística, que, nesta fala do bufo, é relacionada antes à velhice do que à juventude. Delineia-se assim uma oposição à "veloz corrida" (v. 203) na direção do "troféu engalanado", isto é, a coroa de louros que nas competições olímpicas costumava ficar junto à linha de chegada.

O DIRETOR

> Palavras houve já de sobra,
> Dai-me, enfim, feitos; vamos à obra! 215
> Enquanto estais na prosa fútil,
> Podíamos ver algo de útil.
> Falar do estímulo é irrisório, pois
> De quem vacila foge a via.[16]
> Já que dizeis que poetas sois, 220
> Deveis reger a poesia.
> O que nos pedem, já não falte:
> Forte poção que empolgue e exalte;
> Ponde a fervê-la com urgente afã!
> O que hoje não se faz, nos faz falta amanhã; 225
> E não passe um só dia em vão.
> Deve aferrar-se a decisão
> Ao que é possível; tão em breve[17]
> Não pensa em lhe dar larga, então,
> E age até o fim, porque é o que deve. 230
>
> No palco alemão, como o sabeis,
> Lida cada um a seu talante;
> Não me poupeis, pois, neste instante,
> Prospetos, máquinas, painéis.

---

[16] Isto é, não adianta falar muito de estímulo — ou de inspiração, atmosfera propícia, *Stimmung*, pois a quem vacila ela nunca aparece.

[17] Literalmente, o diretor diz aqui que a decisão deve agarrar o que é possível pelo topete (*beim Schopfe fassen*), em alusão à *kairós*, a divindade do momento propício tradicionalmente representada com um topete e com a parte posterior da cabeça raspada.

Armai do céu os raios crus e os suaves, 235
Cavernas, rochas, água, estrelas,
Podeis sem conta despendê-las,
Há sobra de animais e de aves.[18]
Percorrei, pois, no estreito barracão,
Toda a órbita da criação, 240
E, em comedido curso alterno,
Transponde a terra, o céu e o inferno.[19]

---

[18] Arrematando o elenco dos requisitos cenográficos a serem mobilizados na representação que se inicia, o diretor diz por fim que também não haverá falta de animais e aves.

[19] Nestes últimos versos, o diretor conclama então o poeta a finalmente dar início à encenação do *Fausto*, com o seu assunto que atravessa todo o círculo da criação: terra, céu, inferno.

Prólogo no céu

O terceiro e último texto introdutório à tragédia de Fausto foi escrito por volta de 1800. Após a exposição de circunstâncias que envolvem a encenação da peça no palco imaginário do teatro, Goethe insere a ação prestes a desenrolar-se num enquadramento sobrenatural, ao qual se retornará na cena final do *Fausto II* (quinto ato, "Furnas montanhosas").

Importante modelo literário para a concepção desta moldura metafísica encontra-se no teatro barroco espanhol do século XVII, em especial a peça *El gran teatro del mundo*, de Calderón de la Barca (1600-1681). Goethe, aliás, tinha imensa admiração por esse autor espanhol e, numa carta a Schiller (28 de janeiro de 1804), escreveu as seguintes palavras a respeito da obra *El príncipe constante*: "Sim, gostaria mesmo de dizer que, se a poesia desaparecesse por completo deste mundo, poderíamos reconstituí-la a partir dessa peça".

De acordo, contudo, com indicações do próprio autor, a principal inspiração para o "Prólogo no céu" é o *Livro de Jó*, cujas provações são emolduradas por um encontro entre Deus e Satanás, narrado nos seguintes termos (segundo a tradução da *Bíblia de Jerusalém*, fonte das demais citações bíblicas nestes comentários): "No dia em que os Filhos de Deus vieram se apresentar a Iahweh, entre eles veio também Satanás. Iahweh então perguntou a Satanás: 'Donde vens?'. 'Venho de dar uma volta pela terra, andando a esmo', respondeu Satanás. Iahweh disse a Satanás: 'Reparaste no meu servo Jó? Na terra não há outro igual: é um homem íntegro e reto, que teme a Deus e se afasta do mal'. [...] Então Iahweh disse a Satanás: 'Pois bem, tudo o que ele possui está em teu poder, mas não estendas tua mão contra ele'. E Satanás saiu da presença de Iahweh" (*Jó*, 1: 7-12).

Também este prelúdio à história terrena de Fausto tem por pressuposto, como no *Livro de Jó*, uma audiência entre o Criador e os "Filhos de Deus", que Mefistófeles irá chamar de "pessoal" (*Gesinde*). Ao contrário, porém, do texto bíblico, Goethe dá voz primeiramente aos "filhos genuínos da Deidade": os arcanjos Rafael, Gabriel e Miguel, que louvam as inescrutáveis obras do Universo. Do ponto de vista formal, as estrofes iniciais (três oitavas seguidas de uma quadra coral) seguem o modelo de salmos alemães dos séculos XVII e XVIII. Quanto à sua dimensão imagética, elas não se orientam nem pelo sistema ptolemaico-geocêntrico (como se verifica no 10º canto dos *Lusíadas* com a alegoria da "Máquina do Mundo"), nem pelo coperniciano-heliocêntrico, mas antes — na medida em que os arcanjos veem Sol e Terra girarem em "percurso pré-traçado" — pela astronomia pitagórica. Conforme esta concepção, Terra, Sol e sete outros orbes ("esferas fraternas", *Brudersphären*, no original) moviam-se em torno de um fogo central, gerando ao mesmo tempo a chamada "música das esferas" (ver nota ao v. 248). [M.V.M.]

(O Altíssimo. As legiões celestes. Depois Mefistófeles)

(Adiantam-se os três arcanjos)

RAFAEL

Ressoa o sol no canto alado[1]
Dos orbes no infinito espaço,
E seu percurso pré-traçado   245
Vence com majestoso passo.
Anima os anjos a visão
De inescrutável harmonia:[2]

---

[1] Nesta glorificação inicial do sol é possível vislumbrar, como observa Albrecht Schöne, afinidades com concepções do próprio Goethe. Onze dias antes de sua morte, o poeta referia-se ao sol, na última conversa registrada por Eckermann, como "uma revelação do mais elevado, do mais poderoso que a nós, filhos desta terra, é dado captar. Nele eu reverencio a luz e a força criadora de Deus".

[2] Alusão de Goethe à harmonia das esferas, motivo oriundo de antigas concepções sobre o universo (os planetas produziriam uma música não perceptível aos ouvidos humanos) e retomado pela Pansofia do século XVI. A palavra Pansofia (do grego *pan*, tudo, e *sophia*, sabedoria) designa um movimento filosófico-religioso

Da obra máxima a imensidão
Pasma, qual no primeiro dia. 250

GABRIEL

E em ronda arrebatada e eterna
Gira o esplendor do térreo mundo;
Radiante luz do céu se alterna
Com mantos de negror profundo;
Ao pé da rocha a fúria vasta 255
Do mar espuma pelas eras,
E rocha e mar consigo arrasta
O curso infindo das esferas.

MIGUEL

E rugem furacão e vento
Da terra ao mar, do mar à terra, 260
Formando um vasto encadeamento
Que efeitos sem limite encerra.

---

que, partindo de concepções alquímicas e neoplatônicas, aspirava a uma apreensão totalizante do Macrocosmo (o mundo) e do Microcosmo (o homem). O filósofo e médico Paracelsus (1493-1541) é geralmente considerado o fundador desse movimento, o qual desempenha papel central na busca intelectual e espiritual de Fausto. Outros impulsos decisivos para a Pansofia adviéram de nomes como Johannes Keppler (1571-1630), Jakob Böhme (1575-1624), o educador morávio Johann Amos Comenius (1592-1670), o sueco Emanuel Swedenborg (1688-1772) e também do círculo Rosa-cruz (o termo Pansofia aparece pela primeira vez em escritos dessa ordem publicados em 1616) e de sociedades científicas constituídas no século XVII, como a Royal Society de Londres.

Prólogo no céu

Fulgura o raio arrasador
Que do trovão precede a via;
Mas cantam núncios teus, Senhor,   265
O suave curso de teu dia.

OS TRÊS

Anima os anjos a visão
De inescrutável harmonia!
E de tua obra a imensidão
Pasma, qual no primeiro dia.   270

MEFISTÓFELES

Já que, Senhor, de novo te aproximas,
Para indagar se estamos bem ou mal,
E habitualmente ouvir-me e ver-me estimas,
Também me vês, agora, entre o pessoal.
Perdão, não sei fazer fraseado estético,   275
Embora de mim zombe a roda toda aqui;
Far-te-ia rir, decerto, o meu patético,
Se o rir fosse hábito ainda para ti.
De mundos, sóis, não tenho o que dizer,
Só vejo como se atormenta o humano ser.   280
Da terra é sempre igual o mísero deusito,[3]
Qual no primeiro dia, insípido e esquisito.

---

[3] Em expressivo contraste com o hino cósmico dos arcanjos, o discurso de Mefistófeles assume de imediato um tom irreverente, esteado no ritmo maleável e ligeiro do chamado verso "madrigal" que, com sua liberdade rítmica, métrica e rímica, revestirá a grande maioria de suas manifestações ao longo da tragédia.

Viveria ele algo melhor, se da celeste
Luz não tivesse o raio que lhe deste;
De Razão dá-lhe o nome, e a usa, afinal, 285
Pra ser feroz mais que todo animal.
Parece, se o permite Vossa Graça,
Um pernilongo gafanhão que esvoaça[4]
Saltando e vai saltando à toa
E na erva a velha cantarola entoa; 290
E se jazesse ainda na erva o tempo inteiro!
Mas seu nariz enterra em qualquer atoleiro.

O ALTÍSSIMO[5]

Nada mais que dizer-me tens?
Só por queixar-te, sempre vens?
Nada, na terra, achas direito enfim? 295

MEFISTÓFELES

Não, Mestre! acho-o tão ruim quão sempre; vendo-o assim
Coitados! em seu transe os homens já lamento,
Eu próprio, até, sem gosto os atormento.

---

[4] No original, Mefistófeles compara o ser humano a uma "cigarra", que com o seu canto oscilante e intermitente parece aludir à instabilidade do homem, ao seu eterno sobe e desce.

[5] Em consonância com a tradução de Lutero, Goethe refere-se a Deus como "Senhor" (*Herr*), ao passo que a tradutora optou por "Altíssimo".

O ALTÍSSIMO

    Do Fausto sabes?

MEFISTÓFELES

                O doutor?

O ALTÍSSIMO

                        Meu servo, sim!

MEFISTÓFELES

    De forma estranha ele vos serve, Mestre!   300
    Não é, do louco, a nutrição terrestre.
    Fermento o impele ao infinito,
    Semiconsciente é de seu vão conceito;[6]
    Do céu exige o âmbito irrestrito
    Como da terra o gozo mais perfeito,   305
    E o que lhe é perto, bem como o infinito,
    Não lhe contenta o tumultuoso peito.

O ALTÍSSIMO

    Se em confusão me serve ainda agora,
    Daqui em breve o levarei à luz.[7]

---

    [6] "Vão conceito" corresponde aqui a "loucura", "doidice" (*Tollheit*, no original).

    [7] A promessa lançada por Deus neste prólogo irá cumprir-se efetivamente

Quando verdeja o arbusto, o cultor não ignora 310
Que no futuro fruto e flor produz.

MEFISTÓFELES

Que apostais? perdereis o camarada;[8]
Se o permitirdes, tenho em mira
Levá-lo pela minha estrada!

O ALTÍSSIMO

Enquanto embaixo ele respira, 315
Nada te vedo nesse assunto;
Erra o homem enquanto a algo aspira.

MEFISTÓFELES

Grato vos sou, já que um defunto
Não é lá muito do meu gosto;
Gabo aos que têm viço e verdor no rosto. 320
E com cadáveres evito o trato;
Sou como gato, em tal, com rato.

---

na última cena do *Fausto II*. A palavra "luz" ("claridade", no original) exprime um conceito fundamental do Novo Testamento: a luz do Senhor (*Lucas*, 2: 9; *2 Coríntios*, 4: 6).

[8] Na tradução luterana do *Livro de Jó*, Satanás parece propor uma aposta ao Senhor: "*was gilt's*", "o que está valendo?" — correspondente, na *Bíblia de Jerusalém*, a "eu garanto". Embora seja costume falar de uma aposta selada neste "Prólogo no céu", Goethe não deixa explícito que Deus tenha se rebaixado a apostar com Mefisto.

O ALTÍSSIMO

Pois bem, por tua conta o deixo!
Subtrai essa alma à sua inata fonte,
E leva-a, se a atraíres pra teu eixo, 325
Contigo abaixo a tua ponte.
Mas, vem, depois, confuso confessar
Que o homem de bem, na aspiração que, obscura, o anima,
Da trilha certa se acha sempre a par.[9]

MEFISTÓFELES

Bem, bem! meu dia se aproxima 330
E minha aposta está a salvo.
Mas, permiti que o meu triunfo exprima,
Tão logo que eu atinja o alvo,
Ingira pó, com deleite, o papalvo,
Como a serpente, minha ilustre prima.[10] 335

---

[9] Mesmo cometendo os erros ditados por seu "ímpeto obscuro" (*in seinem dunklen Drange*), intuitivamente o homem bom se encontraria "a par" do caminho correto. Alguns comentadores vislumbram aqui a refutação goethiana da doutrina de Santo Agostinho sobre o pecado original, do qual o homem só poderia salvar-se pela Graça divina (e não mediante os próprios esforços), e sua afinidade com a doutrina do monge Pelagius (século V), que afirmava existir na natureza humana, apesar do pecado original, uma "semente" que "pode vicejar e desdobrar-se numa bela árvore de ventura espiritual".

[10] Referência de Mefistófeles à maldição proferida por Deus contra a serpente que seduziu o homem no Paraíso: "Caminharás sobre teu ventre e comerás poeira todos os dias de tua vida". É como se a tentativa de subtrair Fausto à sua "inata fonte" representasse uma desforra daquela derrota primordial (*Gênesis*, 3: 14).

O ALTÍSSIMO

Também nisso eu te dou poderes plenos;
Jamais te odiei, a ti e aos teus iguais.
É o magano o que me pesa menos,
De todos vós, demônios que negais.
O humano afã tende a afrouxar ligeiro, 340
Soçobra em breve em integral repouso;
Aduzo-lhe por isso o companheiro[11]
Que como diabo influi e incita, laborioso.
Mas vós, filhos genuínos da Deidade,[12]
Gozai a rica e viva Amenidade! 345
O que se forma e, eterno, vive e opera,
Vos prenda em suaves vínculos de amor.
E o que flutua em visionária esfera,
Firmai com pensamento durador.

(Fecha-se o céu, os arcanjos se dispersam)

---

[11] Como no Antigo Testamento, o Senhor deste "Prólogo no céu" também concebe o espírito da Negação e do Mal como instrumento da ordem divina. Espicaçando o ser humano, o "companheiro" diabólico impede que aquele soçobre em "integral repouso", que alguns comentadores relacionam ao pecado da acídia (*acedia*) ou da tristeza desesperada (*tristitia*).

[12] Em oposição aos anjos caídos, entre os quais se encontra Mefistófeles, apostrofado como "magano" (*Schalk*, no original). Com essa designação jocosa, Goethe marca diferença entre Mefistófeles, o irônico espírito demoníaco que irá associar-se a Fausto, e o Satanás (o primeiro na hierarquia infernal) da história de Jó.

MEFISTÓFELES *(sozinho)*

Vejo, uma ou outra vez, o Velho com prazer, 350
Romper com Ele é que seria errôneo.[13]
É, de um grande Senhor, louvável proceder
Mostrar-se tão humano até pra com o demônio.

---

[13] Nem bem o céu se fechou, e o "magano" já se refere ao Altíssimo como "Velho" e presume até mesmo que poderia "romper" com ele, de igual para igual. Esse tom de irreverência confere um desfecho jocoso à cena que se abrira de modo tão solene e sublime.

FAUSTO

Primeira parte da tragédia

Noite

Enquanto o "Prólogo no céu" se abre na amplidão do universo, com a palavra "sol" ressoando logo no verso inicial, a tragédia terrena de Fausto inicia-se com uma cena noturna na estreiteza de um quarto apostrofado como "antro vil" e "maldito, abafador covil". Goethe configura assim o ambiente apropriado para o desdobramento de um balanço de vida inteiramente negativo, lamentando-se Fausto dos esforços despendidos ao longo de muitos anos na solidão do seu gabinete de estudo. Manifesta-se, portanto, o desespero de um ser cujas aspirações chocam-se por toda parte com os limites da condição humana — uma situação já presente no livro popular de 1587 e também no grandioso monólogo inicial da peça de Christopher Marlowe (1604). Em Goethe, porém, esse motivo da frustração com os esforços intelectuais aparece muito mais desenvolvido, e isso já no chamado *Urfaust*, que contém todo o monólogo inicial, a invocação do Espírito da Terra e o diálogo com Wagner (o restante da cena foi redigido por volta de 1800, durante a última fase de trabalho no *Fausto I*).

Na elaboração desta cena de abertura, Goethe condensou muitas de suas leituras juvenis, em especial aquelas feitas entre 1768 e 1770 no âmbito da convivência com a pietista Susanna K. Klettenberg (1723-1774), amiga de sua mãe. Convalescendo então de grave doença pulmonar, o jovem Goethe mergulha na tradição alquímica, hermética, neoplatônica, pansófica e cabalística, lendo autores como os já mencionados em nota ao v. 248 e vários outros, entre os quais Agrippa von Nettesheim (ver nota ao v. 3.414), Johan Baptista van Helmont (1579-1644) ou ainda Georg von Welling (1652-1727), cujo tratado *Opus mago-cabbalisticum* recebe destaque (assim como o escrito hermético *Aurea Catena Homeri*: ver nota ao v. 450) na autobiografia *Poesia e verdade* (8º livro da 2ª parte).

Essas várias tradições constituem o pano de fundo da opção de Fausto pela magia, a qual conhecera significativa valorização no Renascimento italiano, sobretudo por meio da obra de Pico della Mirandola (1463-1494). Pois é essa *magia naturalis* ou renascentista (e não a proporcionada por Mefistófeles) que o doutor tem em mente quando diz ter-se entregado à magia, e o que ele busca com isso é explicitado em seguida: penetrar nos segredos e mistérios da natureza, apreender o que sustenta o mundo "em seu âmago profundo", contemplar os "germes" e as "vivas bases".

A cena "Noite" se abre com uma situação existencial do mais profundo desespero e desdobra em seu decurso algumas tentativas de ruptura e evasão (inclusive a hipótese do suicídio). No original, Goethe plasma essa alternância de estados emocionais mediante diferentes metros e ritmos, sobretudo o chamado *Knittelvers* (verso alemão dos séculos XV e XVI com quatro acentos tônicos) em que se expressa o desespero do doutor, os versos madrigais (forma mais maleável, de oito a onze sílabas, que será a preferida de Mefistófeles) ou ainda os ritmos livres que revestem a cena com o Espírito da Terra. [M.V.M.]

(Num quarto gótico,[1] com abóbadas altas e estreitas,
Fausto, agitado, sentado à mesa de estudo)

FAUSTO

Ai de mim! da filosofia,
Medicina, jurisprudência,   355
E, mísero eu! da teologia,[2]
O estudo fiz, com máxima insistência.

---

[1] "Gótico" tem aqui o sentido de atravancado, sufocante, composto de elementos disparatados. Além disso, no século XVIII "gótico" era usado como algo medieval e obsoleto.

[2] Da Idade Média até o início da Era Moderna, as universidades constituíam-se de quatro faculdades: teologia, jurisprudência, medicina e filosofia. Mencionando as quatro, Fausto dá a entender que já estudara tudo o que era possível a um homem de seu tempo estudar. Embora feitos "com máxima insistência", todos esses estudos parecem-lhe agora vãos; expressando pesar por ter se dedicado também à teologia, antecipa de certo modo a negação dos princípios da fé cristã e explicita assim os pressupostos de sua futura associação com Mefisto.

Pobre simplório, aqui estou
E sábio como dantes sou!
De doutor tenho o nome e mestre em artes, 360
E levo dez anos por estas partes,
Pra cá e lá, aqui ou acolá, sem diretriz,
Os meus discípulos pelo nariz.[3]
E vejo-o, não sabemos nada!
Deixa-me a mente amargurada. 365
Sei ter mais tino que esses maçadores,
Mestres, frades, escribas e doutores;
Com dúvidas e escrúpulos não me alouco,
Não temo o inferno e Satanás tampouco
Mas mata-me o prazer no peito; 370
Não julgo algo saber direito,
Que leve aos homens uma luz que seja
Edificante ou benfazeja.
Nem de ouro e bens sou possuidor,
Ou de terreal fama e esplendor; 375
Um cão assim não viveria!
Por isso entrego-me à magia,
A ver se o espiritual império
Pode entreabrir-me algum mistério,
Que eu já não deva, oco e sonoro, 380
Ensinar a outrem o que ignoro;

---

[3] Valendo-se da expressão alemã "conduzir alguém pelo nariz" (*jemanden an der Nase herumziehen/ herumführen*), Fausto confessa que vem ludibriando os seus discípulos há dez anos.

Para que apreenda o que a este mundo
Liga em seu âmago profundo,[4]
Os germes veja e as vivas bases,
E não remexa mais em frases. 385

Oh, nunca mais, argênteo luar,[5]
Me contemplasses o penar!
Quanta vez, a esta mesa aqui,
Alta noite, esperei por ti!
Então, por sobre o entulho antigo 390
Surgias, taciturno amigo!
Ah! se eu pudesse, em flóreo prado,
Vaguear em teu fulgor prateado,
Flutuar com gênios sobre fontes,
Tecer na semiluz dos montes, 395

---

[4] Albrecht Schöne aponta nesta passagem referências a um poema do escritor e cientista Albrecht Haller (1707-1777), "A falsidade das virtudes humanas", que tem como protagonista Isaac Newton, que na lei universal da gravitação expôs aquilo que sustenta o mundo em seu "âmago profundo". Por meio de referências intertextuais, Goethe projeta sobre a aspiração de Fausto o papel que no poema de Haller é reservado ao fundador da moderna ciência da Natureza. Inserindo a alusão a Newton nesse monólogo inicial, Goethe faz adentrar o palco o sujeito desorientado de uma modernidade laica e profundamente cética. Em seu ensaio "A imagem goethiana da natureza e o mundo técnico-científico" (1967), o físico Werner Heisenberg associa a aspiração fáustica de conhecer o que sustenta o mundo "em seu âmago profundo" à descoberta da estrutura do DNA pelos cientistas Watson e Crick.

[5] Com este verso abre-se novo momento no monólogo de Fausto: a apóstrofe lamentosa ao luar "taciturno" (também pelo fato de sua luz ser filtrada pelos "vidros foscos" do quarto gótico) e, em seguida, o devaneio de libertação em meio à natureza ("Sarar, em banho teu, de orvalho").

Livre de todo saber falho,
Sarar, em banho teu, de orvalho!

Céus! prende-me ainda este antro vil?
Maldito, abafador covil,
Em que mesmo a celeste luz 400
Por vidros foscos se introduz!
Opresso pela livralhada,
Que as traças roem, que cobre a poeira,
Que se amontoa, embolorada,
Do soalho à abóbada cimeira; 405
Cercado de um resíduo imundo,
De vidros, latas, de antiqualhas,
Cheios de trastes e miuçalhas —
Isto é teu mundo! chama-se a isto um mundo!

E inda não vês por que, em teu seio, 410
O coração se te comprime?
Por que um inexplicado anseio
Da vida a flama em ti reprime?
Em vez da viva natureza,
Em que criou Deus os mortais, 415
De crânios cerca-te a impureza,
De ossadas de homens e animais.

Não! para o campo e a luz fujamos!
E desta escrita oculta e vasta,
Que a mão traçou de Nostradamus,[6] 420
A companhia não te basta?

---

[6] O nome de Nostradamus (1503-1566) aparece aqui representando um sábio empenhado em perscrutar segredos e mistérios.

Dos astros vês, então, a rota;
Quando te orienta a natureza,
Nova pujança no Eu te brota,
Como um espírito a outro reza.　　　　　425
Explicam-te os sinais sagrados
Em vão meditações sutis;
Sobre mim voais, gênios alados;
Pois respondei-me, se me ouvis!

(Abre o livro e avista o signo do Macrocosmo)[7]

Ah! que delícia irrompe neste olhar,　　　　　430
Por meus sentidos, repentinamente!
Sinto vigor, flamante, singular,
Varrer-me o sangue em êxtases fremente.
Gravou um deus, acaso, esses sinais,
Que em mim abrandam a íntima fervura,　　　　　435
A pobre alma enchem de ventura,
E em ímpetos transcendentais,
Me expõem da natureza a oculta tessitura?
Sou eu um deus? vejo tal luz!
Neste traçado puro imerso,　　　　　440
Vejo ante a alma jazer nosso ativo universo.

---

[7] O grande Cosmo (a Natureza, o Universo), em oposição ao Microcosmo (o homem). Segundo a crença pansófica, o ser humano seria um "extrato" do Macrocosmo e entre ambos haveria relações mágicas, do tipo: Sol-Ouro-Coração; Lua-Prata-Cérebro; Júpiter-Estanho-Fígado. Esse sistema de relações podia ser fixado esquematicamente numa figura geométrica, resultando daí um signo da harmonia universal. Um tal desenho é avistado aqui por Fausto. Mas, como ele mesmo reconhece, é apenas um signo elaborado pelo homem e não a própria realidade, daí seu desespero.

Só hoje entendo o sábio,[8] o que deduz:
"Do mundo espiritual não te é a esfera estranha;
Tens tu morta a alma, o senso estreito!
Discípulo, anda! assíduo, banha   445
Em rubra aurora o térreo peito!"

(Contempla o signo)

Como um dentro do outro se entrama
E num só todo se amalgama![9]
Como fluem e refluem celestes energias,
A se estenderem mutuamente as áureas pias!   450
Com surtos prenhes de balsâmeo alento
A terra imbuem, fluindo do firmamento,
Vibrando pelo Todo com harmonioso acento!

Ah, que visão! mas só visão ainda!
Como abranger-te, ó natureza infinda?   455
Vós, fontes, de que mana a vida em jorro,
Das quais o céu, a terra, pende,

---

[8] Possível alusão ao místico sueco Emanuel von Swedenborg (1688-1722), a cuja obra *Arcana coelestia* aludiria esta passagem. Contudo, até onde se sabe, os quatro versos seguintes, entre aspas, não constituem uma citação deste ou de qualquer outro autor.

[9] Fausto exprime aqui a concepção do íntimo entrelaçamento das forças da terra e do céu. A imagem de uma ligação entre ambas as esferas já aparece no sonho de Jacó (*Gênesis*, 28: 12). Ainda mais importante para a concepção de Fausto é o tratado *Aurea Catena Homeri* (1723), atribuído ao rosa-cruz Anton Joseph Kirchweger. Ao reconstituir, na autobiografia *Poesia e verdade*, o período de sua ocupação com a tradição hermética, Goethe declara ter lido com prazer esse tratado cujo título remonta a um verso da *Ilíada* (VIII, 18).

Às quais o peito exausto tende —
Correis, nutris, enquanto à míngua eu morro?

*(Folheia o livro com impaciência
e avista o signo do Gênio da Terra)*[10]

Quão outro, em mim, é deste signo o efeito! 460
Tu, Gênio térreo, me és vizinho;
Alçam-se as forças em meu peito,
Sinto a abrasear-me um novo vinho,
A opor-me ao mundo já me alento,
A sustentar da terra o júbilo, o tormento, 465
A arcar com o furacão e o vento,
E no naufrágio a ir-me, sem lamento.
Nubla-se o espaço sobre mim —
Oculta a lua o seu clarão —
A luz se esvai! 470

---

[10] As eventuais fontes na literatura pansófica para a concepção do motivo do "Gênio da Terra" — ou "Espírito da Terra" (*Erdgeist*), no original — não são tão seguras quanto em relação ao "signo do Macrocosmo". Na enciclopédia mitológica de Benjamin Hederich (*Gründliches mythologisches Lexikon*), principal fonte para as referências mitológicas no *Fausto*, encontra-se o verbete *Daemogorgon*, traduzido por "espírito da terra" e apresentado como "o ser primordial de todas as coisas, o qual gerou o mundo tríplice, ou seja, o céu, a terra, o mar e tudo o que se encontra neles". Fechando o verbete, Hederich diz que "em si, contudo, esse ser fundamental não era outra coisa senão aquilo que se chama natureza". De qualquer modo, os comentadores do *Fausto* costumam considerar o motivo do "Gênio da Terra" como sendo em grande parte uma criação mítica do próprio Goethe. Ao contrário do "Macrocosmo", o "Gênio da Terra" pode ser invocado e tornar-se "aparição". Ele próprio apresenta-se, em breves palavras, como o espírito da vida terrena e orgânica. Mas, como se mostra na sequência, o espírito humano de Fausto não está à altura do "Gênio da Terra".

Sobe um vapor! — Coriscam raios rubros
À minha volta! — Um sopro frio
Desce da abóbada e me invade!
Espírito implorado,
Sinto que ao meu redor estás flutuando, enfim!   475
Revela a face!
Ah! como se lacera o coração em mim!
Em rasgos desmedidos,
Como se inflamam meus sentidos!
Sinto a alma inteira a ti oferecida!   480
Surge, pois! surge, sim! custe-me, embora, a vida!

*(Pega no livro e com voz de mistério enuncia
o signo do Gênio. Surge uma chama avermelhada,
o Gênio aparece dentro da labareda)*

O GÊNIO

Quem me invocou?

FAUSTO *(desviando-se)*

        Atroz visão!

O GÊNIO

Chamaste-me com força austera,
Hauriste ardente a minha esfera,
E agora...

FAUSTO

        Ah! não te aturo, não!   485

O GÊNIO

Olhar-me, imploras, anelante,
Ouvir-me a voz, ver-me o fulgor;
Cedo a essa invocação possante,
Eis-me! — Que mísero pavor
Te invade, ó super-homem?[11] que é do apelo oriundo   490
Do peito audaz que em si gerou um mundo
Zelando-o com amor? que em lances de ventura
Ousou erguer-se à nossa suma altura?
Fausto, onde estás, tu, cuja voz me ecoou?
Tu, cuja força ingente me invocou?   495
És tu, quem na aura de meu bafo estreme,
Até o âmago da vida freme,
Qual larva de pavor torcida?

FAUSTO

Fugir-te, eu, flâmeo vulto? Qual!
Sou eu, sou Fausto, o teu igual!   500

O GÊNIO

No ardor da ação, no afã da vida,[12]
Fluo, ondulo, urdo, ligo,

---

[11] *Übermensch*, no original, empregado aqui numa conotação irônica e mesmo de desprezo, muito diferente do sentido que essa expressão iria adquirir depois na filosofia de Friedrich Nietzsche.

[12] O Gênio ou Espírito da Terra apresenta-se nesta estrofe com metáforas tomadas à esfera da tecelagem, como fará depois o próprio Mefisto (vv. 1.922 ss.) na sua sátira ao ensino universitário contemporâneo. Por trás desses versos vis-

Cá e lá, a tramar,
Berço e jazigo,
Perene mar, 505
Urdidura alternante,
Vida flamante,
Do Tempo assim movo o tear milenário,
E da Divindade urdo o vivo vestuário.

FAUSTO

Tu, que o infinito mundo rondas, 510
Gênio da Ação, sinto-me um só contigo!

O GÊNIO

És um, com o gênio que em ti sondas;
Mas não comigo!

(Desaparece)

FAUSTO *(abatendo-se em desespero)*

Mas não contigo?
Então, com quem? 515
Eu, da Deidade a imagem!
E nem, sequer, contigo!

(Batem à porta)

---

lumbra-se o panteísmo spinozista de Goethe, com a imagem da natureza tecelã (*natura textor*) e o "vivo vestuário" (*natura naturata*) urdido pela atividade da *natura naturans*.

Meu fâmulo é — mortal azar!
Destrói-me a máxima ventura!
Vem-me a riqueza das visões turbar   520
A seca, estéril criatura!

(Wagner,[13] de roupão e barrete de dormir, uma lâmpada na mão. Fausto vira-se para ele com impaciência)

WAGNER

Perdão, ouvi-vos declamando;
Líeis, decerto, uma tragédia antiga?[14]
Dessa arte almejo fruir noções de vez em quando,
Já que hoje em dia, é ao que se liga.   525
Quanta vez tenho ouvido declarar
Que um comediante pode até um padre ensinar.

FAUSTO

Pois sim, sendo também o padre um comediante;
Como se tem frequentemente dado.

---

[13] O "fâmulo" (espécie de assistente de um professor ou erudito) de Fausto já faz sua aparição no livro popular e também nas encenações do teatro de marionetes. Goethe introduz aqui um tipo inteiramente livresco, uma caricatura da então incipiente tradição humanista e retórica, representada sobretudo por Erasmo de Roterdã.

[14] No original, Wagner fala em drama (*Trauerspiel*) ou tragédia grega. No século XVIII ainda vigorava o costume de se lerem textos, sobretudo os versificados, em voz alta. É o que supõe Wagner ao ouvir o diálogo de Fausto com o Gênio da Terra. Ao fâmulo, contudo, importa menos o conteúdo dos textos do

WAGNER

Ah! quando em seu museu[15] alguém se acha exilado, 530
Só vendo o mundo, por um véu distante,
Talvez nalgum feriado — efêmero regalo —
Poderá, pela persuasão, guiá-lo?

FAUSTO

Não o conseguirá quem o não sente,
A quem não fluir do peito sem requintes, 535
Para, com gosto onipotente,
Conquistar todos os ouvintes.
Juntai, fervei aqui e ali,
Guisados com o manjar vizinho,
E das escassas cinzas expeli 540
O vosso flamejar mesquinho.
Crianças, monos, vos admirarão,
Se assim for vosso paladar;
Mas, nunca falareis a um outro coração,
Se o próprio vos não inspirar.[16] 545

---

que a "arte" da declamação, como evidencia adiante sua referência à "persuasão" (*Überredung*) e à "arenga" (*Vortrag*) do orador.

[15] "Museu" (*Museum*, no original) significava na Antiguidade um templo ou bosque consagrado às musas; no vocabulário dos humanistas e eruditos do barroco designava o quarto de estudos.

[16] Às concepções livrescas do fâmulo, Fausto contrapõe (como nos vv. 568-9) noções próprias do movimento pré-romântico "Tempestade e Ímpeto" e da chamada "Estética do Gênio".

WAGNER

> Mas, o orador na arenga já se apraz;
> Percebo-o bem! ainda estou muito atrás.

FAUSTO

> Procure o honesto e leal proveito![17]
> Não seja um parvo de sons ocos!
> Falam o juízo e o são conceito 550
> Por si, com artifícios poucos;
> E, se dizerdes algo vos é dado,
> Deveis caçar vão palavreado?
> Vossos discursos, cintilantes no momento,
> Em que da humanidade as sobras encrespais,[18] 555
> Insulsos são qual nebuloso vento
> A sussurrar por secas folhas outonais!

WAGNER

> Meu Deus! é longa a arte
> E nossa vida é curta.[19]

---

[17] A tradução segue a forma de tratamento mais antiga, em terceira pessoa, que Fausto repentinamente passa a usar nestes dois versos: "Procure [ele] o honesto e leal proveito!/ Não seja [ele] um parvo de sons ocos!".

[18] "Encrespar as sobras (*Schnitzel*) da humanidade" significa neste contexto empregar chavões e lugares-comuns como ornamento de discursos "cintilantes" (implícita neste verso está a imagem da tesoura que se usava então para "encrespar" o penteado).

[19] No geral, as palavras de Wagner são citações rasas de autores huma-

Confesso que, em meu douto empenho, em parte 560
Meu cérebro à ânsia não se furta.
Quão árduo é adquirir-se algum recurso
Que nos conduza até onde a fonte corre!
E, ainda antes de atingir ao meio do percurso,
Decerto um pobre diabo morre. 565

FAUSTO

É o pergaminho o manancial sagrado
Que, para sempre, a sede vos acalma?
Alívio não tereis lucrado,
Não vês jorrando da própria alma.

WAGNER

Perdão, mas é um prazer, deveras, 570
Entrar no espírito das eras,
Ver como já pensou um sábio antes de nós,
E a que sublimes fins temos chegado após.

FAUSTO

Oh, sim! até ao céu estrelado!
São, meu amigo, os tempos do passado 575
Livro lacrado, de mistério infindo.[20]

---

nistas e antigos, como aqui em relação a Hipócrates: *Ars longa, vita brevis*. Em Sêneca, *Vitam brevem esse, longam artem*.

[20] No original, Fausto emprega a imagem bíblica do livro lacrado com "sete selos" (*Apocalipse*, 5: 1).

O que chamais de espírito de outrora
É o espírito que em vossas testas mora,
No qual o outrora está se refletindo.
E quanta vez é uma miséria vil! 580
A gente de vós foge enjoada;
De trastes uma alcova e de lixo um barril,
E, quando muito, alguma fantochada
De axiomas de pragmática, fanecos,
Como convém aos lábios de bonecos. 585

WAGNER

Contudo, o mundo! do homem a alma, o ser!
De perceber-lhes algo o anelo nos consome.

FAUSTO

Sim, chama-se a isso perceber!
Quem pode dar ao filho o verdadeiro nome?
Os poucos que têm visto em tal alguma luz, 590
E que, a alma plena expondo, abriram à ralé
Suas revelações, seu sentimento e fé,
Foram queimados, sempre, ou mortos sobre a cruz.[21]
Por hoje basta, amigo, por favor,
Que da noite altas horas são. 595

---

[21] Entre os últimos, pode-se pensar, além de Jesus, em Pedro. Entre os que foram queimados (as inúmeras vítimas da Inquisição) pode-se pensar também em Giordano Bruno (1548-1600), a cujas concepções Goethe sempre dispensou especial atenção (o conceito, proposto por Bruno de uma "alma da terra", *anima terrae*, pode ter influenciado a criação goethiana do Espírito da Terra).

WAGNER

Quisera eu ter velado até o alvor,
Convosco, em tão profunda discussão.
Mas, amanhã, na Páscoa, permiti-me
Que a uma pergunta ou outra, ainda me anime;
Com grande ardor me aprofundei no estudo;   600
Sei muito, mas quisera saber tudo.

(Sai)

FAUSTO *(sozinho)*[22]

Que espera ainda a cabeça que se crava
Só na matéria estéril, rasa e fria,
Que por tesouros com mão cobiçosa cava
E ao encontrar minhocas se extasia?   605

Pode soar de tal voz humana o desconcerto
Onde reinastes vós, gênios incorporais?
Mas, devo hoje ainda agradecer-to,
Mais reles, tu, de todos os mortais!

---

[22] Após a saída de Wagner, começa o segundo grande monólogo de Fausto, que retoma os acontecimentos anteriores com o seu fâmulo e com o "Gênio da Terra", passa em seguida para o tema da "apreensão", já preludiando a grandiosa e sombria cena ("Meia-noite") com a figura alegórica da "Apreensão" (ou "Preocupação", *Sorge*, no original) no quinto ato do *Fausto II*, e volta-se por fim à ideia do suicídio, o que gera em Fausto uma sensação euforizante, mesmo consciente do risco de "resvalar no nada", em vez de "penetrar a altura".

Vieste arrancar-me a tão negra aflição, 610
Que em breve destruiria o juízo meu.
Ah! foi tão gigantesca a aparição,
Que mais devo sentir-me anão, mero pigmeu.

Retrato, eu, da Deidade, eu, que me julguei ver
Perto do espelho já, da perene verdade, 615
Gozando o Eu próprio em luz celeste e claridade,
Já despejado o térreo ser;
Eu, mais que Querubim, cuja força arrogante[23]
Da natureza ousou, já, penetrar a fio
As veias, e auferir, criando, com alto brio, 620
Vida de deuses, como agora o expio!
Aniquilou-me o teu ditado troante.

A ser-te igual não me devo atrever!
Se fui, para atrair-te, assaz possante,
De segurar-te eu não tive o poder. 625
Naquele instante, ah! que abençoado!
Tão grande me senti, e tão pequeno!
Teu golpe repeliu-me, em pleno,
Ao indeciso, humano fado.
Que evito? hei de acatar que ensinamentos? 630
Aquela aspiração, dar-lhe-ei seguida?
Nossas ações, bem como os nossos sofrimentos
O curso nos obstruem da vida.

---

[23] Nas hierarquias medievais dos anjos, os querubins encontram-se mais próximos a Deus do que os arcanjos, para os quais a harmonia divina (como proclamam Rafael, Gabriel e Miguel no "Prólogo no céu") é "inescrutável".

Matéria estranha, sempre, ao máximo se aferra
Ao que já alcançou o pensamento humano;[24]   635
Quando o que é bom se atinge sobre a terra,
O que é melhor se chama de erro, engano.
Os que nos deram vida, altíssimos sentidos,
Na térrea agitação quedam-se entorpecidos.

Se, outrora, a fantasia, o voo audaz ampliando,   640
Do Eterno já avistara, esperançosa, a plaga,
Contenta-a, hoje, um espaço exíguo, quando
Toda ventura em turbilhões da era naufraga.
Cria no fundo peito a apreensão logo vulto,
Nele obra um sofrimento oculto,   645
A paz turba e a alegria, irrequieta, a abalar-se;
Continuamente assume algum novo disfarce;[25]
Com máscara de prole, esposa, quinta e lar,
Como veneno, fogo, água, aparece;
Tremes com tudo o que não acontece,   650
E o que não vais perder, já vives a prantear.

Os deuses não igualo! ah! quão profundo o sinto!
Igualo o verme que, faminto,

---

[24] Finda a recapitulação de seu frustrante encontro com o Espírito da Terra, Fausto diz nestes dois versos que "matéria estranha" sempre irá penetrar mesmo no que de mais elevado "alcançou o pensamento humano".

[25] É o que a figura da Apreensão, no *Fausto II* (cena "Meia-noite", v. 11.453 ss.), irá reiterar a Fausto antes de cegá-lo: "Quem possuo é meu a fundo,/ Lucro algum lhe outorga o mundo,/ Ronda-o treva permanente,/ Não vê sol nascente ou poente;/ Com perfeita vista externa/ No Eu lhe mora sombra eterna,/ E com ricos bens em mão,/ Não lhes frui a possessão".

No pó se nutre; e ao qual, enquanto escava a vasa,
O pé do caminhante esmaga, arrasa.   655

Não é pó o que aqui, de cem estantes,[26]
A alta parede me restringe?
Que de montões de trastes, sufocantes,
Neste âmbito de traças e bolor me cinge?
Posso encontrar aqui o que me falta?   660
Devo em mil livros, ler, talvez,
Que sempre se estafou a humana malta,
Que houve um afortunado alguma ou outra vez?
Caveira oca, tu! pra mim por que te ris?
É por que, como o meu, teu cérebro, outrora,   665
Sedento de verdade, erradiço, infeliz,
Buscava a luz pela penumbra afora?
Vós, instrumentos, ai! de mim escarneceis:
Estava eu no portal, servir-me-íeis de chave;
Mas, com cilindros, palhetões, cinzéis,[27]   670
Não removeis nenhum entrave.
Em pleno dia imersa em fundo arcano,
Da natureza o véu jamais arrancas,

---

[26] Aqui Fausto volta a exprimir seu mais profundo desespero com uma existência em meio aos livros, pergaminhos e instrumentos (em grande parte herdados do seu pai) que abarrotam seu gabinete.

[27] O monólogo expressa agora o ceticismo de Fausto em relação aos instrumentos que deveriam proporcionar-lhe acesso àquilo que sustenta a natureza "em seu âmago profundo". Note-se que estes têm semelhança com os instrumentos descritos no início da cena "Laboratório", segundo ato do *Fausto II*, que retrata o ambiente de trabalho de Wagner: "pesados aparelhos desajeitados, próprios para finalidades fantásticas".

E o que ela se recusa expor ao gênio humano,
Não lhe arrebatarás com roscas e alavancas.   675
Entulho velho, que não tenho usado,
Estás aqui porque meu pai te usou.
Tu, velho rolo, foste aqui sempre enfuscado,
Por essa triste luz que sempre aqui fumou.
Por que não esbanjei as sobras paternais,   680
Ao invés de suar com uma posse ou duas!
O que hás herdado de teus pais,
Adquire, para que o possuas,
O que não se usa, um fardo é, nada mais,
Pode o momento usar tão só criações suas.[28]   685

Mas, por que se me finca o olhar nesse recanto?
É aquele vidro, ali, à vista, algum magnete?
Por que se me abre o peito em luz prenhe de encanto,
Como em soturna mata a lua o alvor reflete?[29]

Vidro único, precioso, eu te saúdo!   690
Reverente te empunho; em teu conteúdo
Do gênio humano exalto a arte e o labor.

---

[28] Após a exortação a adquirir ativamente a herança (portanto, também os livros, instrumentos, rolos etc.) dos antepassados para possuí-la de fato, Fausto diz neste verso que o momento só pode usar aquilo que ele próprio criou (ou seja, a herança sendo conquistada na prática e, assim, tornada útil).

[29] Ao avistar o frasco de veneno em meio à parafernália do quarto gótico, Fausto o vê resplandecer como o luar em floresta escura. O frasco é algo que ele pode efetivamente "usar" como meio de suicídio e essa perspectiva lhe proporciona uma sensação de euforia, pois concebe a morte como libertação de todas as suas angústias e limitações.

Substância, tu, do sono fluido grato,
De todas as letais virtudes almo extrato,
Hoje a teu mestre outorga o teu favor! 695
Para ti olho, e a dor vai-se aliviando.
Pego-te em mão, torna-se o ansiar mais brando,
Do espírito reflui pouco a pouco a corrente,
Sou impelido já alto mar em fora,
Flui a meus pés espelho refulgente, 700
A novas margens chama nova aurora.[30]

Flutua um carro flâmeo a mim, sobre asas aéreas![31]
Prestes me sinto a penetrar a altura,
A me entranhar em órbitas etéreas,
Novas regiões de atividade pura. 705
Este momento imenso! este êxtase sem-par!
Merecê-lo-ás, tu, ainda há pouco verme bruto?
Sim, volve à térrea, amiga luz solar,
As tuas costas, resoluto!
Atreve-te a romper esses portais 710
Dos quais cada um teme o terror sombrio;
É tempo de provar que, à altura de imortais,
Em nada o cede do homem o alto brio,[32]

---

[30] A aspiração de penetrar em "novas margens" ou, quatro versos adiante, "novas regiões de atividade pura", realiza-se de certo modo na cena final da segunda parte da tragédia, na ascensão da "parte imortal" de Fausto pelas "Furnas montanhosas".

[31] Alusão a Elias, segundo a *Bíblia*, o único homem a entrar vivo no Céu, arrebatado por um "carro de fogo" puxado por "cavalos de fogo" (*2 Reis*, 2: 11).

[32] Fausto diz aqui que é tempo de provar na ação (*durch Taten*, por atos) que a dignidade humana não deve recuar diante da "altura" dos deuses.

De não tremer ante a sinistra gruta[33]
Em que a imaginação cria tormento eterno.   715
De arremessar-se a essa abertura abrupta,
Em cuja estreita boca arde, flamante, o inferno,
De, plácido, empreender essa jornada,
E seja a risco, até, de resvalar no Nada.

Surge, pois, taça de facetas cristalinas,   720
Do estojo velho e gasto em que reclinas,
Por mim tão longos anos esquecida! Outrora
Brilhavas nos festins patriarcais,
Recreando austeros comensais,
Quando um brinde após outro ecoava sala em fora.   725
A praxe de explicar em poética sonora
De tua imaginária o fausto,[34]
A de esvaziar-te o fundo de um só hausto,
Cem noites juvenis me rememora;
Hoje, a vizinho algum hei de passar-te,   730
Não me há de estimular o espírito tua arte;[35]
É um líquido, este, que embriaga sem demora.
O vácuo te encha com seu fluido amaro,
De minha escolha, meu preparo,

---

[33] Alusão aos castigos que, segundo as crenças, aguardavam os pecadores (incluindo-se o suicida) no Inferno.

[34] Diante da taça, Fausto se lembra das festas dadas pelo pai, quando os "comensais", antes de beberem dessa mesma taça, tinham de descrever em rimas, "em poética sonora", a sua "imaginária", ou seja, o conjunto de imagens que a adornavam.

[35] Isto é, Fausto pretende emborcar o "líquido" sem demora, deixando de lado a "praxe" de fazer versos.

Seja o último hausto, pois, num brinde alto e preclaro,   735
Do fundo de minha alma oferecido à aurora!

(Leva a taça aos lábios)

(Tanger de sinos e canto em coro)[36]

CORO DOS ANJOS

    Cristo ressurgiu!
    Salve, ente mortal,
    Que do elo fatal
    Do erro original   740
    Liberto se viu.

FAUSTO

Que fundos sons, que toques argentinos,
À força me subtraem dos lábios o cristal?
Já me anunciais, sonoros, graves sinos,
A suma festa, o santo alvor pascoal?   745
Cantais, já, coros, vós, a confortante nova

---

[36] De uma igreja próxima chegam aos ouvidos de Fausto os hinos de Páscoa, que Wagner já havia mencionado. Segundo a liturgia medieval, soam primeiro os responsos das mulheres que chegam ao sepulcro vazio de Cristo e dos anjos que lhes anunciam a ressurreição. Em seguida, ouve-se o coro dos discípulos, aos quais essa mensagem é transmitida. Assim como fizera com os traços essenciais da história intelectual e espiritual dos últimos três séculos, Goethe incorpora à cena elementos de uma tradição ainda mais antiga, a cultura hínica católica, compondo versos que parecem flutuar com leveza e alternar-se lenta e suavemente.

Que de anjos soou, outrora, à beira de uma cova,[37]
De um novo pacto a alva eternal?

CORO DAS MULHERES

    Com bálsamo o ungimos,
    Em pranto o envolvemos,   750
    Nós, seus fiéis, com mimos
    Na tumba o estendemos;
    Em pano e alvas faixas
    De linho o enlaçamos;
    Ah! mas já não se acha   755
    Cristo onde o deixamos.

CORO DOS ANJOS

    Cristo ressurgiu!
    Glória à alma que, amante,
    Da prova cruciante,
    Árdua e edificante,   760
    Triunfante surgiu.

FAUSTO

Buscais-me a mim, com brando e poderoso soído,
No pó, tons de celeste encanto?
Soai onde gente meiga presta ouvido.

---

[37] Possível alusão à "confortante nova" que o Anjo do Senhor comunica a Maria Madalena e a Maria de Tiago quando estas vão visitar, na manhã de domingo, o sepulcro de Jesus: "Não temais! Sei que estais procurando Jesus, o crucificado. Ele não está aqui, pois ressuscitou, conforme havia dito" (*Mateus*, 28: 5).

Ouço a mensagem, sim, falta-me a fé, no entanto;[38] 765
É da fé o milagre o filho preferido.
Não ouso alar-me a essa órbita subida,
Donde vibra a alma ressonância;
Contudo, àquele som afeito desde a infância,
Hoje também, me traz de volta à vida. 770
Antigamente a aura do amor divino
Vinha envolver-me no sabático repouso;
Tão pressagioso, então, soava o tanger do sino,
E era uma prece encanto fervoroso;
A andar por vales e vertentes, 775
Saudade estranha e suave me impelia,
E entre mil lágrimas ferventes
Um mundo novo me surgia.
Trazia esse cantar gentil
Folgas da adolescência, a primavera suave; 780
Põem-me as recordações, com ânimo infantil,
Hoje, ao supremo passo, entrave.
Ressoai, ó doces saudações do Além!
Jorra meu pranto, a terra me retém!

CORO DOS DISCÍPULOS

    Se da sepultura, 785
    Se alçou o Senhor,

---

[38] Embora incapaz de crer na mensagem da ressurreição, Fausto se recorda da felicidade que a comemoração da Páscoa cristã (o "novo pacto" a que se refere o v. 748) lhe proporcionava em sua infância e juventude. Tais recordações levam-no então a desistir da ideia de suicídio: "Jorra meu pranto, a terra me retém!" (v. 784).

Redivivo, à Altura,
Em sumo esplendor;
Se, criando, se apraz
No júbilo da era nova, 790
Os seus, cá detrás,
Deixou na árdua prova.³⁹
Se o seio terrestre
Nos prende ainda em saudade,
Choramos-te, ah, Mestre! 795
A Felicidade!

CORO DOS ANJOS

Cristo ressurgiu
Dos fúnebres braços!
Com júbilo infindo,
Livrai-vos dos laços!⁴⁰ 800
Ó vós, que o exaltais,
Que amor dispensais,
Irmãos amparais,
Consolo pregais,
Delícia anunciais, 805
Convosco Ele está,
Convosco ei-Lo já!

---

³⁹ A "árdua prova" a que Jesus, subindo aos céus, entregou as mulheres e os discípulos consiste em permanecer "cá detrás", isto é, na terra.

⁴⁰ Os versos finais dessa cena "Noite" parecem antecipar o que sucederá à "enteléquia" de Fausto (ou à sua "parte imortal") na cena "Furnas montanhosas", quando se inicia o longo processo de libertação de todos os "laços" terrenos.

Diante da porta da cidade

Essa cena ao ar livre, em que despontam personagens anônimas e representativas de grupos e classes sociais, foi redigida por volta de 1801, portanto sob a égide da estética classicista. Como já anuncia o título (no original apenas "Diante da porta", mas deixando subentendido que se trata da porta, ou portal, da cidade), constitui-se aqui expressivo contraste com a atmosfera noturna e carregada da cena anterior. Abrindo-se à vida mundana, essa cena prefigura também a incursão de Fausto pelo "pequeno mundo" que Mefistófeles lhe prometerá pouco depois, inclusive no que diz respeito ao envolvimento com Margarida, como se depreende dos motivos eróticos que assomam nas falas dos aprendizes, estudantes, domésticas, jovens burguesas, e mesmo nas canções entoadas pelos soldados e camponeses (por exemplo, o motivo do abandono da amada nos versos "Mais de um, com pérfidas promessas,/ A noiva hoje embeleca").

As falas desses "tipos" possuem todas um caráter fragmentário, pois o leitor (ou o espectador no teatro) aprende apenas retalhos de conversas. Goethe descreve momentos do passeio de Páscoa de Fausto e introduz por fim, sob o disfarce de um cão, a figura de Mefistófeles. Em consonância com o estatuto de "teatro universal", conforme explicitado nos prólogos, o drama precisa abarcar também o relacionamento de Fausto com elementos populares e burgueses. Aparecendo até então sozinho ou apenas com Wagner, ele surge aqui entre pessoas comuns, o que também faz ressaltar a sua excepcionalidade. [M.V.M.]

(Grupos de moradores de todas as categorias saem a passeio)

GRUPO DE APRENDIZES
    Aonde vos leva esse caminho?

OUTRO GRUPO

Queremos ir para o moinho.¹

UM APRENDIZ

À roda-d'água ninguém vem comigo? 810

O PRIMEIRO GRUPO

Não, vamos para o pavilhão de caça.

OUTRO APRENDIZ

Andar por lá acho sem graça.

O SEGUNDO GRUPO

Que fazes tu?

---

[1] "Moinho", "roda-de água", "pavilhão de caça", "Burgdorf": todas essas referências espaciais correspondem a lugares nas imediações de Frankfurt e que constituíam o objetivo predileto de caminhadas e passeios do jovem Goethe. Para facilitar a elaboração das rimas em português, a tradutora inverteu algumas falas e designações espaciais — pequenas liberdades que não comprometem o sentido da cena que, no original, começa da seguinte maneira (mantendo-se os demais termos da tradução): "ALGUNS APRENDIZES:/ Aonde nos leva esse caminho?/ OUTROS:/ Queremos ir ao pavilhão de caça./ OS PRIMEIROS:/ Mas nós queremos ir ao moinho./ UM APRENDIZ:/ À roda-d'água ninguém vem comigo?/ UM SEGUNDO APRENDIZ:/ Andar para lá acho sem graça./ O SEGUNDO GRUPO DE APRENDIZES: Que fazes tu? [...]".

TERCEIRO APRENDIZ

    Com os mais do bando sigo.

QUARTO APRENDIZ

Vinde a Burgdorf, afianço-vos que lá[2]
É onde a melhor cerveja e raparigas há,   815
E brigas grossas, por quem és!

QUINTO APRENDIZ

Pândego, tu! lá que te impele?
Ainda uma vez te coça a pele?
Temo o lugar; nele não meto os pés.

UMA DOMÉSTICA

Não, não, eu vou voltar para a cidade.   820

OUTRA DOMÉSTICA

Decerto ele há de estar nos álamos, ali.

A PRIMEIRA

Pra mim não é felicidade;
Só contigo anda, dança e ri,

---

[2] Trata-se provavelmente de uma aldeia ou um lugarejo nas proximidades: *Burgdorf* significa literalmente "aldeia da fortaleza".

Há de ficar só ao teu lado;
Que tenho eu com o teu namorado! 825

A SEGUNDA

Mas hoje não está sozinho,
Disse que vinha com ele o tal Crespinho.[3]

UM ESTUDANTE

Arre, que firmes marcham as donzelas![4]
Senhor colega, eia, atrás delas!
Cerveja forte, aspérrimo tabaco 830
E uma pimpã de aldeia, admito-o, são meu fraco.

UMA JOVEM BURGUESA

Pois vede lá, que indignidade!
Moços tão guapos e valentes,
Podiam ter tão fina sociedade,
E vão atrás dessas serventes! 835

SEGUNDO ESTUDANTE *(ao primeiro)*

Mais devagar! lá de alto duas vêm,

---

[3] Isto é, o de "cabelos crespos" (*Krauskopf*: literalmente "cabeça crespa"). À amiga que se sente preterida pelo moço que se encontra entre os álamos, esta segunda "doméstica" diz (para persuadi-la a não retornar à cidade) que lá estará também o rapaz de cabelos crespos.

[4] Donzela traduz aqui o substantivo *Dirne*, que a partir de meados do século XVI começa a adquirir o sentido atual de "meretriz" (ver nota ao v. 2.618).

Estão muito bem vestidinhas;
À da direita eu quero bem;
De onde moro elas são vizinhas.
Andam tão quietas e singelas, 840
Mas no fim sempre levam-nos com elas.

O PRIMEIRO

Não sou de cerimônias, não, colega!
Vamos! para que a caça não se aparte.
A mão que a vassoura aos sábados carrega
É a que, domingo, há de melhor acariciar-te.[5] 845

UM CIDADÃO

Não, a mim não me agrada o novo burgomestre!
Agora que o ficou, só na impudência é mestre.
Para a cidade, que é que faz?
Piora dia a dia! a gente
Tem de fazer o que lhe apraz, 850
E pagar mais que anteriormente.

UM MENDIGO *(canta)*

Formosas damas, moços nobres,
Tão ricos de saúde e graça,
Dignai-vos contemplar os pobres
E mitigar minha desgraça! 855

---

[5] Neste verso de inequívoco sentido erótico, Goethe usa o verbo *karessieren*, derivado do francês *caresser*.

Não me deixeis rogar em vão!
Quem dá, sente a alma satisfeita.
Se todos festejando estão,
Seja-me o dia um de colheita.

OUTRO CIDADÃO

Nas folgas eu não sei de diversões que valham 860
Palestras sobre luta e guerras,
Quando em Turquia, e outras longínquas terras,[6]
Os povos entre si batalham.
A gente, à sombra, haurindo o frescor do ar,
Em ver as naus descendo o rio se compraz; 865
E à noite torna grata ao lar,
Benzendo os tempos bons de paz.

TERCEIRO CIDADÃO

Senhor vizinho, isto é que é falar certo!
Deixai que rachem as cabeças,
E que ande lá tudo às avessas; 870
Mas nada mude aqui por perto.

UMA VELHA *(às jovens burguesas)*

Ah, belas jovens! ver-vos é um regalo!
Por vós, quem não se babaria?

---

[6] Com a designação "Turquia" este "outro cidadão" refere-se aos povos e países dos Bálcãs, dominados então pelos turcos, ou seja, o Império Otomano que por duas vezes (1529 e 1683) esteve prestes a conquistar Viena.

Quanta arrogância! — já me calo!
Mas o que desejais, bem que eu vo-lo obteria. 875

A JOVEM BURGUESA

Ágata, vamos! temo, à fé,
Andar com bruxas tais publicamente;
Não nego, deu-me a ver, na Santo André,[7]
A imagem do futuro pretendente...

A OUTRA JOVEM

A mim, mostrou-mo no cristal, 880
Valente, ousado, soldadesco, em suma;
Por ele olho aonde eu for, mas qual!
Ainda não o acho em parte alguma.

SOLDADOS[8]

        Castelos com rijas
        Muralhas e cristas, 885

---

[7] Alusão à cristalomancia praticada na noite de Santo André (30 de novembro). Estigmatizadas como arte do demônio e, portanto, passíveis de punição, essas superstições consistiam em aparições alucinatórias que se supunham formar em superfícies de espelhos, cristais e outros objetos reflexivos. Trata-se, contudo, de uma prática divinatória que na época do Fausto histórico ainda gozava de certo prestígio na Europa, e a esse respeito Ernst Beutler se refere, em seus comentários, ao cristal (*showstone*), exposto no Museu Britânico, por cujo intermédio o mágico da corte, doutor Dee (1526-1608), fazia profecias à rainha Elisabeth.

[8] Mal a jovem burguesa falou do pretendente soldadesco que na noite de Santo André lhe aparecera no espelho ("cristal"), e Goethe faz desfilar soldados

Diante da porta da cidade

Donzelas formosas
E altivas, avistas,
Soldado, e conquistas!
Ferrenho é o empenho,
O prêmio excitante! 890

E que alto e bom som
Ressoe o clarim,
Ao júbilo, à folga,
E à ruína outrossim.
Isso é arremesso! 895
Sim! isso é viver!
Donzelas, castelos,
Se têm de render.
Ferrenho é o empenho,
O prêmio excitante! 900
E vão os soldados
Seguindo pra diante.

(Fausto e Wagner)

FAUSTO[9]

Descongelou arroio e fontes
O vivífico olhar da primavera.

---

que entoam uma canção de teor tanto militar quanto erótico, paralelizando o cerco a "donzelas" e a "castelos" que "se têm de render".

[9] Contrastando com as canções e os fragmentos de conversas dos grupos que se revezavam rapidamente, alça-se aqui o grande monólogo (com rimas livres)

Verde esperança o vale gera;[10] 905
Debilitado, em rudes montes
O velho inverno se encarcera.
De lá, a fugir, tão só envia
De grãos de gelo inócuas rajadas
Sobre as verdejantes valadas; 910
Mas o sol toda alvura repudia.
Em tudo há formação e vida ativa,
Tudo quer alentar com cores;
Se, na várzea, há falta de flores,
Toma, ao invés, gente festiva. 915
Vira-te, olha abaixo, procura
Ver a cidade desta altura.
De seu portal, pelo obscuro vão,
Surge garrida multidão.
Cada um procura o sol e a luz. 920
Festejam a ressurreição de Jesus,
Porque eles mesmos estão redivivos,

---

em que Fausto contempla as transformações acarretadas pela chegada da primavera. Constitui-se assim um quadro bastante realista da vida de então, começando com a referência ao degelo dos arroios, fontes e rios, que desempenhavam um papel vital no funcionamento das cidades.

[10] Literalmente, "verdeja no vale a felicidade (ou ventura) da esperança": reforçando a associação entre a esperança e a cor verde, as imagens de Fausto aludem ao viço primaveril, que para este ano promete colheitas fartas, pasto abundante para os animais etc. Os campos ainda não exibem flores, mas em compensação estão tomados por adultos e crianças com vestes coloridas, que se sentem redivivos nesta manhã de Páscoa.

De áreas sem luz, de quartos abafados,[11]
Do suor do trabalho e ofício exaustivos,
Da opressão dos frontões, telhados, 925
Do aperto das vielas, triste e frio,
De igrejas úmidas, de obscuridade,
Vieram todos à claridade.
Vê, mas vê! que presto o gentio
Pelos campos se espalha em vastos arcos, 930
Como, em largura e ao longo, o rio
Movimenta alegres barcos,
E, abarrotada, sob a ponte,
A última nau se afasta prestes.
Do longínquo verdor, até, do monte, 935
Brilham em vivos tons as vestes.
Da aldeia já ouço o canto e o riso,
Do povo é isto o paraíso,
De cada um soa alegre o apelo:
Aqui sou gente, aqui posso sê-lo![12] 940

---

[11] As imagens do doutor elaboram agora o contraste entre o campo primaveril e a cidade opressiva, ainda associada ao inverno e onde também se encontra o seu "quarto gótico", "maldito, abafador covil".

[12] Este verso conclusivo não representa propriamente o conteúdo do "apelo" de "cada um" ("grande" e "pequeno" no original, isto é, adultos e crianças), mas articula também o próprio sentimento de Fausto em meio a esse "paraíso" do povo: se na solidão de seu quarto gótico Fausto almejou ascender à condição de "super-homem" (como observou sarcasticamente o Espírito da Terra no v. 490), agora ele se sente apenas um homem (*Mensch*) entre os outros, sente-se como "gente".

WAGNER

    Senhor doutor, passear convosco,
    É proveitoso e é honraria;
    Mas, sendo adverso a todo bruto e tosco,
    A sós, aqui, eu não me atreveria.
    Os gritos, jogos, a palrice,   945
    São sons que da funda alma odeio;
    Bramam como se o inferno os impelisse,
    E dizem que é canção, recreio.

CAMPONESES *(debaixo da tília)*[13]

(Dança e canto)

        Pra dança ornava-se o pastor,
        Com fitas e galões de cor,   950
        E flores na jaleca.
        Num louco aperto, sob o til,[14]
        Dançava o povo, já, febril.
        Olé! — Olá!
        La-ri la-ri la-rá!   955
        Soava o arco da rabeca.

---

[13] Conforme a reconstituição da autobiografia *Poesia e verdade*, "festas ao ar livre e fora da cidade" constavam entre as primeiras impressões da infância de Goethe em Frankfurt. Essas festas campestres aconteciam num "espaço comunitário sob antiquíssimas tílias".

[14] Para efeito de rima e métrica, a tradutora emprega a designação masculina (e mais breve) de "tília".

Na ronda, à pressa, ele irrompeu,
Contra uma rapariga deu,
De braço, de munheca.
Virou-se amuada a bela e disse: 960
"Palavra, eu acho isto tolice!"
Olé! — Olá!
La-ri la-ri la-rá!
"Deixai de ser da breca!"

E a turba, em folgazão desmando, 965
De um lado e do outro, as vestes voando,
Girava perereca.
Ardeu-lhes rubra e quente a face,
Rondavam no ofegante enlace,
Olé! — Olá! 970
La-ri la-ri la-rá!
Quadril contra munheca.

E nada de confianças dessas!
Mais de um, com pérfidas promessas,
A noiva hoje embeleca! 975
De lado ele a ameigou, gentil,
E ao longe, soava, lá, do til:
Olé! — Olá!
La-ri la-ri la-rá!
Canto e o arco da rabeca. 980

VELHO CAMPONÊS

Senhor doutor, grato é-nos, hoje,
Não desprezar-nos Vossa Graça,

E andardes, vós, tão grande sábio,
Na festa, em meio à populaça.
Também, a mais bonita jarra, 985
De um trago fresco enchemos, vede!
Faço, ao brindar-vos, fartos votos
Por que não só vos mate a sede:
Das gotas todas que contém,
Dias de sobra os céus vos deem. 990

FAUSTO

Aceito o refrescante extrato,
A todos vós saúdo grato.

(O povo junta-se ao redor)

VELHO CAMPONÊS

Deveras, tenho por bem feito,
Virdes ver nossas alegrias;
Quando tão nosso amigo fostes, 995
Antigamente, em negros dias![15]
Mais de um, aqui, se acha vivente,
Que vosso pai, com arte inconteste,
Soube arrancar à febre ardente,
Quando pôs fim àquela peste. 1.000
Também andáveis vós, tão moço,

---

[15] Introduz-se aqui o tema da "peste", cujas epidemias, especialmente a ocorrida no século XIV, assolaram e despovoaram várias regiões da Europa até o século XVIII.

Por casas e hospitais de morte,
Mais de um levavam para o fosso,
Mas vós saístes são e forte;
Foi nula a provação mais rude;[16]   1.005
Ao que ajudou, Deus deu ajuda.

TODOS

Ao sábio ilustre, honra e saúde,
Que largos anos nos ajude!

FAUSTO

Vergai ante a mercê divina,
Que ajuda e que a ajudar ensina.   1.010

(Continua seu caminho com Wagner)

WAGNER

Grande homem, ah! que belo sentimento,
Não deve dar-te dessa turba o preito!
Feliz daquele que do seu talento
Pode auferir honra e proveito!
Mostra-te o pai a seu rebento,   1.015
Queda-se a dança, o arco, os pares,
Cada um acode, olha e pergunta,
Voam os barretes pelos ares,
Em peso a multidão se ajunta,

---

[16] Literalmente: "Superastes mais de uma provação rude".

E, pouco falta, cairia ajoelhada,   1.020
Como se visse a hóstia sagrada.[17]

FAUSTO

Uns passos só, a mais, até essa pedra ali;
Da caminhada, então, descansaremos.
Quanta vez, horas, nela a sós me vi,
Orando, exausto por jejuns extremos.   1.025
Na fé e na esperança firme,
Julgava obter do Pai Celeste,
Com pranto e rogo a persuadir-me,
O fim daquela hedionda peste.[18]
Soa hoje a escárnio o ruído que me aclama.   1.030
Pudesses ler-me no íntimo, ai!
Quão pouco dignos de tal fama
Foram o filho como o pai!
Obscuro homem de bem esse era,[19]
Que a natureza e seu sagrado engenho   1.035
Sondava com consciência austera,
Porém com fantasioso empenho;

---

[17] No original, o termo é *das Venerabile*, derivado do latim clerical, que designa a custódia que nas procissões católicas abrigava a hóstia consagrada.

[18] Uma vez que a peste era concebida como castigo divino, procurava-se combatê-la não apenas com recursos da medicina, mas também com "pranto e rogo", isto é, orações, jejuns, penitências, suplícios etc.

[19] "Obscuro" tem aqui o sentido de desconhecido, mas pode encerrar também uma alusão às misteriosas (e, assim, "obscuras") práticas dos alquimistas.

Que, em companhia de sectários,[20]
Trancando-se na negra cava,
Com fórmulas dos electuários,   1.040
O adverso um a outro misturava.
A um leão rubro, audaz amante, a prova
À flor-de-lis aliava em banho morno,
E, de uma a outra nupcial alcova,
Os impelia o flâmeo forno.   1.045
Surgia então, em tons fulgentes,
A jovem rainha no cristal;[21]
Era o remédio, faleciam os pacientes,
Sem que alguém indagasse: e quem sarou do mal?
Assim, com drogas infernais, mais males   1.050
Causamos nesses morros, vales,
Do que da peste as feras lidas.
Dei eu próprio a milhares o veneno,
Foram-se; devo eu ver, sereno,
Que honram os torpes homicidas.   1.055

---

[20] *Adepten*, no original, designa os iniciados na alquimia, empregada nesse contexto como aplicação medicinal, que procura segregar e eliminar os elementos mórbidos mediante a receita da "pedra filosofal". Aos dezenove anos, o próprio Goethe, bastante enfermo, foi tratado pelo Dr. Metz, médico de Frankfurt versado em doutrinas alquímicas, sendo-lhe ministrados, como se lê em *Poesia e verdade*, "misteriosos medicamentos preparados em laboratório próprio".

[21] Goethe emprega aqui expressões tomadas a obras alquímicas que estudara na juventude. O "leão rubro" (*roter Leu*, no original) e a "flor-de-lis" (*Lilie*) são designações próprias dos alquimistas para o óxido de mercúrio e o ácido clorídrico, supostamente necessários para a preparação da "pedra filosofal". Essas substâncias "adversas" eram misturadas na "nupcial alcova", a retorta química, e como resultado final deveria surgir a "jovem rainha no cristal".

WAGNER

> Por que afligir-vos com aquilo?
> Não faz o homem de bem o suficiente
> Quando pratica, em claro estilo,
> A arte que herdou, integramente?
> Aceitarás as experiências ricas   1.060
> De teu pai, se o honras, jovem filho;
> Se após, adulto, a ciência multiplicas,
> O filho teu dar-lhe-á mais alto brilho.

FAUSTO

> Oh, quão feliz, quem ainda espera
> Surgir daquele mar do engano e da quimera!   1.065
> O que se ignora é o que mais falta faz,
> E o que se sabe, bem algum nos traz.
> Mas não deixemos que desta hora linda
> Soçobre o dom em amargura!
> Vê, como à luz do sol que em breve finda,   1.070
> Das choças fulge a verde-áurea moldura.
> Recua e foge, está vencido o dia,[22]
> Para lá corre, e em vida nova tudo abrasa.
> Para seguir-lhe sempre e sempre a via,

---

[22] A tradutora vale-se neste verso de uma elipse de sujeito: trata-se do sol que "recua e foge". Na sequência, Fausto entrega-se ao devaneio com asas que lhe possibilitem contemplar indefinidamente o "fulgor do ocaso", numa provável alusão ao desejo do Doutor Fausto (no segundo capítulo do livro de 1587 *Historia von D. Johann Fausten*) de adquirir "asas de águia" para sobrevoar e conhecer o mundo todo.

Do solo, ah! me pudesse alar alguma asa! 1.075
Veria no fulgor do ocaso imorredouro
Aos pés o plácido universo,
O riacho argênteo afluir à correnteza de ouro,
Todo cume inflamado, o vale em paz imerso.
Não obstruiriam, já, a etérea pista, 1.080
Do morro as furnas mais bravias;
Logo abrir-se-ia o mar, com cálidas baías,
Perante a surpreendida vista.
Mas parece ir-se enfim o flâmeo deus, o sol;
No impulso alado que me enleva 1.085
Corro, a embeber-me no imortal farol,
À frente a luz e atrás de mim a treva,
Aos pés o oceano e o empíreo sobre mim.
Um sonho, enquanto afunda em fluídos de cristal.[23]
Às asas da alma, ah! tão ligeiro assim, 1.090
Não se há de aliar uma asa corporal!
Mas, a nós todos uma inata voz,
Para o alto e para a frente guia,
Quando, perdida no éter, sobre nós,
Canta radiante a cotovia; 1.095
Quando a águia, nos celestes vagos,
Plana sobre o áspero pinhal,
E sobre várzeas, sobre lagos,
O grou volve ao torrão natal.[24]

---

[23] Nova elipse de sujeito: trata-se mais uma vez do "sol", o "flâmeo deus" (*Göttin*, deusa no original, já que sol é feminino), que desaparece, ou "afunda em fluídos de cristal".

[24] Ulrich Gaier, em comentário a esses versos, aponta, entre outras coisas,

WAGNER

De horas estranhas tenho sido a presa,　　　1.100
Mas jamais de ânsias desta natureza.
Cansa o ver lagos, campos, o pinhal,
As asas da ave não são minha escolha.
Melhor nos leva o gozo espiritual
De livro em livro, folha em folha!　　　1.105
Noites de inverno, então, se enchem de encanto,
Ditosa vida aquece-nos o abrigo;
E se abres ainda um pergaminho santo,
Todo o céu desce a ter contigo.

FAUSTO

Apenas tens consciência de um anseio;　　　1.110
A conhecer o outro, oh, nunca aprendas!
Vivem-me duas almas, ah! no seio,[25]
Querem trilhar em tudo opostas sendas;
Uma se agarra, com sensual enleio
E órgãos de ferro, ao mundo e à matéria;　　　1.115

---

para o significado mitológico dos pássaros citados por Fausto: cotovia como ser primordial da imortalidade (como aparece na fábula 211 de Esopo), águia como pássaro de Zeus e grou como pássaro de Apolo e símbolo do poeta.

[25] Há várias fontes para essa imagem das "duas almas", tão familiar a Goethe. Uma delas, o discurso de Sócrates sobre o amor no *Fedro* de Platão. Albrecht Schöne lembra ainda uma passagem da opereta de Wieland *A escolha de Hércules*, que estreou em Weimar em 1773. São versos que o herói dirige a Arete (alegoria da virtude) e Kakia (encarnação de uma "indolência voluptuosa"): "Duas almas — ah! sinto-o muito bem! —/ Digladiam-se em meu peito/ Com força igual [...]".

Diante da porta da cidade

A outra, soltando à força o térreo freio,
De nobres manes busca a plaga etérea.
Ah, se no espaço existem numes,
Que tecem entre céus e terra o seu regime,
Descei dos fluidos de ouro, dos etéreos cumes,   1.120
E a nova, intensa vida conduzi-me!
Sim! fosse meu um manto de magia,[26]
Que a estranhos climas me levasse prestes,
Pelas mais deslumbrantes vestes,
Por mantos reais eu não o trocaria.   1.125

WAGNER

Não chames a horda familiar e hostil,[27]
Que entre halos e vapores se esparrama
E para os homens, de perigos mil,
Dos horizontes todos urde a trama.
Seu dente recortante vem do Norte,   1.130
Chuva de flechas sobre ti atira,
Do Leste acode, ressecante e forte,
E pra nutrir-se, os teus pulmões aspira;

---

[26] É o que Mefistófeles irá providenciar logo mais, no final da segunda cena "Quarto de trabalho".

[27] Schöne destaca os paralelos entre essa fala de Wagner e uma xilogravura de *Medicinae catholicae I* (1631), tratado de Robert Fludd. A imagem mostra hordas de espíritos malignos que, dos quatro cantos do mundo, projetam-se na direção de um doente. Por entre "halos e vapores", os espíritos penetram como "chuva de flechas" no homem trazendo-lhe "perigos mil" de catástrofes naturais e doenças.

Se, do deserto, o Sul os manda, sufocantes,
Pra devorar-te a testa em cruenta brasa, 1.135
Traz o Oeste o enxame, o qual refresca antes,
E, após, a ti, teu campo e prado arrasa.
Cedem-nos, por melhor causar prejuízo,
Dão-nos ouvido e iludem logo após,
Fingem que enviados são do paraíso, 1.140
E, quando mentem, de anjos têm a voz.
Mas vamos! já o mundo em gris se fina,
Esfriou-se o ar, cai a neblina!
À noite é que se dá valor ao lar.
Por que te quedas com pasmado olhar? 1.145
Nesta penumbra, a ti que se depara?

FAUSTO

Vês o cão negro a errar pelo restolho e seara?[28]

WAGNER

Há tempos já o vi, não o julguei de monta.

---

[28] Em vários relatos, o "cão negro" aparece como a forma assumida pelo mal. Nas adaptações que Pfitzer (1674) e o autor de *Das Faustbuch des Christlich Meynenden* (1725) fizeram do livro popular de 1587 (ver apresentação neste volume), o cão negro aparece também como acompanhante do pactário. No original, Wagner o caracteriza como *Pudel*, que na linguagem de Goethe não traduz o inglês *poodle*, mas significa um cão de caça robusto e excelente nadador. Na cena em prosa "Dia sombrio – Campo", Fausto, tomado por acesso de raiva, irá se referir à "vil feição de cão" como a "forma predileta" de Mefistófeles.

FAUSTO

Observa-o bem! tens o bruto em que conta?

WAGNER

Na de um cão, mestre, o qual, à sua moda,   1.150
Procura de seu amo a pista.

FAUSTO

Vês como em largas espirais nos roda
E nos galopa perto e mais perto ainda à vista?
E, caso não me iluda, brilha-
-Lhe um borbulhão de fogo sobre a trilha.[29]   1.155

WAGNER

Só vejo um perro negro, um cão;
Deve ser ótica a ilusão.

---

[29] A propósito, Schöne lembra um trecho da *Teoria das cores* (1810) em que Goethe propõe o banimento "de uma vez por todas" da expressão "ilusão de ótica", usada a seguir por Wagner. Em 1822, como adendo à citada obra, o poeta observou: "Tão logo um objeto escuro se afasta, ele deixa ao olho a imposição de enxergar essa mesma forma em cores claras. De maneira séria e ao mesmo tempo jocosa, apresentemos aqui uma passagem do *Fausto* relacionada a isso [seguem-se os vv. 1.147-57]. As palavras mencionadas foram escritas há tempos, por intuição poética e de modo apenas semiconsciente, quando um cão negro, sob luminosidade moderada, passou correndo diante de minha janela, deixando atrás de si um rastro luminoso: a imagem borrada, que restou à vista, de sua figura correndo".

FAUSTO

Cismo que risca, de mansinho, laços[30]
De mágica ao redor dos nossos passos.

WAGNER

Vejo-o a rondar-nos, temeroso e incerto,   1.160
Porque, ao ver gente estranha, pasma.

FAUSTO

Restringe o círculo, está perto!

WAGNER

Pois vês! é um cão, não é nenhum fantasma.
Hesita, rosna, arrasta-se no chão,
Rabeia. Tudo isso hábito do cão.   1.165

FAUSTO

Vem para cá! vem ter conosco![31]

---

[30] Na cena "Meia-noite" da segunda parte da tragédia, portanto mais de dez mil versos adiante, Fausto falará da dificuldade em libertar-se dos "laços" mágicos em que Mefisto começa aqui a enredá-lo (vv. 11.491-2).

[31] No original, Fausto emprega o verbo reflexivo *sich gesellen*: juntar-se, reunir-se, "acompanheirar-se", que se relaciona a *Gesellen*, termo usado pelo Altíssimo no "Prólogo no céu" ao justificar sua permissão a Mefisto de envolver-se com Fausto: "Aduzo-lhe por isso o companheiro" (v. 342).

WAGNER

    É um bruto brincalhão e tosco.
    Quedas-te, fica à espera ali;
    Diriges-te a ele, salta sobre ti;
    Se perdes algo, há de trazê-lo;   1.170
    Tirar-te-á da água o teu bordão com zelo.

FAUSTO

    Pois tens razão; vejo-o de todo isento
    De espírito e é tudo adestramento.

WAGNER

    Ao cão, quando é criado bem,
    Um sábio, até, carinho tem.   1.175
    Sim, merece ele o teu favor, sem par,
    Dos estudantes é ótimo escolar.[32]

(Entram pela porta da cidade)

---

[32] Alusão ao costume, difundido entre os estudantes, de se ter como mascote um cão adestrado (o próprio filho de Goethe, August, tinha como mascote um cão negro chamado *Türk*).

Quarto de trabalho

Abre-se aqui a primeira de duas cenas contíguas com o mesmo título "Quarto de trabalho", pois ambientadas no gabinete de estudo (*Studierzimmer*) de Fausto. Tomadas em conjunto, essas cenas apresentam Fausto como tradutor da *Bíblia*, trazem o seu primeiro contato com Mefistófeles (que se liberta da forma do cão negro) e mostram o momento crucial do "pacto" (ou, mais apropriadamente, da "aposta"), a que se segue a impagável sátira ao sistema universitário no episódio com o estudante. Como conclusão, têm-se os preparativos para a incursão de Fausto e Mefisto pelo "pequeno mundo" da primeira parte da tragédia (e, na segunda parte, pelo "grande mundo" que se inaugura com os episódios no Palácio Imperial).

Essas duas cenas atuam assim de maneira complementar, fechando juntas o primeiro tema trágico da obra, a que alguns comentadores chamam "tragédia do erudito" (*Gelehrtentragödie*). Na dimensão temporal do enredo, elas estão muito próximas entre si, mas sua redação definitiva estendeu-se por diferentes fases de trabalho, dando-se, portanto, de maneira descontínua. Entre todos os episódios presentes nas duas cenas, a versão inicial da tragédia, o chamado *Urfaust*, contém apenas a irônica "orientação pedagógica" que Mefistófeles dispensa ao estudante no final do "Quarto de trabalho II". Como revelam anotações e esboços deixados por Goethe, nesse complexo temático deveria inserir-se ainda uma disputa acadêmica, travada no salão nobre da Universidade, em que Mefisto atuaria como o "escolar viandante", sob cuja forma ele aparece diante de Fausto libertando-se da figura do cão: "Do perro era esse o cerne, então?/ É de se dar risada! um escolar viandante!". [M.V.M.]

FAUSTO *(entrando com o perro)*

    Campos abandonei e prados,
    Que uma profunda noite cobre,
    Que, em nós, com frêmitos sagrados,   1.180
    Desperta o que a alma tem de nobre.
    Quedam-se os rasgos impulsivos
    Em que a impetuosa ação se ancora;
    Move-se o amor aos seres vivos,
    Move-se o amor a Deus agora.   1.185

    Quieto! não corras, cão! de uma a outra parte!
    No limiar que farejas, e ao redor?[1]
    Por detrás do fogão vem estirar-te,
    Dos meus coxins dou-te o melhor.
    Como no atalho montanhês, lá fora,   1.190
    Pulando estavas e nos divertindo,
    Aceita o meu bom trato agora,
    Qual hóspede quieto e bem-vindo.

    Ah! quando em teu quartinho estreito
    Serena luz te abranda e aquece,   1.195
    Também te fulge ela no peito,
    No coração que se conhece.
    A razão fala, ressurgida,
    Torna a esperança florescente;

---

[1] Como se revela pouco adiante, o cão já parece ter percebido o símbolo mágico do pentagrama (ou "pé druídico") desenhado no "limiar" (soleira) da porta, e intuído que tal desenho lhe impedirá a saída.

Anelas mananciais da vida, 1.200
Da vida anelas a nascente.

Não rosnes, perro! aos tons puros e santos,
Que me banham toda a alma, ora, de encantos,
Não se adapta o som animal.
Sabemos com que escárnios profanos 1.205
É hábito rirem-se os humanos
Do Belo e Bom que entendem mal,
Como resmungam quando os incomoda;
Quer o cão resmungar à mesma moda?[2]

Mas, por mais que me esforce, ah! jorrar já não sinto 1.210
Da alma o contentamento extinto.
Por que deve estancar-se tão cedo a torrente,
A deixar-nos de novo em sede ardente?
Nessa experiência sou já mestre.
Compensa-se entretanto a privação. 1.215
Aprendemos a olhar pelo supraterrestre,
A ansiar pela revelação
Que em ponto algum luz com mais belo alento,
Do que no Novo Testamento.
Almejo abrir o básico texto 1.220
E verter o sagrado Original,
Com sentimento reverente e honesto
Em meu amado idioma natal.

---

[2] Incomodado com o latir e rosnar do cão, Fausto pergunta se este quer imitar os humanos que reagem assim (rosnando e resmungando) ao Belo e Bom que com frequência lhes são "incômodos" (*beschwerlich*). Trata-se de uma pergunta procedente, pois no "âmago do cão" (*des Pudels Kern*), como se formulará adiante, encontra-se Mefistófeles.

(Abre um volume e prepara-se)

Escrito está: "Era no início o Verbo!"[3]
Começo apenas, e já me exacerbo! 1.225
Como hei de ao verbo dar tão alto apreço?
De outra interpretação careço;
Se o espírito me deixa esclarecido,
Escrito está: No início era o Sentido!
Pesa a linha inicial com calma plena, 1.230
Não se apressure a tua pena!
É o sentido então, que tudo opera e cria?
Deverá opor! No início era a Energia!
Mas, já, enquanto assim o retifico,
Diz-me algo que tampouco nisso fico. 1.235
Do espírito me vale a direção,
E escrevo em paz: Era no início a Ação![4]

---

[3] Fausto prepara-se para traduzir o *Evangelho segundo São João*. No original, a expressão grega *logos* (*Verbum*, na Vulgata) vem traduzida por *Wort*, "palavra", em consonância com a tradução de Lutero. Como se trata do que era no princípio, Fausto, após passar pelas alternativas "Sentido" e "Energia", chega à palavra "Ação".

[4] Vale lembrar aqui que Karl Marx, leitor assíduo do *Fausto*, ilustra a sua análise da troca de mercadorias, no segundo capítulo do *Capital*, com uma referência a este verso. A citação tem como pano de fundo um momento inicial do processo de circulação e troca de produtos, quando a "mercadoria-dinheiro" ainda não havia se constituído e, assim, cada indivíduo reivindicava para a sua mercadoria, numa ação espontânea e irrefletida, o papel de "equivalente geral" de todas as outras: "Em seu desconcerto, os nossos proprietários de mercadorias pensam como Fausto. Era no início a ação. Por isso, antes mesmo de pensar, eles já agiram".

Se te aprouver ficar no quarto,
Cala o latir, perro! estou farto
Do uivo e ganido! 1.240
Hóspede tão intrometido
Eu não admito aqui comigo.
Que deixe, amigo,
Um dos dois este abrigo.
Sinto anular a hospitaleira oferta, 1.245
És livre, a porta vês aberta.
Mas que me surge à vista?
Não é possível que isso exista!
É realidade? é sombra informe?
Meu perro! que alto fica e enorme! 1.250
Que violento se ergue do chão!
Isto não é a forma de um cão!
Que assombração trouxe eu pra casa!
Um hipopótamo parece já,[5]
Com goela atroz, olhos em brasa. 1.255
Contudo não me escapará!
Para pôr a tal cria do inferno entrave,
De Salomão nos vale a chave.[6]

---

[5] Ainda no século XVIII o hipopótamo era tido como um monstro terrível, que com dentes descomunais triturava crianças e adultos. Em *Deus e o diabo no Fausto de Goethe*, Haroldo de Campos aventa a hipótese de esta imagem goethiana ter influenciado Machado de Assis na concepção do delírio de Brás Cubas, com o hipopótamo galopante que acaba se revelando um simples gato caseiro.

[6] Alusão à obra *Clavicula Salomonis* (A chave de Salomão), de caráter gnóstico-cabalístico, mas depois retomada pela Pansofia cristã. Atribuída ao rei Salomão, conheceu intensa difusão a partir do século XVI.

GÊNIOS *(no vestíbulo)*[7]

    Preso lá dentro se acha alguém!
    Ninguém o siga! não entre ninguém!   1.260
    Qual no ferro um velho raposo,
    Treme um lince infernal, raivoso.
    Sentido! alerta!
    Flutuai ali,
    Descei, subi,   1.265
    E ele já se liberta.
    Quem puder dar-lhe ajuda,
    Tão logo o acuda!
    Pois favores nos fez,
    Mais de uma vez.   1.270

FAUSTO

Para enfrentar ora o perverso,
Dos quatro uso primeiro o verso:[8]

---

[7] Já invocados por Fausto na cena anterior (vv. 1.118-9), esses "espíritos" que rondam o seu gabinete de trabalho se revelarão aliados de Mefisto e, por isso, se dispõem aqui a ajudá-lo a libertar-se da forma canina em que se encontra aprisionado.

[8] Para enfrentar o monstro ainda desconhecido que tem diante de si, Fausto recorre a uma fórmula mágica que obrigaria o ser oculto no animal a revelar seu verdadeiro aspecto. Como Fausto supõe de início tratar-se de um espírito elementar, os versos mágicos que pronuncia referem-se aos espíritos dos quatro elementos — Salamandra: espírito do Fogo; Ondina: espírito da Água; Silfo (ou a forma feminina Sílfide): espírito do Ar; Gnomo: espírito da Terra.

    Salamandra se abrase,
    Ondina se retorça,
    Silfo se encase,   1.275
    Gnomo use força.

Quem não sabe os portentos
Dos elementos,
E de sua potência
A íntima essência,   1.280
Não pode ter
Sobre os gênios poder.

    Esvai-te em chamas,
    Salamandra!
    Em meteórica luz vê se te inflamas,   1.285
    Sílfide! Ondina!
    Reflui em vaga cristalina!
    Íncubo,[9] aqui! ligeiro!
    Traze auxílio caseiro,
    A mim! A mim!   1.290
    Surgindo, faze o fim.

Nenhum dos quatro,
Há no bruto atro.
A arreganhar-se, me fita tranquilo,
Não consegui ainda aturdi-lo.   1.295

---

[9] Na literatura dos séculos XVI e XVII, Íncubo designava um demônio que seduzia as mulheres e causava-lhes pesadelos. Como o Íncubo não era associado à Terra, tem-se aqui, portanto, uma incorreção (proposital ou involuntária) de Goethe.

Pois ouvir-me-ás com arte
Mais potente invocar-te.

      És, ser maligno,
      Do inferno amostra,
      Vê este signo![10]   1.300
      Ao qual se prostra
      A horda das trevas.

Com pelo hirsuto já te inchas e elevas.

      Ente maldito!
      Não lês o Escrito?   1.305
      O Incriado, Sublime,[11]
      Pelos Céus Derramado,
      Que não se exprime,
      Pelos maus Lacerado?

Preso atrás do fogão, gigante   1.310
Incha-se como um elefante,
Sobe alto, enchendo o quarto inteiro,
Tende a dissolver-se em nevoeiro.
Não subas para o teto em esparramo!
Deita-te aos pés de teu mestre, de teu amo!   1.315
Já vês que em vão eu não te ameaço.
Com luz sagrada em pó te faço!

---

[10] Trata-se provavelmente do crucifixo com a inscrição INRI (*Jesus Nazarenus Rex Judaeorum*). Mas também se pode pensar num "signo" mágico, como o que aparece na famosa gravura de Rembrandt, *Alquimista praticante*, c. 1652.

[11] As expressões referem-se todas a Cristo, existente ("Incriado") desde sempre, emanado de Deus ("Derramado" pelos Céus) e "Lacerado" na cruz.

Não chames, não,
O tríplice flâmeo clarão!
Não chames, não, 1.320
Meu lance mais devastador![12]

MEFISTÓFELES *(enquanto a neblina se dissolve, sai por detrás do fogão, vestido como um escolar viandante)*[13]

Por que o barulho? Estou às ordens do senhor!

FAUSTO

Do perro era esse o cerne, então?
É de se dar risada! um escolar viandante!

MEFISTÓFELES

Aceite-me o erudito mestre a saudação! 1.325
Irra! que me fizestes suar bastante!

---

[12] Para Ernst Beutler, o "lance mais devastador" de Fausto seria um gesto invocatório em nome da Santíssima Trindade, ainda mais poderoso do que o signo do crucifixo.

[13] Trata-se de um estudante viajante, isto é, a caminho de uma cidade universitária. A expressão *fahrender Scholastikus* (Fausto, porém, diz apenas *Skolast*) é derivada da linguagem universitária dos séculos XVI e XVII, assim como o termo (*Casus*) usado por Fausto na sequência (literalmente: "O caso me faz rir"). Goethe deixou esboços relativamente desenvolvidos de um episódio em que Mefisto aparece como "escolar viandante" numa disputa acadêmica no salão nobre de uma universidade. Entre outras intervenções, Mefisto faria o elogio da experiência que nasce do "vagar pelo mundo".

FAUSTO

Que nome tens?

MEFISTÓFELES

Questão de pouco peso
Para quem vota aos termos tal desprezo[14]
E que, afastado sempre da aparência,
Dos seres só procura a essência.　　　　　　　　　1.330

FAUSTO

Com vossa espécie a gente pode ler
Já pelo nome o ilustre ser,
Que se revela sem favor
Com a marca de mendaz, blasfemo, destruidor.[15]
Pois bem, quem és então?　　　　　　　　　　　1.335

MEFISTÓFELES

Sou parte da Energia[16]
Que sempre o Mal pretende e que o Bem sempre cria.

---

[14] Mefistófeles dá a entender que, sob o disfarce de cão, ouvira o pouco apreço de Fausto, ao traduzir o início do *Evangelho de João*, pelo "Verbo", isto é, pela "Palavra" e, por extensão, por nomes e "termos".

[15] No original, Fausto diz ainda *Fliegengott* (deus das moscas), que traduz o hebraico *Baal Zebub* (Baal das moscas), jogo de palavras, com o nome do deus *Baal Zebul* (Baal, o Príncipe), que aparece em *2 Reis*, 1: 2.

[16] Mefisto responde a Fausto com frases paradoxais, alusões à *Bíblia* (sobretudo ao *Gênesis*) e à sua conversa com Deus no "Prólogo no céu".

FAUSTO

Com tal enigma, que se alega?

MEFISTÓFELES

O Gênio sou que sempre nega![17]
E com razão; tudo o que vem a ser
É digno só de perecer; 1.340
Seria, pois, melhor, nada vir a ser mais.
Por isso, tudo a que chamais
De destruição, pecado, o mal,
Meu elemento é, integral.

FAUSTO

Mostras-te a mim inteiro e dizes que és parcela? 1.345

MEFISTÓFELES

Verdade, afirmo-te, singela.
Quando o homem, o pequeno mundo doudo,

---

[17] Esta célebre autodefinição de Mefisto reverbera em várias literaturas. Machado de Assis a cita no conto "A igreja do diabo": "Senhor, eu sou, como sabeis, o espírito que nega". Como explicitou o próprio Joyce, o fluxo de consciência que percorre a mente de Molly Bloom no final do *Ulisses* se dá pela inversão dessas palavras de Mefisto: "Eu sou a carne que sempre afirma". O original traz neste verso o substantivo *Geist*, que corresponde mais diretamente a "espírito". Nesta e em outras passagens, a tradutora opta por "gênio", termo que se movimenta no mesmo campo semântico do alemão *Geist*.

Se tem habitualmente por um todo;[18]
Parte da parte eu sou, que no início tudo era,
Parte da escuridão, que à luz nascença dera,[19]   1.350
À luz soberba, que, ora, em brava luta,
O velho espaço, o espaço à Noite-Mãe disputa;
Tem de falhar, porém, por mais que aspire à empresa,
Já que ela adere aos corpos, presa.
Dos corpos flui, beleza aos corpos dá,[20]   1.355
Um corpo impede-lhe a jornada;
Creio, pois, que não dure nada,
E é com os corpos que perecerá.

FAUSTO

Já te percebo o ofício, ilustre herói!
Nada de grande o teu furor destrói,   1.360
Começas, pois, no que é pequeno.

---

[18] Mefisto ironiza a concepção pansófica de que o ser humano seria, em si mesmo, um microcosmo.

[19] Em diversas mitologias, é o "Caos", o estado primordial indistinto e privado de luz, que dá início ao mundo. A *Teogonia* de Hesíodo diz: "Da noite originaram-se o dia luminoso e o éter".

[20] Para embasar a ideia de que as trevas constituíram o início do universo e terão também a vitória final, Mefisto traça vínculos entre a luz e os corpos, de modo que o perecimento destes trará consigo a destruição daquela. Esse materialismo mefistofélico parece contrapor-se à teologia da luz expressa no *Evangelho de João*: "No princípio era o Verbo [...] e a vida era a luz dos homens; e a luz brilha nas trevas".

MEFISTÓFELES

E faz-se pouco em tal terreno.
O que se opõe ao Nada, o Algo rotundo,
Este pesado, tosco mundo,
Por mais que eu contra ele arrojasse, 1.365
Não pude ver-lhe o desenlace;
Com ventos, fogo, água, abalar,[21]
Firmes, no fim, quedam-se terra e mar!
Quanto ao maldito povo, o humano e o animalesco,
Contra esse nada já consigo. 1.370
Quantos lancei já no jazigo!
E sempre corre um sangue novo e fresco.
Vai indo assim, é de danar-se a gente!
Da terra, da água, e mais dos ares,
Brotam os germes aos milhares, 1.375
No seco, frio, úmido, quente!
Se não me fosse a chama reservada,
Já não me restaria nada.[22]

FAUSTO

Assim opões ao curso eterno
Da força criadora e boa, 1.380

---

[21] Mefisto emprega aqui o termo *Schütteln* ("abalar") como sinônimo de abalos sísmicos, de terremotos.

[22] Em seu pedantismo, Mefisto usa no original um termo derivado do francês *à part*: se não tivesse reservado a "chama" (infernal), não teria nada "à parte" para si.

Teu frio punho, arma do inferno,
Que, pérfido, se cerra à toa.
Procura algum outro serviço,
Estranho ser, que o caos fez!²³

MEFISTÓFELES

Deveras, hei de pensar nisso,   1.385
Discuti-lo-emos de outra vez!
Posso, por hoje, ir-me daqui?

FAUSTO

Perguntas? o porquê não vejo.
Agora que te conheci,
Vem visitar-me, a teu desejo.   1.390
A porta vês, eis a janela,
Tens ao dispor a chaminé.

MEFISTÓFELES

Confesso-o: pra que saia desta cela,
Há um pequeno estorvo, o pé²⁴
De mágica no umbral interno...   1.395

---

[23] Fausto parece associar o seu interlocutor à figura mitológica de Érebo, filho de Caos e irmão da Noite, personificação do vazio primordial.

[24] No original, *Drudenfuss* (pé druídico). Em seguida, Fausto irá referir-se ao desenho como sendo um "pentagrama", símbolo sagrado empregado contra espíritos malignos. Goethe encontrou essas concepções mágicas, que remontam supostamente aos druidas (sacerdotes celtas), no livro de Johannes Praetorius (1630-1680), *Anthropodemus Plutonicus*, uma compilação de histórias de demô-

FAUSTO

> O pentagrama te causa aflição?
> Eh! dize-me, filho do inferno,
> Se isto te impede, como entraste então?
> Como foi gênio tal logrado?

MEFISTÓFELES

> Observa-o! é que está mal traçado;   1.400
> Vê! o ângulo que para fora aponta,
> Aberto tem um vão ligeiro.[25]

FAUSTO

> O acaso, então, fez boa conta?
> Serias, pois, meu prisioneiro?
> Pudera! a história é engraçada!   1.405

MEFISTÓFELES

> O perro nada viu, transpondo a tua entrada.
> Tem outro aspecto a coisa agora;
> O diabo não te sai pra fora.

---

nios, fantasmas e espíritos, e no escrito de Paracelsus (1493-1541), *De occulta philosophia*.

[25] Mefistófeles pôde entrar no gabinete de estudo porque o ângulo do pentagrama apontando para fora não estava bem fechado; como, porém, o ângulo interno não apresenta nenhum vão, torna-se-lhe impossível transpor a soleira para sair do quarto.

FAUSTO

Por que não vais pela janela?

MEFISTÓFELES

É lei dos gênios, não se foge dela:[26] 1.410
Só por onde entram podem ir-se embora.
Somos livres no um, no dois, porém, escravos.

FAUSTO

O inferno, até, tem leis? mas, bravos!
Podemos, pois, firmar convosco algum contrato,
Sem medo de anular-se o pacto?[27] 1.415

MEFISTÓFELES

Se houver ajuste, hás de fruí-lo,
Nada te hão de roer daquilo.
Mas, num ai é que não se faz.
Tratar-se-á, pois, disso, tão logo;
Mas, por hoje, alto e bom som, rogo 1.420
Deixares que me vá em paz.

---

[26] No original, Mefisto diz ser lei dos "demônios e fantasmas" (ou espectros). Estes são livres "no um" (por exemplo, a liberdade de escolher a entrada), mas escravos "no dois" (a imposição de sair por onde se entrou).

[27] Goethe faz com que a ideia de "pacto", que se concretizará na cena subsequente, seja aventada pela primeira vez pelo próprio Fausto (mas a Mefisto não parece ser agora o momento apropriado).

FAUSTO

    Conta-me histórias mais, de leve,
    Demora-te mais um instante.[28]

MEFISTÓFELES

    Larga-me agora! eu voltarei em breve;
    Informar-te-ás, então, a teu talante.   1.425

FAUSTO

    Não fui eu que te persegui,
    Vieste tu dar na rede aqui.
    Segure o diabo, quem com ele esbarra!
    Pela segunda vez, de certo, não o agarra.

MEFISTÓFELES

    Pois bem, posso, para agradar-te,   1.430
    Ficar momentos mais contigo;
    Porém, só se eu puder, condignamente, amigo,
    Passar-te o tempo com minha arte.

---

[28] Com autoconfiança e certa lassidão, Fausto pede a Mefisto que, antes de ir embora, conte-lhe ainda uma "boa-nova" (*gute Mär*, no original), uma história leve, interessante. Mas pode haver aqui também aqui um sentido algo blasfemo, pois o termo alude à "boa-nova" do nascimento de Cristo tal como formulado na tradução de Lutero.

FAUSTO

És livre, vejo-o em boa parte;
Mas seja o ofício prazenteiro! 1.435

MEFISTÓFELES

Daquilo que aos sentidos praz,
Numa hora, mais desfrutarás
Do que, em geral, num ano inteiro.
Dos meigos gênios os cantares,
Os lindos quadros que diluem nos ares, 1.440
Não são mendaz, mágica folga.[29]
O teu olfato se há de deliciar,
Distrai-se, após, teu paladar,
E teu sentir, enfim, se empolga.
O prólogo sem mais se abstrai, 1.445
Estamos juntos, principiai!

---

[29] Os "cantares", "lindos quadros", que os espíritos irão "diluir nos ares" sob o comando de Mefistófeles, exprimem visões oníricas que acometem Fausto em seu sono hipnótico — por isso diz Mefisto que não se trata de uma brincadeira, um "mendaz" jogo mágico (*Zauberspiel*). As visões expressas nos versos curtos e encantatórios parecem vincular-se a um mundo árcade, preludiando o sonho de Fausto na cena "Laboratório" (2º ato do *Fausto II*, vv. 6.903-20). Albrecht Schöne vislumbra nesses versos, escritos no período classicista de Goethe, uma prefiguração do teatro meteorológico que se desdobra na cena final do *Fausto II*.

GÊNIOS

    Fujam, sombrias[30]
    Nuvens, lá do alto!
    Raie o azul brando
    Do éter, manando   1.450
    Fluidos serenos!
    Nuvens sombrias,
    Vêm dissolvê-las
    Célicos guias!
    Brilhem estrelas,   1.455
    Astros amenos.
    Raios aéreos
    De orbes etéreos,
    Voguem adiante
    No halo oscilante;   1.460
    Alma erradia
    Siga a áurea via;
    Cubram dos céus
    Trêmulos véus
    Campos agrestes,   1.465
    Cubram o quiosque,[31]
    Onde, em radiantes

---

[30] No início desta parte coral, os espíritos comandados por Mefisto dirigem-se às "escuras abóbadas", que devem abrir-se para que o éter azul penetre suavemente no gabinete de Fausto.

[31] *Laube*, no original: "caramanchão". Por razões métricas (e também rímicas), a tradutora opta aqui por "quiosque".

Sonhos profundos,
Se unem amantes.
Quiosque após quiosque! 1.470
Ramos fecundos!
Cepas em bosque!
Suco do cacho
Lance-se em riacho,
Encha o lagar, 1.475
Vinho, a espumar,
Corra entre puras
Pedras, nos vagos
Deixe as alturas,
E em cristalinas 1.480
Fontes, em lagos
Banhe colinas
Flóridas, suaves.
E alem-se as aves
Ante o arrebol, 1.485
No halo do sol,
Voando a alvas plagas,
De ilhas, que o manso
Fluxo das vagas
Move em balanço; 1.490
Onde, nos ares,
Vibram cantares,
Dançam figuras
Sobre as planuras,
Que enchem de enleio, 1.495
Todas, o seio.
Umas galgando
Flóreas valadas,

　　　　　Outras sulcando
　　　　　Vagas prateadas,　　　　　　　　　　1.500
　　　　　Na aérea subida;
　　　　　Todas à vida,
　　　　　Todas nos rastros
　　　　　Suaves dos astros,
　　　　　Do êxtase, amor.[32]　　　　　　　　1.505

MEFISTÓFELES

　　　Dorme! ótimo, aéreos jovens! Sim! com estes
　　　Maviosos tons num bom sono o pusestes!
　　　Pelo concerto eu vos sou devedor.
　　　Não és ainda homem, tu, para deter o Diabo!
　　　Rodeai-o com sutis visões de sonho,　　　　　　1.510
　　　Banhai-o em mar de ideal falaz, risonho;
　　　Mas, de um dente de rato é que ainda não disponho
　　　Por dar do encanto desta umbreira cabo.[33]
　　　Num ai se invoca, escuto já
　　　Um que ali rumoreja e logo me ouvirá.　　　　　1.515

---

[32] O último verso do coro dos espíritos encontra a sua rima (tanto no original como na tradução) apenas na fala de Mefisto, no terceiro verso da estrofe subsequente. Dizem os espíritos que as figuras dançantes, voltadas "à vida", encontram-se "nos rastros" dos "astros" amorosos e também "nos rastros" da graça, do "amor" bem-aventurado.

[33] Como rei de ratos e camundongos (além de moscas, sapos, piolhos etc.), Mefisto convoca um desses animais para roer o ângulo do pentagrama que lhe impede a saída.

O rei dos ratos, camundongos,
Dos sapos, piolhos, pernilongos,
Aqui te ordena apresentar-te,
E roer deste limiar a parte
Em que verte óleo... Ouviste o mando,³⁴
Já de teu furo sais pulando!
Vamos, pois, à obra! A aresta que me afronta
Na borda se acha, bem na ponta.
Outra dentada, eis livre a pista.
Bem, Fausto, adeus, agora, e sonha até à vista!³⁵

FAUSTO *(despertando)*

Mais uma vez logrado me acho?
Esvai-se assim a espiritual visão?
Introduziu-me um mendaz sonho o diacho,
E me fugiu um mero cão?

---

³⁴ Neste verso a tradução deixa elíptico o sujeito: é o próprio "rei dos ratos e camundongos" que verte óleo no pentagrama desenhado na porta, numa possível alusão blasfema ao sacramento da extrema-unção, em que o óleo consagrado é vertido sobre a cabeça, mãos e pés da pessoa moribunda, ou seja, nas cinco extremidades do corpo humano.

³⁵ No original, Mefistófeles recorre ironicamente a um tratamento solene, empregando o vocativo latino (*Fauste*) da forma nominativa *Faustus*.

Quarto de trabalho

Na primeira cena no gabinete de estudo de Fausto, Mefistófeles se deparou com o tradutor da *Bíblia*, revigorado pelo passeio ao ar livre na manhã de Páscoa e, assim, tomado por sentimentos nobres, pelo amor à divindade, à Natureza e aos homens. Não lhe pareceu ser o momento apropriado para selar o pacto, mas nesta segunda cena "Quarto de trabalho" ele encontrará um Fausto mergulhado na profunda depressão que se segue ao sono hipnótico a que fôra induzido pelo canto dos espíritos comandados por Mefistófeles. É assim plenamente consequente que a aliança se concretize nesse momento em que Fausto expressa o seu mais profundo desespero e niilismo em face da condição humana ("E da existência, assim, o fardo me contrista,/ A morte almejo, a vida me é malquista.") e profere maldições a tudo e a todos: "Do amor, maldita a suma aliança!/ Maldita da uva a rubra essência!/ Maldita fé, crença e esperança!/ E mais maldita ainda, a paciência!".

Tal como na literatura popular, no teatro de marionetes e na tragédia de Marlowe, também em Goethe o motivo do pacto constitui a cena crucial na história do Doutor Fausto. Contudo, há diferenças substanciais: naquelas narrativas e encenações, o pacto estabelece que Mefistófeles proporcionará a Fausto, durante a sua existência terrena (tradicionalmente ao longo de 24 anos), riquezas, prazeres sensuais, artes mágicas e também respostas a todas as suas indagações; em contrapartida, o diabo se apoderará da alma de Fausto no outro mundo. Em Goethe, a aliança assume antes a forma de uma aposta, cujas insólitas condições se explicitam nesta segunda cena "Quarto de trabalho", mas que só encontrará o seu desfecho no quinto e último ato do *Fausto II*.

Como já observado, nem a versão inicial da tragédia (o chamado *Urfaust*) nem o *Fragmento* publicado em 1790 trazem o episódio desse pacto-aposta que redimensiona e inova genialmente toda a tradição fáustica. Somente por volta de 1800 (mais provavelmente no início de 1801), quando a filosofia do idealismo alemão caminhava para o seu apogeu (e, sobretudo, após os desdobramentos da Revolução Francesa e da Revolução Industrial), Goethe encontrou por fim a fórmula pela qual esse titânico, insatisfazível doutor se compromete com Mefistófeles, fechando-se assim a "grande lacuna" que persistiu nos manuscritos do *Fausto* ao longo de quase trinta anos. [M.V.M.]

(Fausto. Mefistófeles)

FAUSTO

Batem? Entrai! Que mais será aquilo? 1.530

MEFISTÓFELES

Sou eu.

FAUSTO

Entra!

MEFISTÓFELES

É mister três vezes repeti-lo.[1]

FAUSTO

Entra, pois!

MEFISTÓFELES

Bem, assim me agradas.
Havemos de ser camaradas!
Para que as cismas vãs te enxote,
Vim como nobre fidalgote,[2] 1.535

---

[1] Na *Historia* de 1587 e nos demais livros populares alemães (assim como na *Tragicall history* de Marlowe), o trato com Mefistófeles está vinculado a várias formalidades, algumas das quais girando em torno do número três.

[2] Mefistófeles surge vestido com trajes distintos, fazendo figura de um no-

Em rubras vestes de veludo,
Capa de rígido cetim,
Pena de galo no chapéu pontudo,
Afiada a ponta do espadim.
E, sem mais, ora te aconselho   1.540
Trajar idêntico aparelho,
A fim de que, livre, ao laré,
Aprendas o que a vida é.

FAUSTO

Em todo traje hei de sentir as penas,
Da vida mísera o cortejo.   1.545
Sou velho, pra brincar apenas,
Jovem sou, pra ser sem desejo.
Que pode, Fausto, o mundo dar-te?
Deves privar-te, só privar-te![3]
É o eterno canto, este, que assim   1.550
A todo ouvido vibra e ecoa,
Que a vida inteira, até o seu fim,
Cada hora, rouca, nos entoa.
Só com pavor desperto de manhã,
Quase a gemer de amargo dó,   1.555
Ao ver o dia, que, em fugida vã,
Não me cumpre um desejo, nem um só;

---

bre desenvolto e cosmopolita; no entanto, algumas peças de seu vestuário ("rubras vestes de veludo", "pena de galo no chapéu pontudo") eram tradicionalmente consideradas insígnias do demônio.

[3] Ivan Turguêniev colocou esse verso como epígrafe de sua novela epistolar *Fausto*, publicada em 1856.

Quarto de trabalho

Que até o presságio de algum gozo
Com fútil critiquice exclui,
Que as criações de meu espírito audacioso 1.560
Com farsas mil da vida obstrui.
Também à noite, com receio,
Terei de me estender no leito;
Também lá, foge-me o repouso, alheio,
Sonhos de horror me angustiarão o peito. 1.565
O Deus, que o ser profundo me emociona
E me agita o âmago em que mora,
Que acima de meus brios todos trona,
Não pode atuar nada por fora.[4]
E da existência, assim, o fardo me contrista, 1.570
A morte almejo, a vida me é malquista.

MEFISTÓFELES

Contudo, nunca é a morte aparição bem vista.

FAUSTO

Feliz a quem cingir, nos ápices da glória,[5]

---

[4] Ao referir-se a esse Deus que lhe comove o "âmago" da alma (e que "trona acima de todas as minhas forças", na formulação do original), Fausto exprime a sua impotência na esfera das ações concretas, pois esse Deus não consegue converter em intervenções sobre o mundo exterior o que se passa no íntimo do seio (*Busen*) que habita (*wohnt*).

[5] O sujeito deste verso é a morte (no original, o pronome pessoal masculino *er*), a bela morte que colhe a pessoa num momento sublime, como em meio aos "louros" da glória ou nos braços do ser amado. Nessa perspectiva, Fausto lamenta agora não ter perecido perante a visão do Espírito da Terra.

As fontes com os lauréis sangrentos da vitória,
A quem, depois de baile delirante, 1.575
Colher nos braços de uma amante!
Oh, tivesse, ante a voz do Espírito preclaro,
Caído eu, rapto, extinto o Eu!

MEFISTÓFELES

Mas, sei de alguém que um certo extrato amaro
Naquela noite não bebeu.[6] 1.580

FAUSTO

A arte do espião, vejo, é do teu agrado.

MEFISTÓFELES

Tudo eu não sei: porém, ando bem informado.

FAUSTO

Se me abstraiu do transe infesto
Um doce, conhecido som,
Da alma infantil logrando o resto 1.585
Com o ecoar de um tempo ingênuo e bom;
Tudo maldigo, hoje, o que em obra
De sedução o ser governa,
E o que em miragens o soçobra,
Prendendo-o nesta atroz caverna. 1.590

---

[6] Mefistófeles mostra-se a par da tentativa de suicídio de Fausto, na madrugada anterior ao início das comemorações da Páscoa.

Maldita seja a presunção,
Em que o critério se emaranha!
Maldito o encanto da visão
Que no íntimo sensual se entranha!
Maldito o que em vão sonho enleia, 1.595
Da fama e glória o falso brilho!
Maldito o haver que lisonjeia
Como lar, servo, esposa, filho!
Mamon maldito, quando à empresa[7]
Audaz seu ouro nos arroja, 1.600
Quando aos prazeres e à moleza,
Em seda e plumas nos aloja!
Do amor, maldita a suma aliança!
Maldita da uva a rubra essência!
Maldita fé, crença e esperança! 1.605
E mais maldita ainda, a paciência![8]

CORO DOS GÊNIOS (invisível)[9]

    Ai de ti! Ai!
    Aniquilaste-o,

---

[7] Mamon era uma antiga divindade síria que representava a riqueza. No *Evangelho segundo São Mateus* (4: 24) aparece como a personificação do dinheiro. No *Paraíso perdido*, de Milton, que Goethe leu atentamente em 1799, Mamon é um demônio que constrói para Satã um palácio com veios de ouro ardente.

[8] Os vitupérios pronunciados por Fausto nesta estrofe atingem o seu ápice nesse amaldiçoar das virtudes cristãs da fé (*Glaube*), esperança (*Hoffnung*), amor ou caridade (conotado no termo *Liebeshuld*, a bem-aventurança do amor) e da paciência.

[9] Nesta nova intervenção, o coro dos espíritos comenta o niilismo de Faus-

O lindo mundo,
Com mão possante; 1.610
Vai ruindo, cai fundo!
Um semideus fê-lo em pedaços!
As ruínas, nos braços,
Para o Nada levamos,
E lamentamos 1.615
Perdidos brilhos.
Ó tu! potente,
Dos térreos filhos,
Mais resplendente
Reergue-o em teus pensares! 1.620
Dê-lhe o peito acolhida,
Novo curso de vida
Inicia, com claro
Senso e preparo,
E com novos cantares 1.625
Exalta a lida!

MEFISTÓFELES

Os pequeninos
São de entre os meus meninos.
Ouve, para o prazer e a ação,
Esperto alvitre dão. 1.630
Para o mundo sem termo,
Deste teu ermo,

---

to, o "semideus" que aniquilou um "lindo mundo", mas ao mesmo tempo exorta-o (a esse "potente" filho da terra) a reerguê-lo em seu peito e iniciar "novo curso de vida", palavras que também preparam o encaminhamento do pacto.

Em que estacam forças e sumos,[10]
Te atraem a novos rumos.

Não brinques mais com os teus pesares, 1.635
Que a tua vida, qual abutres, comem;
Na pior companhia em que te achares,
Entre homens sentirás ser homem.
Mas não digo isso no sentido
De te empurrar por entre a malta. 1.640
Não sou lá gente da mais alta;
Mas, se te apraz, a mim unido,
Tomar os passos pela vida,
Pronto estou, sem medida,
A ser teu, neste instante; 1.645
Companheiro constante,
E se assim for do teu agrado,
Sou teu lacaio, teu criado!

FAUSTO

E com que ofício retribuo os teus?

---

[10] Na medicina da época vigorava a concepção de que uma causa fundamental das doenças que acometiam os eruditos era, ao lado da falta de movimento físico e do excesso de trabalho intelectual, o "estacar" dos "sumos" (líquidos) corporais. No contexto deste verso, Albrecht Schöne reproduz palavras de um verbete da *Deutsche Encyclopädie* publicada em 1804: "A circulação sanguínea no baixo-ventre e principalmente no sistema arterial é obstruída, originando-se então a hipocondria, melancolia e doenças hemorroidais, também escleroses e outras anomalias no fígado e baço. A hipocondria tem a influência mais nítida sobre o equilíbrio e a tranquilidade do espírito e, por isso, é chamada a doença dos eruditos".

MEFISTÓFELES

Tens tempo, que isso não se paga à vista. 1.650

FAUSTO

Não, não! o diabo é um egoísta
E não fará, só por amor a Deus,
Aquilo que a algum outro assista.
Dize bem clara a condição;
Traz servo tal perigos ao patrão. 1.655

MEFISTÓFELES

Obrigo-me, eu te sirvo, eu te secundo,
Aqui, em tudo, sem descanso ou paz;
No encontro nosso, no outro mundo,
O mesmo para mim farás.[11]

FAUSTO

Que importam do outro mundo os embaraços?[12] 1.660
Faze primeiro este em pedaços,

---

[11] As palavras de Mefisto giram em torno de uma concepção tradicional do pacto, tal como configurado na *Historia* de 1587 ou no drama de Marlowe: após ter se oferecido como "lacaio" e "criado" de Fausto, ele acrescenta agora que no "outro mundo" esses papéis se inverterão. (No original, Goethe emprega a conjunção temporal *wenn*, que em alemão tem também um sentido condicional: "Se nós nos encontrarmos no outro mundo".)

[12] Aproximadamente dez mil versos adiante, o velho Fausto voltará a explicitar esse desprezo pelo "outro mundo" imediatamente antes de perder a visão

Surja o outro após, se assim quiser!
Emana desta terra o meu contento,
E este sol brilha ao meu tormento;
Se deles me tornar isento, 1.665
Aconteça o que der e vier.
Nem me interessa ouvir, deveras,
Se há, no Além, ódio, amor, estima,
E se há também em tais esferas
Algum "embaixo" e algum "em cima". 1.670

MEFISTÓFELES

Em tal sentido podes arriscar-te.
Obriga-te, e hás de nesses dias ver
Com gosto o cimo de minha arte,
Dou-te o que nunca viu humano ser.

FAUSTO

Que queres tu dar, pobre demo? 1.675
Quando é que o gênio humano, em seu afã supremo
Foi compreendido pela tua raça?
Mas, possuis alimento que não satisfaça,
Rubro ouro que nas mãos já se desfaça
Como mercúrio, jogo estranho, 1.680
Perdido sempre e jamais ganho,
Mulher que já nos braços meus,
Piscando o olho, outro a si atrai;

(na cena "Meia-noite"), quando diz à alegoria da Apreensão: "Parvo quem para lá [o além] o olhar alteia;/ Além das nuvens seus iguais ideia!" (vv. 11.443-4).

Da glória o dom, prazer de um deus,
E que, a um meteoro igual, se esvai.   1.685
Mostra-me o fruto, podre antes que o colha,
E a árvore que de dia em dia se renova!

MEFISTÓFELES

De tais bens posso dar-te a escolha,
E põe-me o encargo a fácil prova.
Mas, caro amigo, o tempo ainda virá   1.690
De em calma saboreares o prazer.[13]

FAUSTO

Se eu me estirar jamais num leito de lazer,[14]
Acabe-se comigo, já!
Se me lograres com deleite
E adulação falsa e sonora,   1.695
Para que o próprio Eu preze e aceite,
Seja-me aquela a última hora!
Aposto! e tu?

---

[13] Respondendo à enumeração de coisas que, na visão de Fausto, jamais lhe proporcionarão satisfação duradoura (pois não há "árvore que de dia em dia se renova"), Mefisto usa no original o pronome "nós": literalmente, "mas ainda virá o tempo/ Em que poderemos saborear algo de bom, prazeroso".

[14] Começa a explicitar-se aqui o teor da aposta selada entre Fausto e Mefistófeles: se a inquietação de Fausto, se a sua eterna aspiração aplacar-se algum dia e ele entregar-se a um "leito de lazer", à indolência e à fruição hedonista, se vivenciar um momento de felicidade em que possa exclamar: "Oh, para!, és tão formoso!", então Mefisto terá ganho a aposta.

MEFISTÓFELES

    Topo![15]

FAUSTO

    E sem dó nem mora!
Se vier um dia em que ao momento
Disser: Oh, para! és tão formoso!　　　　　　1.700
Então algema-me a contento,
Então pereço venturoso!
Repique o sino derradeiro,
A teu serviço ponhas fim,
Pare a hora então, caia o ponteiro,　　　　　1.705
O Tempo acabe para mim!

MEFISTÓFELES

Medita-o bem, que em minha mente o gravo.[16]

FAUSTO

Nesse direito não te entravo,
Em vão não me comprometi.

---

[15] *Topp!*, no original, expressão onomatopaica do som produzido pelas mãos que fecham uma aposta. A tradutora explorou aqui a semelhança de som com "topo" em português. E observe-se que o dicionário Houaiss, no verbete "topar", dá também como etimologia (*top*) a "onomatopeia de choque brusco".

[16] De fato, Mefisto não esquecerá os termos da aposta e retomará, imediatamente após a morte de Fausto, a metáfora do relógio e da hora parada: "Para! Qual meia-noite está calado./ Cai o ponteiro" (vv. 11.593-5).

De qualquer forma sou escravo,[17]   1.710
Que importa, se de outro ou de ti.

MEFISTÓFELES

No festim doutoral, assumirei tão logo[18]
De servidor o ofício e o porte.
Mas, por amor da vida e morte,
Algumas linhas, só, te rogo.   1.715

FAUSTO

Pedante, algo de escrito exiges mais?
Palavra de homem conheceste tu jamais?
Não basta, pois, reger-me eternamente
Os dias minha fé expressa?[19]
Não corre em mil caudais a universal torrente,   1.720
E a mim deve ligar uma promessa?
Mas, vive-nos na alma esse devaneio,
Quem lhe quer desprender a algema?

---

[17] Isto é, se Fausto se detiver no prazer, estará se escravizando, submetendo-se a algo exterior. O verbo usado no original (*beharren*) significa nesse contexto o contrário da aspiração fáustica, o seu inquebrantável "aspirar" (*streben*).

[18] Nos séculos XVI e XVII, o acadêmico que recebia o título de doutor costumava oferecer um "festim" aos professores de sua faculdade. Este verso parece aludir à cena da "disputa acadêmica" que Goethe acabou excluindo do texto definitivo (ver comentário à cena "Quarto de trabalho I").

[19] A expressão "Fé expressa" corresponde no original a *gesprochnes Wort*, "palavra dada".

Feliz quem guarda intacta a fé no seio,
De sacrifício algum há de sentir a prema! 1.725
Porém um pergaminho, inscrito, impresso, alheio,
É espectro mau: não há quem não o tema.
Na pena esvai-se o dito, morredouro,
Imperam só a cera e o couro.
Que exiges, pois, gênio daninho? 1.730
Papel, bronze, aço, pergaminho?
Devo escrever com lápis, cinzel, pena?
Dou-te de tudo escolha plena.

MEFISTÓFELES

Por que exageras teu fraseado
Com jeito tão acalorado? 1.735
Serve qualquer folheto ou nota.
Com sangue assinas, uma gota![20]

FAUSTO

Pois bem, a farsa, então, se adota,
Já que te deixa contentado.

---

[20] Esse traço do "sangue" está presente nas várias versões da história do Doutor Fausto. Remonta, provavelmente, ao ritual pagão de selar pactos entre pessoas com sangue. No *Êxodo* (24: 8), a aliança das tribos de Israel com Iahweh também é selada com sangue sacrificial. No *Doutor Fausto*, de Thomas Mann, a assinatura do pacto com o sangue do pactário é substituída pela contaminação voluntária deste com a sífilis. Também no *Grande sertão: veredas* encontram-se alusões ao pacto de sangue, seja àquele supostamente selado por Hermógenes, seja nas elucubrações de Riobaldo, que descrê de um diabo "medonho como exigia documento com sangue vivo assinado".

MEFISTÓFELES

Sangue é um muito especial extrato.   1.740

FAUSTO

Não há perigo de eu romper o pacto!
O afã do meu vigor completo
É justamente o que prometo.
Demais alto ensoberbeci-me;
Pertenço só à tua classe.   1.745
Falhou-me o Espírito sublime,[21]
Vela-me a natureza a face.
Do pensamento se partiu o fio,
Com a ciência toda me arrepio.
Nos turbilhões do sensual fermento   1.750
Se aplaque das paixões o ígneo tumulto!
Em véus de mágica se quede oculto,
Presto a surgir, qualquer portento!
Saciemo-nos no efêmero momento,
No giro rápido do evento!   1.755
Alternem-se prazer e dor,
Triunfo e dissabor,
Como puderem, um com outro, então;
Patenteia-se o homem na incessante ação.

---

[21] Fausto alude aqui, mais uma vez, ao seu encontro fracassado com o Espírito da Terra.

MEFISTÓFELES

    Queres, sem freio ou mira estreita,   1.760
    Provar de tudo sem medida,
    Petiscar algo de fugida?
    Bem te valha, o que te deleita!
    Porém, agarra-o, sem pieguice!

FAUSTO

    Não penso em alegrias, já to disse.   1.765
    Entrego-me ao delírio, ao mais cruciante gozo,
    Ao fértil dissabor como ao ódio amoroso.
    Meu peito, da ânsia do saber curado,
    A dor nenhuma fugirá do mundo,
    E o que a toda a humanidade é doado,   1.770
    Quero gozar no próprio Eu, a fundo,
    Com a alma lhe colher o vil e o mais perfeito,
    Juntar-lhe a dor e o bem-estar no peito,
    E, destarte, ao seu Ser ampliar meu próprio Ser,
    E, com ela, afinal, também eu perecer.[22]   1.775

---

[22] Valendo-se de três oximoros ("cruciante gozo", "fértil dissabor", "ódio amoroso"), Fausto assume o papel titânico de representante de toda a humanidade. Como lembra Albrecht Schöne, essa aspiração incondicional pela totalidade encontra sua crítica nas palavras do Abbé ao final de *Os anos de aprendizado de Wilhelm Meister* (VIII, 7): "Quem quiser fazer ou fruir tudo em sua plena humanidade, quem quiser associar tudo o que lhe é exterior a tal espécie de fruição, este haverá tão somente de passar sua vida numa aspiração eternamente insatisfatória".

MEFISTÓFELES

Oh! crê-mo a mim, a mim que já mastigo,
Desde milênios essa vianda dura,
Que homem algum, do berço até ao jazigo,
Digere a velha levedura![23]
Podes crer-mo, esse Todo, filho,   1.780
Só para um Deus é feito, a quem
Envolve num perene brilho!
A nós, nas trevas pôs, porém,
E a vós, o dia e a noite, só, convêm.

FAUSTO

Mas quero!   1.785

MEFISTÓFELES

Bom! gostei de ouvir!
Só de um temor vos darei parte;
É curto o tempo, é longa a arte.
Pensei que vos pudesse instruir.
Pois associai-vos com um poeta,[24]

---

[23] A metáfora da "levedura" ecoa as palavras de Paulo em *1 Coríntios* (5: 6-7). Em seguida, Mefisto faz nova alusão bíblica, ao lembrar a queda de Lúcifer e dos demais anjos que pecaram e foram lançados por Deus nas "trevas" (ver nota ao v. 10.075).

[24] Mefisto tem em mente um poema encomiástico, em que o poeta acumularia sobre Fausto a "lista arquicompleta das virtudes", pois somente assim a sua aspiração por totalidade poderia realizar-se.

Deixai que em cismas se embeveça, 1.790
E vos empilhe a lista arquicompleta
Das virtudes sobre a cabeça;
Do cervo o curso ufano,
Do leão o ânimo forte,
O sangue ardente do italiano, 1.795
A solidez do norte.²⁵
Deixai que vos ache o segredo
De unir grandeza a astuto enredo,
E, com fervores juvenis,
De amar, segundo cálculos sutis. 1.800
Nomearia um cavalheiro como esse
Dom Microcosmo — se o conhecesse.²⁶

FAUSTO

Mas que é que eu sou, se me é vedado, pois,
Granjear da humanidade o diadema,
Do Eu todo a aspiração suprema?²⁷ 1.805

MEFISTÓFELES

No fim sereis sempre o que sois.
Por mais que os pés sobre altas solas coloqueis,

---

²⁵ Isto é, a perseverança do homem do hemisfério Norte, cujas "virtudes" não são oferecidas pelo "sangue ardente do italiano".

²⁶ Referência irônica de Mefisto à ideia de que o ser humano traz em si todo o universo, o "Macrocosmo".

²⁷ Literalmente, Fausto diz neste verso que todos os sentidos almejam tal "diadema" (ou "coroa", *Krone*) da humanidade.

E useis perucas de milhões de anéis,
Haveis de ser sempre o que sois.

FAUSTO

Sinto-o, amontoei debalde sobre mim 1.810
Todos os bens da inteligência humana,
E quando estou a descansar, no fim,
Novo vigor do íntimo não me emana;
Não me elevei junto ao meu fito,
Não me acheguei mais do Infinito. 1.815

MEFISTÓFELES

Meu bom amigo, as cousas vês
Como as vê sempre a tua laia;
Mais esperteza, de uma vez!
Antes que o bom da vida se te esvaia.
Com a breca! pernas, braços, peito,[28] 1.820

---

[28] Em seus *Manuscritos econômico-filosóficos* (1844), o jovem Marx ilustra a análise do dinheiro e da propriedade privada capitalista com "a exegese dessa passagem goethiana" (que ele reproduz até o v. 1.827): "Aquilo que existe para mim mediante o *dinheiro*, aquilo que eu posso pagar, isto é, o que o dinheiro pode comprar, é o que *eu sou*, o proprietário desse mesmo dinheiro. As minhas forças têm exatamente as proporções da força do dinheiro. As propriedades do dinheiro são as minhas propriedades e forças vitais, como proprietário do dinheiro. Aquilo que eu *sou* e *posso* não é de forma alguma determinado pela minha individualidade. Eu *sou* feio, mas posso comprar a *mais bela* mulher. Logo, não sou *feio*, pois o efeito da *feiura*, sua força repugnante, é aniquilado pelo dinheiro. De acordo com minha individualidade, sou *paralítico*, mas o dinheiro me proporciona vinte e quatro pernas; portanto, não sou paralítico. [...] O dinheiro não converte portanto todas as minhas incapacidades em seu contrário?".

Cabeça, sexo,[29] aquilo é teu;
Mas, tudo o que, fresco, aproveito,
Será por isso menos meu?
Se podes pagar seis cavalos,
As suas forças não governas?   1.825
Corres por morros, clivos, valos,
Qual possuidor de vinte e quatro pernas.
Basta de andar cogitabundo,
Sus! mete-te dentro do mundo!
Digo-te, um tipo que especula,   1.830
É como besta, em campo árido e gasto,
Que à roda um gênio mau circula,
E em torno há verde e fértil pasto.

FAUSTO

Como o faremos, pois?

MEFISTÓFELES

                Vamos embora, ora essa!
Este antro de martírio acaso te interessa? 1.835
Levar tal vida é o que te agrada,
Maçar-te a ti e à rapaziada?

---

[29] Desde a publicação do *Fausto I* em 1808, as edições alemãs costumam trazer apenas a inicial da palavra traduzida aqui por "sexo", seguida pelas chamados "reticências de decoro" (*Anstandsstriche*): H— —. A letra "H", contudo, parece estar abreviando a palavra *Hintern*, "traseiro" ou "bunda", embora se possa pensar também em *Hoden*, "testículo", que vai mais na direção da opção feita pela tradutora. Como o manuscrito desses versos se perdeu, não é possível afirmar com certeza qual a palavra visada por Goethe.

Deixa isso ao Dom Vizinho Pança!³⁰
Por que estafar-te assim malhando a palha?
Se do melhor que a tua ciência alcança, 1.840
Não podes mesmo instruir essa gentalha.[31]
Um dos rapazes no vestíbulo ouço!

FAUSTO

Não me é possível recebê-lo.

MEFISTÓFELES

Espera há tempos, pobre moço,
Devemos atender-lhe o apelo. 1.845
Vem, dá-me a toga: há de me ornar o figurino!
Agora o gorro no cabelo.

(Muda de roupa)

E deixa o resto com meu tino!
Um quarto de hora há de ser suficiente;
Para a feliz jornada, apronta-te entremente! 1.850

(Fausto sai)

---

[30] *Nachbar Wanst*, no original: uma pessoa bonachona, corpulenta, também embotada e, assim, sem preocupações que a consumam (para prejuízo de sua "pança"...).

[31] *Das Beste, was du wissen kannst,/ Darfst du den Buben doch nicht sagen*. Esta é uma das passagens do *Fausto* de que Sigmund Freud mais gostava. Somente na *Interpretação dos sonhos* Freud a citou duas vezes. É também com esses versos que ele concluiu seu discurso de agradecimento pela outorga do Prêmio Goethe em 1930.

MEFISTÓFELES *(com a toga comprida de Fausto)*

    Vai-te e despreza o gênio e a ciência,
Do ser humano a máxima potência!
Deixa que em cega e feiticeira gira
Te embale o demo da mentira,
E já te prendo em meu enlace.   1.855
Deu-lhe o destino um gênio ardente
Que, invicto, aspira para a frente
E, em precipitação fugace,
Da terra o Bom transpõe fremente.
Arrasto-o, em seu afã falace,   1.860
Pela vida impetuosa e nula;
Lute, esperneie, se espedace,
Veja sua insaciável gula
O alimento a flutuar-lhe ante a sedenta face;[32]
Debalde implore alívio refrescante,   1.865
E, se antes ao demônio já não se entregasse,
Pereceria, não obstante!

(Entra um estudante)[33]

---

[32] Alusão ao castigo imposto a Tântalo, eternamente mergulhado em água até o pescoço e padecendo de sede e de fome insuportáveis, pois, quando ia saciá-las, a água e os frutos que pendiam sobre sua cabeça recuavam para fora de seu alcance.

[33] O estudante que adentra o gabinete de Fausto vem do ginásio e pretende agora iniciar um estudo superior. Ele não conhece pessoalmente o professor que busca e, por isso, é possível a Mefisto assumir tal papel nesse *intermezzo* satírico, repleto de alusões a ritos acadêmicos dos séculos XVI e XVII. Anos depois

ESTUDANTE

    Aqui me encontro há pouco e venho,
    Com devoção e humilde empenho,
    Render a um homem justo preito,   1.870
    Que só nomeiam com respeito.

MEFISTÓFELES

    Com a polidez me penhorais!
    Vedes um homem como os mais.
    Quem mais já vistes, sem embargo?

ESTUDANTE

    Peço tomar-me ao vosso encargo!   1.875
    Vim com ânimo robusto e inteiro,
    Com sangue moço e algum dinheiro;
    Quis minha mãe ater-me a ela; embora![34]
    Pretendo instruir-me cá por fora.

MEFISTÓFELES

    Pois acertastes vindo cá.   1.880

(cena "Quarto gótico" da segunda parte da tragédia) este mesmo estudante retornará, na condição de *baccalaureus*, ao gabinete de Fausto. Ostentando então enorme arrogância, ele buscará vingar-se da peça de que foi vítima quando estudante (justamente nesta sequência).

    [34] Este elíptico "embora!" da tradução exprime a resoluta atitude do filho perante a oposição da mãe à sua partida.

ESTUDANTE

Com franqueza, estivesse eu longe já:
Estas paredes, aulas, salas,
Não sei como hei de suportá-las.
É tão restrito e angusto o espaço,
De verde não se vê pedaço,   1.885
E ficam-me, nas aulas, bancos,
Pensar, ouvido e vista estancos.

MEFISTÓFELES

Com o hábito é que vem o apreço;
Assim recusa o mátrio leite[35]
A criancinha, no começo,   1.890
Mas chupa-o em breve com deleite.
Eis como ao seio da sapiência,
Se aguçará vossa apetência.

ESTUDANTE

Com o colo dela extático me abraço;
Mas, para chegar lá, que faço?   1.895

MEFISTÓFELES

Antes do mais, dizei-me prestes
A faculdade que elegestes.

---

[35] A imagem do "mátrio leite" mostra-se em consonância com a personificação da "sapiência" como figura feminina, já antecipando a designação da universidade como *alma mater*.

ESTUDANTE

    Quero ficar muito erudito,
    Perceber tudo o que há na terra,
    E tudo o que no céu se encerra,   1.900
    Natura e ciência, ao infinito.

MEFISTÓFELES

    A pista achastes, já; trilhai-a,
    Sem deixar que algo vos distraia.

ESTUDANTE

    Com corpo e alma estou disposto;
    Porém, veria sem desgosto   1.905
    Algum descanso e distração,
    Nas belas folgas de verão.

MEFISTÓFELES

    O tempo aproveitai, que ele é tão fugidiço,
    Mas a ordem faz ganhar tempo; é por isso,
    Que vos indico, como número um,   1.910
    Sem mais, Collegium Logicum.[36]

---

[36] Nos séculos XVI, XVII e ainda no XVIII, todo estudo universitário começava com preleções sobre lógica (e, depois, retórica, metafísica etc.). Seu ensino era tido como rigoroso, mas muitas vezes degenerava em mero formalismo, como insinua Mefisto nesta sátira.

Tereis lá o espírito adestrado,
E em borzeguins bem apertado,[37]
Para que, com comedimento,
Se arraste na órbita do pensamento,   1.915
Sem que, a torto e a direito, vá
Se bambalear pra cá, pra lá.
Depois vos deixam disso ciente:
No que fazíeis de improviso,
Por exemplo, comer e beber, livremente,   1.920
Será já o um! dois! três! preciso.
Decerto é a fábrica do pensamento[38]
Qual máquina de tecimento,
Em que um só piso já mil fios move,
Voam, indo e vindo, as lançadeiras,   1.925
Em que, invisíveis, fluem tramas ligeiras,
Um golpe mil junções promove:
Entra o filósofo, a provar, a respeito,
Que tem de ser daquele jeito:

---

[37] No original, *Spanische Stiefeln*, "botas espanholas", instrumento de tortura da Inquisição.

[38] As imagens tomadas por Mefistófeles ao processo artesanal de tecelagem articulam uma crítica irônica ao "adestramento" intelectual exercido nas universidades. O "piso" do tecelão sobre os pedais da "máquina de tecimento", ao acionar a corrente com "mil fios", abre uma espécie de túnel pelo qual as "lançadeiras", operadas pelas mãos do tecelão, "voam" e urdem as "tramas ligeiras" do tecido. São imagens que metaforizam um processo intelectual complexo, associativo e intuitivo, que se contrapõe ao método de constranger o pensamento em "borzeguins".

É assim o Primeiro, o Segundo é assim,   1.930
E por isso, o Terceiro e o Quarto assim;
E jamais haverá, sem Primeiro e Segundo,
Um Terceiro ou um Quarto. Em todo o mundo
Têm-no discípulos louvado,
Mas tecelões não têm ficado.   1.935
Quem visa descrever e entender o que é vivo
O espírito põe antes fugitivo
E em mãos fica com as partes: o fatal
É o vínculo que falta, o espiritual.
De Encheiresin Naturae a química o nomeia,[39]   1.940
De si próprio escarnece e não tem disso ideia.

ESTUDANTE

Não vos compreendo bem, confesso.

MEFISTÓFELES

Logo o vereis com mais sucesso:
Basta abreviar tudo ao mais breve,
Classificando-o, após, como se deve.   1.945

ESTUDANTE

Tudo isso deixa-me tão tolo,
Como se um moinho me andasse no miolo.

---

[39] Expressão mesclada do grego e do latim, significando "operação" ou "intervenção" (do grego *cheir*, mão) da natureza.

Quarto de trabalho

MEFISTÓFELES

Depois, antes de nada mais,
A metafísica enfrentais,
Para apreenderdes, perspicaz, de plano, 1.950
O que é alheio ao cérebro humano.
Para o que se lhe integra e o que não se lhe integra,
Uma ótima palavra ocorre, em regra.
Mas, tratai de zelar pela ordem com afinco
Neste semestre que inicia o ensino. 1.955
São, diariamente, as aulas cinco;
Cuidai de entrar com o som do sino!
De antemão preparado, pronto,
Parágrafos remoídos, tudo a ponto,[40]
A olhar que nada ensinem em excesso 1.960
Do que no livro se acha impresso;
À escrita dedicai-vos, entretanto,
Como se vos ditasse o Espírito Santo.

ESTUDANTE

Disso eu já sei, para ser franco;
Bem sei de quanto serve aquilo; 1.965
O que tens preto sobre branco,
Pra casa levarás tranquilo.

---

[40] Mefisto refere-se aos "parágrafos" (no original, empregado no acusativo do plural do termo latino *paragraphus*) que os professores comentavam sistematicamente durante suas preleções, sem jamais se afastar daquilo "que no livro se acha impresso".

MEFISTÓFELES

A faculdade ora escolhei!

ESTUDANTE

Não me conformo com a jurisprudência.

MEFISTÓFELES

Tampouco vo-lo levo a mal. Eu sei   1.970
O que se dá com essa ciência.
As leis transmitem-se, e o direito,
Como doença sem fim e sem descanso,
De uma a outra geração, a eito,
E de um a outro ponto, de manso.   1.975
Passa a absurdo a razão, o benefício a praga;[41]
És neto? ai! fado ingrato, o teu!
Do direito, porém, que conosco nasceu,[42]
É que ninguém jamais indaga.

ESTUDANTE

Firmais-me o ódio. Oh, quão feliz   1.980

---

[41] O nono livro da autobiografia de Goethe, *Poesia e verdade*, traz observações que corroboram a opinião de Mefisto sobre as "leis" e o "direito", que se herdam como "doenças", passando o que no início era racional a "absurdo".

[42] Referência ao "direito natural" (em contraposição ao direito vigente), assunto a que Goethe se consagrara durante seus estudos de jurisprudência em Leipzig (1765-68) e também muito caro ao movimento pré-romântico "Tempestade e Ímpeto", entusiasmado pela obra de Rousseau.

Daquele a quem guiais e instruís!
Da teologia quase escolho o estudo.

MEFISTÓFELES

Não pretendo orientar-vos em falso, contudo.
No que concerne a essa ciência, é terreno
Em que é árduo encontrar-se o termo médio;   1.985
Oculta em si tanto veneno,
Mal se distingue do remédio.[43]
Também nisso o que vale é que um só vos adestre,
Jurai pelas palavras só do mestre.
Em geral, ficai só às palavras afeito!   1.990
Haveis de entrar, assim, por seguro portal,
No templo da certeza incondicional.

ESTUDANTE

Deve haver, ainda assim, na palavra um conceito.

MEFISTÓFELES

Bem! mas sem que o leveis a peito;
Onde do conceito há maior lacuna,   1.995
Palavras surgirão na hora oportuna.
Palavras solverão qualquer problema,
Palavras construirão qualquer sistema,

---

[43] Mefisto pode estar se referindo à dificuldade de se distinguir entre heresia e ortodoxia; ou então, como fará Thomas Mann no capítulo XI do *Doutor Fausto*, pode estar sugerindo os nexos íntimos entre a teologia e a demonologia.

Influem palavras fé devota,
De uma palavra não se rouba um jota.[44]   2.000

ESTUDANTE

Perdoai o incômodo, antes de ir-me,
Rogo que a vossa ciência me defina,
De modo tão conciso e firme,
Conceitos sobre a medicina.
Três anos são um tempo em breve gasto,   2.005
E o campo é, Deus do Céu! tão vasto!
Basta, às vezes, para ir-se para diante,
A indicação de um mestre idôneo.

MEFISTÓFELES *(à parte)*

Farto estou já do tom pedante,
Torno a fazer-me de demônio.   2.010

(Em voz alta)

Da medicina a essência entende-se num já;
Do mundo amplo e acanhado a gente o estudo faz,[45]

---

[44] Significa que não se pode tirar de uma palavra nem uma ínfima parte, nem o pingo de um *i*: sendo o "jota" ("iota") a menor letra do alfabeto grego, veio a designar algo minúsculo. Após apontar um paralelo com *Mateus* (5: 18), Schöne observa que Mefisto, versado em assuntos teológicos, reporta-se a uma grande disputa travada no século IV em torno de fórmulas dogmáticas para a designação da divindade de Cristo, sendo que a omissão da letra "iota", em uma dessas fórmulas, alterava o sentido da unidade do Filho com o Pai.

[45] Mefisto conclama aqui o seu interlocutor a estudar as relações entre o

Para, afinal, deixar que vá,
Como a Deus praz.
Debalde erra ao redor da ciência o aluno.[46]   2.015
Cada um somente aprende o que pode aprender;
Mas, quem se agarra ao momento oportuno
É quem, na vida, há de vencer.
Tendes bom porte; sem alardes,
Tereis audácia e distinção,   2.020
E assim que em vós mesmo confiardes,
Os outros em vós confiarão.
Regei, mormente, o mulherio;
Os seus gemidos e ais de dó,
Cem vezes curar-se-ão, a fio,   2.025
Num ponto só.
E se ostentardes honradez,
Tê-las-eis todas de uma vez.
Um título, de início, afiança-lhes, sem mais[47]
Ser a vossa arte descomum;   2.030
Depois, como acolhida, as partes apalpais
Que outro ronda alguns anos em jejum.
Com jeito o pulso comprimis,
E a curva fina dos quadris

Macrocosmo (o universo) e o Microcosmo (o homem). Desde os escritos de Paracelsus, essas relações eram parte integrante das concepções de medicina.

[46] "Errar" tem aqui o sentido de "vaguear", "perambular" (*schweifen*) em torno da ciência.

[47] Não se trata aqui tanto de um grau acadêmico (como o de doutor), mas dos títulos grandiloquentes que curandeiros e charlatões de todo tipo costumavam ostentar.

Cingis, alma e olhos inflamados, 2.035
Pra ver quão firme estão laçados.

ESTUDANTE

Bom, isso sim! que a gente as cousas avalia!

MEFISTÓFELES

Gris, caro amigo, é toda teoria,
E verde a áurea árvore da vida.[48]

ESTUDANTE

É um sonho, juro! Ser-me-á permitida 2.040
Outra visita em que, com deferência,
Vos ouça a fundo a magistral sapiência?

MEFISTÓFELES

O que eu puder, com gosto franco.

ESTUDANTE

Pois daqui ainda não me arranco;
Neste meu álbum, por mercê,[49] 2.045
Vossa Graça um sinal me dê!

---

[48] Neste verso antológico, Goethe faz ressoar o relato do *Gênesis* (2: 9) sobre a "árvore da vida" que Deus fez crescer no meio do jardim do Éden, a "árvore do conhecimento do bem e do mal".

[49] Nos séculos XVI e XVII, os estudantes costumavam trazer consigo um ca-

MEFISTÓFELES

Pois não!

(Escreve e devolve o álbum)

ESTUDANTE *(lê)*

Eritis sicut Deus, scientes bonum et malum.[50]

(Fecha o álbum reverentemente e se despede)

MEFISTÓFELES

Vai! segue o velho adágio e a minha prima, a cobra;
Por igualar-te a Deus, afligir-te-ás de sobra!   2.050

(Fausto entra)

FAUSTO

Para onde vamos, pois?

---

derno, ou "álbum", espécie de histórico de sua vida acadêmica, em que os professores registravam o seu nome e formulações de caráter científico ou filosófico (como faz aqui Mefistófeles, com intenção irônica).

[50] Na Vulgata (*Gênesis*, 3: 5), palavras que a serpente diz a Eva para persuadi-la a provar o fruto proibido da árvore do conhecimento: "Sereis como Deus, versados no bem e no mal".

MEFISTÓFELES

                Para onde te aprouver:
Ver o pequeno mundo, e o grande, eis o mister.
Com que alegria, que proveito,
Fruirás o curso e seu efeito![51]

FAUSTO

Com esta longa barba minha,   2.055
Falta-me o jeito airoso, a linha;
O ensaio ser-me-á infecundo;
Jamais soube adaptar-me ao mundo,
Ante outrem sinto-me tão miúdo,
Sempre estarei sem jeito em tudo.   2.060

MEFISTÓFELES

Isso se arranja, amigo, sem pesares;
Hás de saber viver, assim que em ti confiares.

FAUSTO

Para sair da casa, entanto,
Servo onde tens, corcéis, carruagem?

---

[51] No original, Mefistófeles emprega uma insólita construção com o verbo *schmarutzen* (variante de *schmarotzen*), que significa "parasitar", viver às expensas de outros. Sem, portanto, qualquer dispêndio de dinheiro ou esforço físico, Fausto irá saborear o mundano "curso" (Mefistófeles usa o acusativo de *cursus*, valendo-se do costume dos eruditos de adornar a fala com expressões gregas e latinas).

MEFISTÓFELES

Basta estender ao vento o manto,[52]   2.065
Vai pelos ares nossa viagem.
Para esta empresa nova e audaz,
Grande fardel não levarás.
Algum ar flâmeo, que eu enrolo,
Prestes nos alará do solo;   2.070
E sendo leve a carga, é rápida a subida;
Meus parabéns e avante ao novo teor de vida!

---

[52] À descrição do "manto mágico", que levará Mefistófeles e Fausto em sua incursão pelo "pequeno mundo", Goethe incorpora detalhes técnicos da construção de balões (aeróstatos) de grande porte, tal como desenvolvida, no final do século XVIII, pelos irmãos Montgolfier: o "ar flâmeo" que faz o balão ascender e a exigência de "carga leve" (em vez de "grande fardel") para propiciar a subida.

Na Taberna de Auerbach em Leipzig

Durante os seus estudos em Leipzig (1765-68), Goethe frequentou assiduamente a Taberna de Auerbach, antigo e tradicional ponto de encontro dos estudantes da cidade. Nesse local havia dois afrescos representando o Doutor Fausto da lenda popular: bebendo com os estudantes numa das pinturas e cavalgando um barril de vinho na outra. São referências concretas para essa cena do *Fausto*, que representa a "festança de alegres companheiros" num ambiente ao mesmo tempo boêmio e acadêmico, que Goethe impregnou de sugestões musicais, à maneira de uma ópera burlesca. Pois é um genuíno quarteto cômico que Fausto e Mefistófeles encontram em sua aventura inaugural pelo "pequeno mundo" da primeira parte da tragédia: Frosch e Brander, os estudantes mais jovens, desempenhando o papel de "tenores", enquanto Siebel e Altmayer, os mais velhos, representando os "baixos".

A cena "Na Taberna de Auerbach em Leipzig" já constava da versão primitiva da obra (o *Urfaust*), mas redigida em prosa. Ao refundi-la em versos para a publicação, em 1790, do *Fragmento* da tragédia, Goethe incorporou, como observa Albrecht Schöne, alusões muito veladas aos acontecimentos que se processavam então na vizinha França: assim a cidade de Leipzig passa a ser designada como uma Paris "em miniatura" e a "Canção da Pulga", por exemplo, entoada por Mefisto em voz de barítono, que no *Urfaust* era entendida apenas como sátira à vida de uma corte alemã (como a de Weimar), ganha novas conotações diante do pano de fundo de tais acontecimentos. Assim Goethe teria feito incidir sobre a pequena taverna de Leipzig os reflexos da grande Revolução de 1789. [M.V.M.]

(Festança de alegres companheiros)[1]

FROSCH

Ninguém se ri, bebe ou diz chistes?
Eu vos ensino a andar de caras tristes!
Sois qual palha úmida, hoje, e de costume 2.075
Brilhais como flamante lume.

BRANDER

E tu, com algo contribuis para a alegria?
Nem com alguma asneira ou porcaria.

FROSCH *(derrama-lhe um copo de vinho sobre a cabeça)*
Aqui tens ambas!

BRANDER

Duplo porcalhão!

---

[1] No original, esta rubrica cênica traz o termo *Zeche*, que o dicionário de Adelung (obra de referência para Goethe) define como "sociedade composta por pessoas que bebem desbragadamente, uma festança". Albrecht Schöne faz o seguinte comentário a respeito dos nomes desses "alegres companheiros": "Frosch [sapo] como designação para um jovem 'estudante', Brander como *Brandfuchs* [espécie de raposa negra com o dorso cinza ou avermelhado] no segundo semestre, Siebel também como um 'cabeça musgosa' [veterano], e *Altmayer* como 'velho senhor'". Na insólita tradução (trata-se antes de uma adaptação) que Antonio Feliciano de Castilho publicou em 1872 do *Fausto I*, esses nomes aparecem como "Rans" (sugerindo "rã" e, assim, "sapo"), "Botafogo" (motivado pelo *Brand*, incêndio, presente em *Brander*) "Peneira" (*Sieb* em alemão, que ressoa em *Siebel*) e

FROSCH

Não foi o que quiseste, então? 2.080

SIEBEL

Se alguém brigar, botai-o fora, já!
Bebei, cantai, gritai: olá,[2]
La-ri-la-rá!

ALTMAYER

Ai! ai! estou perdido!
Dai-me algodão! rebenta-me o asno o ouvido.

SIEBEL

Da abóbada é que a voz do baixo 2.085
Melhor ressoa em vigor macho.

FROSCH

Assim! quem se ofender, fora daqui!
Tra-lá!

"Quinteirão" (já que *Meier* significa também uma espécie de administrador de quinta, um "quinteiro").

[2] No original, Goethe usa o termo *Runda*, que os bebedores de cerveja (sobretudo os artesãos) pronunciavam antes de esvaziar o copo. O termo passou depois a designar o ritual de fazer circular o copo entre os participantes da "festança", que a cada vez tinham de entoar uma canção antes de beber.

ALTMAYER

La-ra-ra-ri-ra-ri!

FROSCH

      Afina a voz!

(Canta)

      O santo, bom romano império,[3]   2.090
      Como é que se sustenta ainda?

BRANDER

Um canto feio, ui! triste! insípido, político!
Um cantochão! Louvai Deus com critério
Não terdes de zelar pelo romano império!
Tenho eu por grande bem não ser o meu mister   2.095
Nem o de imperador, nem o de chanceler.
Mas não nos falte um chefe que nos reja;
Convém que um Papa aqui se eleja.[4]

---

[3] Referência ao Sacro Império Romano-Germânico (*Sacrum Romanum Imperium Nationis Germanicae*), título do primeiro *Reich* alemão, associado desde o ano de 962 com a tradição do Império Romano, e dissolvido formalmente em 1806.

[4] Significa eleger alguém que presida a festiva reunião. Os comentadores do *Fausto* apresentam alguns outros exemplos dessa prática estudantil. À luz de um ritual vigente entre os séculos XI e XVI na eleição de um novo Papa, Albrecht Schöne observa que a decisiva "qualidade alta" mencionada por Brander não seria tanto a resistência ao álcool como a "virilidade", o que se relacionava com a lenda sobre a eleição de uma Papisa chamada Johanna.

Sabeis que qualidade alta
Decide o voto, o candidato exalta.　　　　　　　　2.100

FROSCH *(canta)*

>Ala a asa, amigo rouxinol,
>Cem vezes vais saudar-me a amada ao pôr do sol.

SIEBEL

Não a saúdes, não! não quero ouvi-lo, afirmo!

FROSCH

Saúdo e beijo a amada! e não hás de impedir-mo!

(Canta)

>Abre o trinco, é noite tranquila!　　　　　　　2.105
>Abre! o teu amado vigila!
>Cerra o trinco! é madrugada.

SIEBEL

Pois canta, sim, exalta e louva a tua amada!
Quero ver quem depois se ri.
Já me logrou a mim, há de lograr-te a ti.　　　　2.110
Tenha ela um velho gnomo por amante,
Com ele numa encruzilhada tope!
Tornando do Blocksberg,[5] um bode claudicante

---

[5] Blocksberg é o nome de uma montanha na região do Harz em que, segundo a mitologia popular, bruxos e bruxas, demônios e outros espíritos malignos se

Lhe bale as boas noites a galope!
São, pra tal laia, homens reais 2.115
De carne e de osso, bons demais.
Nenhuma saudação à bela,
A não ser apedrar-lhe os vidros da janela!

BRANDER *(batendo na mesa)*

Senhores, atenção! ouvi-me!
Eu sei viver, eh, confessai-o! 2.120
Há gente aqui que o amor oprime,
E sendo praxe, eu lhe distraio
As mágoas da alma; aqui vai como ensaio
Uma canção do último corte![6]
Estribilhai com ritmo forte! 2.125

(Canta)

    Vivia de manteiga e banha,
    Na adega, um rato farto e fero;
    A pança lhe ficou tamanha
    Que nem a do Doutor Lutero.
    A cozinheira armou veneno; 2.130

---

reuniam na madrugada de 1º de maio para celebrar a orgiástica Noite de Valpúrgis, como se verá numa cena posterior da tragédia.

[6] Trata-se de uma canção composta nas chamadas "estrofes luteranas" (de sete versos), que o reformador alemão empregava, à época do Fausto histórico, na composição de seus cantos religiosos. Quanto ao conteúdo, a canção entoada por Brander pode ser lida como uma paródia grotesca da lírica amorosa petrarquiana: "Ficou-lhe o mundo tão pequeno,/ Como se amor no corpo houvesse".

Ficou-lhe o mundo tão pequeno,
Como se amor no corpo houvesse.

CORO *(exultante)*

Como se amor no corpo houvesse.

BRANDER

Rolava, aflito, e o corpo em brasa,
Em todo charco frio, 2.135
Roendo, arranhando toda a casa,
Foi seu furor baldio.
Deu saltos de pavor no lixo,
Cansou-se, enfim, o pobre bicho,
Como se amor no corpo houvesse. 2.140

CORO

Como se amor no corpo houvesse.

BRANDER

Para a cozinha, em pleno dia,
De susto veio correndo,
E no fogão se contorcia,
A arfar, que era tremendo! 2.145
Riu-se a rainha das panelas:[7]

---

[7] No original, este verso diz literalmente: "Riu-se ainda a envenenadora" (*Vergifterin*). Sendo, porém, a "cozinheira" que deu veneno ao rato (cuja "pança" é comparada satiricamente à de Lutero), a tradutora emprega "rainha das pane-

Ah! logo esticas as canelas,
Como se amor no corpo houvesse.

CORO

Como se amor no corpo houvesse.

SIEBEL

Que alegre se acha o povo chato! 2.150
Esta arte agrada à populaça,
Dar-se veneno a um pobre rato!

BRANDER

Decerto estão em tua graça?[8]

ALTMAYER

O barrigão de bola calva!
Fá-lo a desgraça fraternal; 2.155
No rato inchado, sem ressalva,
Vê sua efígie natural.

(Fausto e Mefistófeles surgem)

---

las" para estabelecer a rima com "esticas as canelas", expressão que corresponde ao tom grotesco (e bem mais chulo) do correspondente verso alemão, em que o rato "assobia pelo último buraco".

[8] Brander refere-se aqui a ratos e ratazanas, retomando a forma do plural no verso anterior de Siebel, que reprova o ato de se dar veneno a "pobres ratos".

MEFISTÓFELES

Devo trazer-te, antes de tudo,
A roda alegre e livre como esta;[9]
Da vida fácil, faze aqui o estudo;   2.160
Para este povo, todo dia é festa.
A graça é pouca, mas, havendo quem a aplauda,
Cada um revolve alegre em sua estreita roda,
Como gato, a brincar com a cauda.
Enquanto uma enxaqueca não os incomoda   2.165
E lhes dá crédito o patrão,
Ledos e sem cuidado estão.

BRANDER

São viajantes, vê-se, acabam de chegar,
A gente o nota em seu aspecto singular;
Chegaram não faz uma hora.   2.170

FROSCH

Deveras, tens razão! meu Leipzig que se adora!
Paris é, em miniatura, e educa a sua gente.

SIEBEL

Dos forasteiros, que me diz?

---

[9] Trata-se, portanto, da primeira estação da "vida impetuosa e nula" (v. 1.861), pela qual Mefistófeles se propusera a arrastar Fausto imediatamente após o estabelecimento do pacto e da aposta.

FROSCH

    Já vai! com um copo cheio, na folgança,
    Lhes tiro os vermes do nariz,[10]   2.175
    Qual dentezinho de criança.
    São de alta casa, isto é evidente,
    Têm cara altiva e descontente.

BRANDER

    São charlatães da feira, digo!

ALTMAYER

    Talvez.

FROSCH

        Deixai, isso é comigo!   2.180

MEFISTÓFELES *(a Fausto)*

    O diabo esses rapazes nunca sentirão,
    Embora os tenha já na mão.

FAUSTO

    Senhores, saudações!

---

   [10] Expressão que significa fazer a pessoa dizer a verdade, extrair-lhe os seus segredos.

SIEBEL

Bem-vindos na taberna!

(Baixinho, olhando para Mefistófeles de soslaio)

Por que é que manca o bruto de uma perna?[11]

MEFISTÓFELES

Rogamos o prazer de nos sentar também; 2.185
Em vez de um trago bom, que a gente não obtém,
Há de nos deliciar a boa companhia.

ALTMAYER

O cavalheiro, julgo, é de gosto exigente.

FROSCH

Saístes de Rippach a uma hora já tardia?[12]
Com Mestre João ceiastes, presumivelmente? 2.190

MEFISTÓFELES

Passamos, hoje, à pressa; não o vimos;

---

[11] A observação de Siebel corresponde à crença popular referente à pata de cavalo do diabo.

[12] Rippach é o nome de uma aldeia nas proximidades de Leipzig; "mestre João" é Hans Arsch von Rippach, espécie de bobo da aldeia que fazia parte do anedotário local. Frosch supõe que os forasteiros não entenderiam a alusão zombeteira, mas Mefistófeles lhe dá o troco na mesma moeda.

Da última vez conosco esteve a sós;
Falou-nos muito de seus primos;
Enviou lembranças a cada um de vós.

(Inclina-se perante Frosch)

ALTMAYER *(baixinho)*

Aqui tens! ele entende!

SIEBEL

                      O camarada é esperto!   2.195

FROSCH

Assim mesmo ainda o pego, é certo!

MEFISTÓFELES

Chegando, ouvi, a não ser que eu me iluda,
Vozes unidas a cantar em coro.
Devem ressoar, da abóboda graúda,
O canto e a música em sons de ouro.   2.200

FROSCH

Virtuose sois, pelo que vejo?

MEFISTÓFELES

Oh, não! é fraca a voz, porém grande o desejo.

ALTMAYER

Dai-nos um canto!

MEFISTÓFELES

Alguns, se o permitis.

SIEBEL

Mas seja interessante e novo!

MEFISTÓFELES

Viemos da Espanha há pouco, terra e povo 2.205
Do vinho e da canção feliz.

(Canta)

Era uma vez um rei,
De uma pulga era possessor...[13]

---

[13] Após a tentativa frustrada de Frosch de entoar uma "canção política" sobre o "santo, bom, romano império", agora é Mefisto que se apresenta com essa sátira burguesa às mazelas e aos constrangimentos da corte, logrando entusiasmar os "alegres companheiros". Provavelmente composta no processo de mudança do jovem Goethe para a corte de Weimar, essa "Canção da pulga" (musicada por Beethoven em seu *Opus* 75) parece encerrar uma referência irônica ao próprio autor, que de imediato caiu nas graças do duque Karl August, tornando-se membro do Concílio Secreto do ducado e, em seguida, ministro (como a pulga que se converte em favorito do rei na canção). No 15º livro da autobiografia *Poesia e verdade*, Goethe relata as advertências que seu pai lhe fizera em relação à vida na corte: "Queres ver os apertos da corte: não te poderás coçar onde sentires comichão".

FROSCH

    Ouvistes? uma pulga! há de ser bom, pressinto!
    Uma pulga é hóspede distinto.   2.210

MEFISTÓFELES *(canta)*

        Era uma vez um rei,
        De uma pulga era possessor,
        Queria-a como a um filho,
        Tinha-lhe tanto amor.
        Seu alfaiate, prestes,   2.215
        Chamou: "Ao nobre bicho
        Mede as mais ricas vestes,
        E calças a capricho!"

BRANDER

    E que o alfaiate não se esqueça
    De medir com apuro a obra,   2.220
    E, se quiser bem à cabeça,
    Não tenha a calça a menor dobra!

MEFISTÓFELES

        A seda e a brocados
        Fazia agora jus,
        E a jaquetões bordados,   2.225
        E a fitas e uma cruz.
        E se tornou ministro,
        Com ordem estrelada;

Seus manos, no registro
Da corte, gente grada.[14]　　　　　　　2.230

E a corte toda vinha
Morrendo de mordidas,
A pajem e a rainha,
Doídas e roídas,
Sem poder rechaçá-las　　　　　　　　2.235
Ou moê-las; era a ordem!
Podemos nós calcá-las
Tão logo, quando mordem.

CORO *(exultante)*

Podemos nós calcá-las
Tão logo, quando mordem.　　　　　　2.240

FROSCH

Bravos! Bravos! Canção fina!

SIEBEL

De toda pulga seja a sina!

BRANDER

Pegai-as na unha, de fininho!

---

[14] Isto é, os irmãos e irmãs (*Geschwister*) da pulga também se tornaram membros importantes da corte.

ALTMAYER

Um viva à liberdade e ao vinho![15]

MEFISTÓFELES

Quisera eu esvaziar um copo à liberdade, 2.245
Não fosse o vinho aqui de tão má qualidade.

SIEBEL

Sentimos que não vos agrade![16]

MEFISTÓFELES

Não o pudesse ter o patrão por afronta,
A tão ilustre roda eu dava
Algo a provar da nossa cava. 2.250

SIEBEL

Dai, dai! fica o patrão por minha conta!

FROSCH

Sim, venha um copo bom, render-lhe-emos nós preito.
Mas que não seja a amostra pouca;

---

[15] Este brinde do beberrão Altmayer não constava do *Urfaust*, tendo sido inserido por Goethe no *Fragmento* de 1790 — portanto, após a eclosão da Revolução Francesa.

[16] No original, esta fala apresenta um tom mais ameaçador. Literalmente: "Não queremos ouvir isso de novo".

Se for pra judiciar direito,
Terei de ter bem cheia a boca.   2.255

ALTMAYER *(baixo)*

Do Reno são, pelo que sinto.

MEFISTÓFELES

Achai-me um furador!

BRANDER

                Mas que uso ele vos traz?
Não tendes os barris à porta do recinto?

ALTMAYER

Na cesta do patrão há ferros, lá de trás.

MEFISTÓFELES *(toma o furador)*

(A Frosch)

Que provareis, senhor vizinho?   2.260

FROSCH

Quê! mais de um tendes ao dispor?

MEFISTÓFELES

Cada um escolha a seu humor.

ALTMAYER *(a Frosch)*

Eh! eh! já lambes o focinho.

FROSCH

Se for para escolher, quero eu vinho do Reno;
De todos é o melhor, e a pátria o dá em pleno.   2.265

MEFISTÓFELES *(enquanto broca uma abertura na beira da mesa, no lugar em que Frosch está sentado)*

Cera, para igualar as tampas, por favor![17]

ALTMAYER

Ah, bem! são truques de escamoteador.

MEFISTÓFELES *(a Brander)*

E vós?

BRANDER

O que eu quero é champanhe,
Que em farta espuma o paladar me banhe!

MEFISTÓFELES *(continua brocando, enquanto um outro, após aprontar os tampões de cera, tapa os buracos)*

---

[17] No original, literalmente: "Arranjai um pouco de cera, para fazer logo as rolhas!".

BRANDER

    Devemos aceitar o que é estrangeiro, às vezes,   2.270
    Nem sempre o que é bom tens pertinho;
    Um verdadeiro alemão não gosta dos franceses,
    Mas gosta de beber seu vinho.

SIEBEL *(vendo que Mefistófeles se aproxima de seu lugar)*

    Do azedo o gosto não me atrai,
    Quero uma marca doce e clara!   2.275

MEFISTÓFELES *(brocando)*

    Logo vos corre um bom Tokai.[18]

ALTMAYER

    Não, não! olhai-me, amigos meus, na cara!
    Bem vejo, é troça, nada mais!

MEFISTÓFELES

    Com tão distintos comensais,
    Seria aquilo algo atrevido!   2.280
    Dizei, senhor, sem mais atraso,
    Com que vos deixarei servido.

---

[18] O vinho de Tokai, produzido na região em torno da cidade húngara do mesmo nome, é considerado um dos melhores vinhos suaves do mundo.

ALTMAYER

    Com qualquer um! não vem ao caso.

(Depois de furados e tampados todos os buracos)

MEFISTÓFELES *(com gestos singulares)*

        As cepas uvas dão!
        Tem chifres o cabrão;   2.285
        Dá suco o vinho, é de pau a videira,
        Dá vinho a mesa de madeira.
        Olhai dentro da natureza, vede!
        Eis um milagre, amigos, crede![19]

    Fora os tampões e sus à sede!   2.290

TODOS *(enquanto retiram os tampões
e o vinho desejado lhes corre nos copos)*

    Ó bela fonte, que nos brota!

MEFISTÓFELES

    Não derrameis nem uma gota!

(Bebem repetidamente)

---

[19] No *Urfaust*, essa mágica do vinho, que parece encerrar uma alusão ao milagre operado por Jesus durante as núpcias de Caná (*João*, 2: 1-12), é realizado pelo próprio Fausto.

TODOS *(cantam)*

    Canibalmente bem estamos
    Que nem quinhentos suínos!

MEFISTÓFELES

Vê como o povo está livre e à vontade![20]   2.295

FAUSTO

Convinha, acho, irmo-nos agora.[21]

MEFISTÓFELES

Espera um pouco, que a bestialidade
Vai revelar-se sem demora.

SIEBEL *(bebe com imprudência,*
o vinho se derrama no chão e se transforma em labareda)

Fogo! Acudi! Chama infernal!

---

[20] A irônica observação de Mefistófeles refere-se tanto aos vivas dos beberrões à liberdade como (na nova versão da cena publicada em 1790) a lemas da Revolução Francesa.

[21] No auge da animação, Fausto, que se mantém passivo a maior parte do tempo, manifesta o desejo de ir embora, revelando-se o seu pouco interesse pelas coisas que Mefistófeles tem a oferecer-lhe.

MEFISTÓFELES *(exortando a chama)*

Calma, elemento fraternal! 2.300

(Para Siebel)

Do purgatório foi amostra assaz ligeira.[22]

SIEBEL

Que é isso? Sai-vos cara a brincadeira!
Vereis quem somos!

FROSCH

              Cena igual
Deixai de repetir tão cedo!

ALTMAYER

Convém pedir de manso que se aparte. 2.305

SIEBEL

Como, senhor? ousais, destarte,
Nos impingir vosso bruxedo?

---

[22] Na primeira cena "Quarto de trabalho" (v. 1.377) Mefistófeles dissera que a "chama" lhe estava "reservada"; agora ele demonstra o seu domínio sobre esse "elemento fraternal", dizendo em seguida ao "companheiro" Siebel ter sido apenas uma gota do fogo do purgatório.

MEFISTÓFELES

Cala, pau-d'água!

SIEBEL

Cabo de vassoura!
Inda nos vens com grosseria?[23]

BRANDER

Chover-te-á já pancadaria!   2.310

ALTMAYER *(retira um dos tampões da mesa; jorra-lhe um jato de fogo ao encontro)*

Queimo! Ardo!

SIEBEL

Bruxaria! Cruz!
Sobre ele! está a prêmio! sus![24]

(Puxam das facas e avançam sobre Mefistófeles)

---

[23] A forma de tratamento na segunda pessoa do plural muda agora para a menos respeitosa da segunda pessoa do singular.

[24] Esse "estar a prêmio" corresponde no original ao termo *vogelfrei*, do qual o dicionário de Adelung diz que "é empregado apenas em relação a pessoas proscritas, que podem ser aprisionadas ou mortas por qualquer um que o queira ou consiga".

MEFISTÓFELES *(com gestos solenes)*

    Som falso, falsa imagem,
    Mudai forma e paragem,
    Cá e lá, de passagem!   2.315

(Quedam-se espantados, a olhar uns para os outros)

ALTMAYER

    Onde estou? que lindíssima região!

FROSCH

    Vinhas, se enxergo bem!

SIEBEL

               E as uvas logo à mão!

BRANDER

    Sob a folhagem, cá debaixo,
    Vede que cepa, vede o cacho!

(Pega Siebel pelo nariz. Os demais o fazem reciprocamente e levantam as facas)

MEFISTÓFELES *(da mesma forma que antes)*

    Esvai-te, ótica quimera!   2.320
    De vós, destarte, o diabo escarneceu.

*(Desaparece com Fausto, os companheiros
largam um do outro repentinamente)*

SIEBEL

  Que houve?

ALTMAYER

        Que foi?

FROSCH

            Teu nariz era?

BRANDER *(a Siebel)*

  E tenho em minha mão o teu!

ALTMAYER

  Que golpe foi! varou-me como um raio!
  Dai-me um assento, irra, pois caio!   2.325

FROSCH

  Que houve, afinal, mas quem mo diz?

SIEBEL

  Onde é que o bruto se sonega?
  Se me sai vivo, é por um triz!

ALTMAYER

Vi-o eu próprio a sair da porta da bodega,[25]
Montado sobre um dos barris...　　　　　　　　　2.330
Credo! meus pés de chumbo estão!

(Virando-se para a mesa)

E os vinhos, ainda correrão?

SIEBEL

Mentira foi, logro daninho.

FROSCH

Mas, cismei que bebesse vinho.

BRANDER

E as uvas, quem as viu também?　　　　　　　　　2.335

ALTMAYER

E dizem que em milagres só simplórios creem!

---

[25] Nos livros populares sobre Fausto (desde a edição ampliada, 1589, da *Historia von D. Johann Fausten*), este desce a uma adega e volta cavalgando sobre um barril de vinho, que é oferecido aos estudantes de Leipzig. Uma vez, porém, que Fausto se mantém passivo durante as patuscadas da cena (ao contrário do que ocorre no *Urfaust*), Goethe atribui igualmente a Mefistófeles essa última feitiçaria.

A COZINHA DA BRUXA

Segundo palavras do próprio Goethe, que Eckermann registrou numa conversa datada de 10 de abril de 1829, essa cena foi escrita no jardim da Villa Borghese em Roma, na primeira metade de 1788. Para a publicação do *Fragmento* em 1790 foram acrescentadas algumas passagens alusivas aos acontecimentos revolucionários na França. Ao longo de sua vida, Goethe apresentou avaliações diferenciadas da Revolução Francesa, elaboradas a partir de vários pontos de vista. Contudo, sua primeira reação ao "mais terrível dos acontecimentos" foi de rejeição, pois o concebeu, antes de tudo, como violenta irrupção do irracionalismo, brutalizando o povo e trazendo consigo uma onda de excessos. Nessa perspectiva, os adendos redigidos após julho de 1789 buscam reforçar a atmosfera desvairada que reina nessa "cozinha da bruxa" com uma série de motivos que, para Goethe, apontam na direção do absurdo e do irracionalismo: superstições (como as relacionadas à peneira e ao espelho), crença na "fortuna" (loteria e jogos de azar, que não por acaso são praticados por macacos), alusões a uma política inconsequente (a "coroa" que deve ser colada com "sangue e suor"), fórmulas mágicas como as que acompanham a poção que acarreta o rejuvenescimento, ou seja, a "vil chanfana" ou "sarapatel do qual delírio emana", nos expressivos termos da tradução.

Razão e sensatez são, portanto, despachadas nessa cena que sintomaticamente se segue à renúncia ao mundo da ciência. "Ai de mim! sinto que enlouqueço", exclama assim o Fausto vidrado na imagem feminina que lhe oferece o espelho da bruxa, e nessa mesma chave exprime Mefisto a impressão que lhe causa o pandemônio protagonizado pelos monos: "Gira-se-me também o miolo aos quatro ventos"; e a própria bruxa, sucumbindo à escalada dos acontecimentos: "Perco a razão, perco o sentido"!

Ao lado da "Noite de Valpúrgis", esta cena que antecede imediatamente a aventura amorosa de Fausto pode ser considerada a mais "abstrusa" da tragédia e não deixa de ser surpreendente que Goethe a tenha escrito justamente na Itália, onde a sua estética clássica tomou forma mais definida. "A cozinha da bruxa" não constava do *Urfaust* porque nela o herói aparece como um professor relativamente jovem, ainda não necessitado da poção mágica que lhe subtrai "trinta anos da carcaça rota". Na versão definitiva, Mefistófeles recorre a tal rejuvenescimento por meio de feitiçaria para conduzir Fausto ao mundo da sensualidade e dos prazeres, de tal modo que o efeito dessa metamorfose já se faz sentir na próxima cena, que abre a temática amorosa em torno da figura de Margarida — mas, como se verá, não no sentido puramente sexual visado por Mefisto. [M.V.M.]

(Um grande caldeirão se acha no fogo sobre uma lareira baixa.
Percebem-se diversos vultos dentro do vapor que exala.
A fêmea de um cercopiteco[1] acha-se acocorada junto ao caldeirão,
a espumá-lo e zelando para que não transborde. O macho está
sentado com os filhotes ao lado, aquecendo-se. As paredes e o teto
estão adornados com os mais singulares apetrechos de feitiçaria)

(Fausto, Mefistófeles)

FAUSTO

    Da mágica infernal repele-me a loucura;
    Acaso me prometes cura
    Neste sarapatel do qual delírio emana?
    Peço conselhos de uma velha indouta?   2.340
    E me subtrai a vil chanfana
    Trinta anos da carcaça rota?

---

[1] Nome comum a um macaco africano de cauda longa, do gênero cercopithecus (do grego *kerkos*, cauda, e *pithekos*, macaco). Em alemão se diz *Meerkatzen* (gatos do mar), em virtude de sua semelhança com gatos e do fato de terem chegado à Europa pelo mar, isto é, em navios oriundos da África. Em algumas passagens do texto, Goethe escreve apenas *Katzen* (gatos).

Tens só isso? ai de mim! já se me encobre
Toda a esperança! O engenho esperto
Da natureza, uma alma nobre, 2.345
Um bálsamo ainda não têm descoberto?

MEFISTÓFELES

Falaste, amigo, com razão extrema.
Há, para remoçar-te, um natural sistema;
Mas noutro livro está escrito,[2]
E é um capítulo esquisito. 2.350

FAUSTO

Quero sabê-lo.

MEFISTÓFELES

    Bem! um meio há, para isso:
Sem médico se obtém, sem ouro e sem feitiço.
Vai para o campo, incontinentemente,
Maneja a enxada, ativa o arado,
Conserva-te a ti próprio e a tua mente 2.355
Num círculo chão, limitado,
Com alimento puro, nutre-te qual gado,

---

[2] Provável alusão de Goethe a um livro que, desde 1785, estava sendo escrito pelo seu médico particular, Dr. Hufeland (publicado somente em 1797, com o título *A arte de prolongar a vida humana*). Mefistófeles reporta-se a recomendações desse médico no sentido de uma vida campestre, ativa, com alimentação natural: mesmo os "eruditos e intelectuais" deveriam dedicar algumas horas do dia ao trabalho nas plantações.

Vive entre o gado, em suores quotidianos,
Adubar pessoalmente o campo e o agro não temas;
Por remoçar-te de setenta anos,[3]   2.360
Crê-mo, o melhor é dos sistemas!

FAUSTO

Não me convém; não tenho o hábito disso;
Brandir a enxada é árduo serviço.
A vida rústica não é comigo.

MEFISTÓFELES

Pois venha a bruxa, então, amigo.   2.365

FAUSTO

Por que há de ser aquela velha?
Tu mesmo o líquido me aprontes!

MEFISTÓFELES

O passatempo pouco se aconselha!
Poderia, entretanto, edificar mil pontes.
Não só se trata de arte e ciência,   2.370
A empresa exige assaz paciência.
Um gênio quieto longos anos atuará;
Só o tempo ao fermento força dá,

---

[3] No original, Goethe escreve oitenta anos, mas o sentido provável da formulação é "até aos oitenta anos de idade é possível rejuvenescer".

E a tudo o que dele faz parte;
São cousas finas, não as menoscabo! 2.375
Tem-nos o diabo instruído da arte,[4]
Mas não é facultada ao diabo.

(Avistando os animais)

Que delicada espécie, observa!
Eis o criado! esta é a serva!

(Dirigindo-se aos animais)

Eh! não se acha a patroa em casa? 2.380

OS ANIMAIS

> Levantou a asa,
> Abriu o pé,
> Afora, pela chaminé!

MEFISTÓFELES

Costuma demorar nas matas?

OS ANIMAIS

Até aquecermos nossas patas. 2.385

---

[4] No original, Mefisto está provavelmente querendo dizer neste verso que de fato foi o diabo que ensinou à bruxa a receita de tal poção, mas que ele próprio não pode prepará-la (talvez por causa do longuíssimo tempo que demanda a "fermentação").

MEFISTÓFELES *(a Fausto)*

Como achas a mimosa bicharada?

FAUSTO

A súcia mais nojenta que eu já vi!

MEFISTÓFELES

Não, um discurso como este aqui,
É o que melhor sempre me agrada!

(Para os animais)

Dizei, bonecos repugnantes, 2.390
Na papa que estais remexendo?

OS ANIMAIS

É sopa aguada para mendicantes.[5]

MEFISTÓFELES

Então tereis um público tremendo.

O CERCOPITECO *(acerca-se de Mefistófeles e lhe faz festas)*

Joga os dados, suplico,[6]

---

[5] Numa carta a Schiller, Goethe emprega essa expressão (*Bettelsuppen*, sopas que são distribuídas a mendigos) para ironizar um drama contemporâneo: "uma sopa de mendigos, muito ao gosto do público alemão".

[6] A crendice popular associava esses macacos aos jogos de azar. Em um de

>Torna-me rico! 2.395
>Ganhar bem é preciso;
>Somos tão pobres,
>E tivesse eu os cobres,
>Estaria com juízo.

MEFISTÓFELES

>Por felizardo o mono se teria, 2.400
>Pudesse ele jogar na loteria![7]

(No entanto, os jovens macacos têm-se distraído com uma bola grande, e a rolam para a frente)

O CERCOPITECO

>É assim o mundo;[8]
>Sobe e cai, fundo,
>Sem pausar, rola;
>Qual vidro soa, 2.405
>Que quebra à toa!
>É cava a bola.

---

seus textos (*Tischreden*), Lutero advertia para não se brincar com macacos e cercopitecos, pois neles se ocultava Satã.

[7] *Lotto*, no original, forma italiana do jogo de loteria, que chegou à Alemanha no século XVIII.

[8] Começa a delinear-se aqui a alegorização dos acontecimentos revolucionários na França. Por detrás da brincadeira dos macacos com a bola vislumbra-se também a antiga imagem da Roda da Fortuna (símbolo da inconstância do mundo), em que os grandes e poderosos sobem e descem.

Luz muito aqui,
Mais ainda ali,
Vivo; e ele rola! 2.410
Meu filho, à fé!
Foge! pra trás!
Que morrerás!
De barro ele é,
E em pó se faz. 2.415

MEFISTÓFELES

    Que uso tem o coador?[9]

O CERCOPITECO *(apanhando o coador e trazendo-o para baixo)*

    Se és furtador,
    Logo hei de vê-lo.

(Corre para a fêmea e faz com que ela espie pela peneira)

    Pelo coador
    Vês o furtador, 2.420
    Sem conhecê-lo?

MEFISTÓFELES *(aproximando-se do fogo)*

    E o caldeirão?

---

[9] O coador, ou peneira (*Sieb*, no original), aparece, em crendices e superstições populares, em vários contextos: supunha-se que com a sua ajuda era possível reconhecer ladrões.

O MACHO E A FÊMEA

    Grande asneirão!
    O caldeirão
    Não conhece, e a marmita!   2.425

MEFISTÓFELES

    Cambada grosseirona!

O MACHO

    O abano agita,[10]
    Senta-te, eis a poltrona.

(Obriga Mefistófeles a sentar-se)

FAUSTO *(que durante esse tempo tem estado a mirar um espelho, alternativamente aproximando-se e afastando-se dele)*

    Que vejo? que visão celeste
    No espelho mágico se me revela![11]   2.430
    Ah! suas asas Cupido me empreste
    E me leve à paragem dela!

---

[10] Trata-se provavelmente de uma espécie de "espanador" (semelhante a uma cauda peluda); logo em seguida, Mefisto usará esse "abano" (a tradução diz então "ventarola") como um cetro alegórico.

[11] Projeções especulares de coisas futuras ou ocultas também faziam parte de superstições populares. Aqui, contudo, o espelho mágico pertence ao mundo das bruxas apenas como objeto, não naquilo que revela.

A cozinha da bruxa

Mas, se não paro neste canto,
Se ouso avançar, como em neblina
A etérea aparição se fina! 2.435
De uma mulher visão de encanto!
Como! é tão bela a forma feminina?
Devo ver nesse corpo em lânguido quebranto
A síntese da criação divina?
Na terra há formosura tal? 2.440

MEFISTÓFELES

Pois sim, se lida um Deus seis dias a seu jeito[12]
E, no fim, a si próprio aplaude satisfeito,
Não poderá sair-se mal.
Por hoje, farta-te de olhar;
Posso encontrar-te um mimo tão gracioso; 2.445
Feliz quem a fortuna desfrutar
De lhe servir de amante e esposo!

(Fausto contempla constantemente o espelho.
Mefistófeles, estirando-se na poltrona
e brincando com a ventarola, continua a falar)

Num trono estou, como o rei em pessoa;[13]
O cetro tenho aqui, só me falta a coroa.

---

[12] Mefistófeles comenta o embevecimento de Fausto com a visão feminina ("síntese da criação divina") que vislumbra no espelho mediante nova alusão blasfema: "Deus viu tudo o que tinha feito: e era muito bom. Houve uma tarde e uma manhã: sexto dia" (*Gênesis*, 1: 31).

[13] Mefistófeles dá continuidade à alegorização dos acontecimentos con-

OS ANIMAIS *(que até agora têm estado a fazer movimentos singulares e sem nexo, trazem com grande gritaria uma coroa para Mefistófeles)*

    Oh, com sangue e com suor[14]   2.450
    Conserta ao redor
    A coroa dos amos!

(Lidam desajeitadamente com a coroa e quebram-na em dois pedaços, com os quais vão saltando e pulando)

    Agora o fizemos!
    Ouvimos e vemos,
    Falamos, rimamos...   2.455

FAUSTO *(virado para o espelho)*

    Ai de mim! sinto que enlouqueço.

MEFISTÓFELES *(indicando os animais)*

    Gira-se-me também o miolo aos quatro ventos.

---

temporâneos na França: coloca-se no lugar do rei e menciona o cetro e a coroa, a qual irá partir-se em seguida.

[14] Pelo visto, a coroa já tem uma rachadura, pois os animais exortam Mefistófeles a colá-la — mas "com sangue e suor"! Alguns comentadores, entre os quais Ernst Beutler, veem aqui uma alusão ao chamado "escândalo do colar", que entre 1785 e 1786 abalou a corte francesa (e, em especial, a reputação da rainha Marie Antoinette).

OS ANIMAIS

>E se for de sucesso,
>Granjeando apreço,
>Hão de ser pensamentos! 2.460

FAUSTO *(como antes)*

>Meu peito principia a arder!
>Fujamos, já, com prontidão!

MEFISTÓFELES *(na posição anterior)*

>Bem, pelo menos se há de conceder
>Que eles genuínos poetas são![15]

(O caldeirão, do qual a fêmea do cercopiteco se descuidou começa a transbordar: surge uma grande labareda que sobe pela chaminé. A bruxa desce pela chama abaixo com pavorosa gritaria)

A BRUXA

>Ai! ai! ai! mona! 2.465
>Peste maldita! que abandona
>O caldeirão e esturra a dona!
>Desgraçado animal!

(Avistando Fausto e Mefistófeles)

---

[15] Mefisto refere-se aos animais como poetas "genuínos" (ou "sinceros", no original) porque eles admitem abertamente que buscam rimar apenas "pensamentos" em seus versos alegóricos.

Quem é o pessoal?
Quem sois? que tal? 2.470
Que quereis aqui?
Como achastes a entrada?
Brasa inflamada
Vos roa a ossada!

*(Introduz com violência a escumadeira no caldeirão
e despeja chamas sobre Fausto, Mefistófeles e os animais.
Estes começam a ganir de susto e de dor)*

MEFISTÓFELES *(virando para baixo o abano que tem na mão
e batendo a torto e a direito entre os vidros e as panelas)*

Ai! meto o pau! 2.475
Lá vai teu mingau!
Lá vai a caldeira!
É só brincadeira,
O ritmo, matreira,
Para o teu sarau. 2.480

(Enquanto a bruxa recua, cheia de fúria e de pavor)

Sabes quem sou? monstro, esqueleto infando!
Vês teu senhor e amo, e não pasmas?
Por pouco não te arraso e a este teu bando
Monstruoso de animais fantasmas!
Não tens respeito ao gibão rubro? 2.485
Não vês a pena azul de galo?
Meu rosto acaso não descubro?
Meu nome ignoras? devo eu declará-lo?

A BRUXA

    Perdoai-me, ó mestre, a rude saudação!
    Nenhum pé de cavalo vejo.   2.490
    E os vossos corvos, onde estão?[16]

MEFISTÓFELES

    Desta vez sais-te ainda do gracejo,
    Pois faz deveras um bocado
    Que não nos temos encontrado.
    A cultura, outrossim, que lambe o mundo, à roda,   2.495
    Tem-se estendido sobre o diabo;
    O nórdico avejão já não está na moda;[17]
    Onde vês garras, chifres, rabo?
    E quanto ao pé, que não dispenso, sinto
    Que em público me faz de malvisto e de intruso;   2.500
    Eis por que, como mais de um fidalgão distinto,
    Há tempos panturrilhas falsas uso.

A BRUXA *(dançando freneticamente)*

    Perco a razão, perco o sentido,
    Ao ver Dom Satanás de novo aqui metido!

---

[16] Tradicionalmente corvos não são acompanhantes do demônio (e na lenda popular tampouco constituem requisito de Mefistófeles). Contudo, aparecerão efetivamente na cena de guerra no quarto ato da segunda parte da tragédia.

[17] O "avejão" ou "fantasma" do Norte (*das nordische Phantom*, no original). Numa carta a Schiller de julho de 1797, Goethe dizia que os "fantasmas nórdicos" haviam sido recalcados pelas reminiscências do Sul (alusão a sua viagem à Itália, em 1786-88), e que o trabalho no *Fausto* fora deixado de lado.

MEFISTÓFELES

    Mulher, proíbo esse apelido!   2.505

A BRUXA

    Por quê? que vos tem ele feito?

MEFISTÓFELES

    No livro das ficções de há muito está gravado;
    Mas, para os homens, sem proveito,
    O Gênio Mau se foi, mas os maus têm ficado.
    Sou cavalheiro como os mais, aliás;   2.510
    Podes chamar-me de Senhor Barão;[18]
    De meu fidalgo sangue não duvidarás;
    Olha pra cá, eis meu brasão!

(Faz um gesto obsceno)

A BRUXA *(rindo-se imoderadamente)*

    Ha! ha! pois sois vós, sem engano!
    Fostes sempre ótimo magano!   2.515

---

[18] Após fazer um trocadilho com os termos "maligno" e "maus", que em alemão apresentam (respectivamente no acusativo e no nominativo) a mesma grafia (*Bösen*), Mefisto proíbe à bruxa qualquer tratamento arcaizante (como "Dom Satanás") e exige ser chamado de "Senhor Barão". Escolhe justamente o único título de nobreza que podia ser comprado — e daí advieram também expressões como "barão das finanças", "barão da indústria" etc.

MEFISTÓFELES *(a Fausto)*

    Possa a lição, amigo, aproveitar-te!
    Com bruxas lida-se destarte.

A BRUXA

    Algo há, senhores, com que eu vos assista?

MEFISTÓFELES

    Sim, um bom copo da bebida mista,
    Mas venha a mais anosa, rogo: 2.520
    Duplo vigor com o tempo só regista.[19]

A BRUXA

    Pois não! cá tenho um vidro, cujo
    Conteúdo também eu lambujo,
    Que já não fede nada, é raro!
    Dou-vos com gosto uma medida.   2.525

(Baixinho)

    Mas, se o beber esse homem sem preparo,
    Sabeis que não terá nem uma hora de vida.

---

[19] Ingrediente essencial na poção que será ministrada a Fausto é, portanto, o "tempo", já que os longos anos de descanso e fermentação "duplicam", como diz o original, a sua eficácia.

MEFISTÓFELES

   É amigo bom, eu quero que lhe valha;
   Faz jus a teu extrato mais seguro;
   Traça teu círculo, entoa o esconjuro,   2.530
   Verte uma taça cheia, e dá-lha.

A BRUXA *(com gesticulações frenéticas, risca um círculo, dentro do qual coloca objetos diversos; os vidros começam a tinir, as caldeiras a ressoar e a tilintar em sons de música. Finalmente, traz um grande livro e coloca os monos dentro do círculo. Estes servem de suporte ao livro e seguram a tocha. Ela acena a Fausto para que se aproxime)*

FAUSTO *(a Mefistófeles)*

   Não! dize, que há de sair disso?
   O frenesi, o insípido feitiço,
   O logro absurdo e repugnante,
   Conheço, odeio-os já bastante.   2.535

MEFISTÓFELES

   Ora, é pra rir! não te equivoques!
   É demais rijo o teu conceito!
   São artes de berliques e berloques,
   Pra que a poção surta o mais forte efeito.

(Obriga Fausto a entrar dentro do círculo)

A BRUXA *(começa a declamar do livro, com grande ênfase)*

       Vê, por quem és!   2.540

Do um, faze dez,
No dois e três
Um traço indicas
E rico ficas.
Põe fora o quatro! 2.545
Com cinco e seis,
Diz a bruxa, fareis
Sete e oito, e a conta
Quase está pronta:
E o nove é um, 2.550
Mas o dez é nenhum.
Das bruxas isto é a tabuada comum![20]

FAUSTO

Delira em febre a criatura?

MEFISTÓFELES

Nem terminou, isto ainda dura;
Conheço-o, é assim que o livro todo soa; 2.555
Que tempos não gastei nisso! É notório
Que uma contradição completa e boa
É de mistério igual para um sábio e um simplório.

---

[20] Recorrendo a textos ocultistas da Idade Média e do Renascimento, a escritos cabalísticos sobre a simbologia dos números, comentadores procuraram em vão descobrir um sentido no *nonsense* que subjaz a essa "tabuada" da bruxa. Numa carta de dezembro de 1827, endereçada ao seu amigo berlinense Carl Friedrich Zelter, Goethe fala dos leitores alemães que se torturavam no esforço de extrair um sentido "da tabuada da bruxa e de alguns outros disparates" que ele teria espalhado em suas obras "com mãos generosas".

É velha e nova, amigo, a arte;
Semear o erro em vez da verdade,[21] 2.560
Por três e um, e um e três, em toda parte,
Tem sido uso, e em qualquer idade.
Assim leciona-se e se palra a gosto,
A lidar com o bufão, quem estará disposto?
E os homens, quando estão a ouvir frases de estilo, 2.565
Pensam que deve haver o que pensar naquilo.

A BRUXA *(continuando)*

    A superpotência
    Da magna ciência,
    Do mundo escondida!
    Quem não pensa é quem 2.570
    De presente a tem,
    Sem canseira e lida.

FAUSTO

Mas, que é que diz? quanta doidice!
Estoura-me a cabeça aos poucos.

---

[21] Mefistófeles parece aproveitar-se agora das palavras abstrusas da bruxa para desferir um ataque contra o dogma religioso da Santíssima Trindade. Numa conversa datada de 4 de janeiro de 1824, em que Goethe se queixa da incompreensão que recebeu do público alemão em várias questões religiosas, científicas e políticas, Eckermann registra as seguintes palavras do poeta: "Eu acreditava em Deus e na Natureza e na vitória do nobre sobre o ruim; mas para aquela gente devota isso não era suficiente e eu devia acreditar também que três era um e um era três. Mas isso repugnava o sentimento de verdade de minha alma".

Palavra, é como se eu ouvisse 2.575
Falar um coro de mil loucos.

MEFISTÓFELES

Basta, já basta, excelentíssima Sibila![22]
Teu suco mágico destila
E vai enchendo rente a taça,
Pra meu amigo não será desgraça: 2.580
Ele é homem de altos graus e nada mole,[23]
Que já tragou mais de um bom gole.

A BRUXA *(com muitas cerimônias,*
verte a beberagem numa taça;
no momento em que Fausto a leva aos lábios,
surge uma chama ligeira)

MEFISTÓFELES

Vamos, engole! com despacho!
Num ai, delícia em ti derrama.
Como! és tão íntimo com o diacho, 2.585
E te apavoras vendo a chama?

(A bruxa dissolve o círculo. Fausto sai dele)

---

[22] Originalmente "sibila" referia-se a uma vidente sábia, envolta em grande dignidade nas sagas gregas, romanas e medievais. No século XVIII passou a designar mulheres feias e velhas, portanto também bruxas.

[23] Os graus acadêmicos a que Mefisto pode estar se referindo são "mestre", "professor" e "doutor".

MEFISTÓFELES

Não pares, não! pra fora, é isso!

A BRUXA

Faça-vos bom proveito o trago!

MEFISTÓFELES *(à bruxa)*

E se algo queres pelo teu serviço,
Ser-te-á em Valpúrgis por mim pago.[24]   2.590

A BRUXA

Entoai esta canção de vez em quando,[25]
É de efeito único seu uso.

MEFISTÓFELES *(a Fausto)*

Vem, vem, depressa, eu te conduzo;
Terás de transpirar do modo mais profuso,
Para que dentro e fora a força vá atuando.   2.595
Da nobre ociosidade o apreço, após, te ensino,

---

[24] Referência antecipatória à "Noite de Valpúrgis", a celebração orgiástica que será representada numa cena posterior, imediatamente antes do desfecho da tragédia amorosa.

[25] Para Albrecht Schöne a "canção" que a bruxa passa agora a Fausto e Mefistófeles seria uma espécie de texto pornográfico para intensificar o efeito do afrodisíaco ministrado: uma paródia aos folhetos com canções pias e edificantes distribuídos após o serviço religioso.

E em breve sentirás, com o gozo mais genuíno,
Cupido a estrebuchar-se em lépido desmando.

FAUSTO

Só quero ainda espreitar no espelho a aparição!
Mulher nunca houve como aquela!   2.600

MEFISTÓFELES

Não! não! há de surgir-te, em carne e osso, a visão,
Do sexo em breve a flor mais bela.

(Baixo)

Com esse licor na carne abstêmia,
Verás Helena em cada fêmea.[26]

---

[26] Mefisto dá a entender aqui que o modelo feminino mostrado pelo espelho irá encarnar-se em breve, pois a poção rejuvenescedora (e afrodisíaca) o fará enxergar Helena — a mais bela e desejável das mulheres — em toda "fêmea". Não se trata ainda de uma antecipação do motivo em torno de Helena de Troia, que se desdobrará na segunda parte da tragédia.

Rua

Começa aqui a sequência de cenas em torno da figura de Margarida (*Margarete*, no original, nome que, em alemão, designa também a flor margarida: *Margaretenblume* ou *Margerite*). Goethe usará com frequência a forma diminutiva *Gretchen*, que em português corresponderia a "Guida". Esporadicamente usará também *Margretlein*, *Gretelchen* e *Gretel*, formas não incorporadas pela tradutora (ao contrário de *Gretchen*).

Observe-se que Goethe cria implicitamente um contraste entre os espaços anteriores a esta cena em rua aberta: enquanto Fausto está vindo da "cozinha da bruxa", a moça acaba de deixar a igreja. Das palavras posteriores de Mefistófeles pode-se depreender que, na verdade, este já havia espionado e de certo modo "eleito" Margarida para a aventura amorosa de Fausto. [M.V.M.]

(Fausto. Margarida passando pela rua)

FAUSTO

Formosa dama,[1] ousar-vos-ia 2.605
Oferecer meu braço e companhia?

MARGARIDA

Nem dama, nem formosa sou,
Posso ir pra casa a sós, e vou.

---

[1] *Fräulein*, no original ("senhorita"), tratamento então reservado a moças de elevada classe social.

(Desprende-se e sai)

FAUSTO

    Por Deus, essa menina é linda!
    Igual não tenho visto ainda.   2.610
    Tanta virtude e graça tem,
    A par do arzinho de desdém.
    A boca rubra, a luz da face,
    Lembrá-las-ei até o trespasse!
    O modo por que abaixa a vista,   2.615
    Fundo, em minha alma se regista,
    Sua aspereza e pudicícia,
    Aquilo então é uma delícia!

(Entra Mefistófeles)

FAUSTO

    Escuta, tens de arranjar-me a mocinha![2]

MEFISTÓFELES

    Bem, qual?

FAUSTO

          Passou cá, justamente.   2.620

---

[2] *Dirne*, no original, palavra empregada aqui no sentido primeiro de jovem solteira e virgem (mocinha, portanto), e não como "meretriz, prostituta", significado que o termo adquiriu a partir de meados do século XVI.

MEFISTÓFELES

Aquela? ora! do padre vinha
Que de pecados a achou inocente;
Passei ao confessionário rente:
É jovem muito ingênua e boa,
Que foi à confissão à toa; 2.625
Sobre essa eu não tenho poder!

FAUSTO

Mas, quatorze anos já há de ter.[3]

MEFISTÓFELES

Falas tal qual João Corruptor:[4]
Pra si cobiça cada flor
E julga que a honra não existe, 2.630
Nem favor, que se não conquiste;
Mas não dá certo toda vez.

FAUSTO

Meu mestre na arte da honradez,[5]
Deixe-me em paz com sermões seus!

---

[3] Idade a partir da qual, segundo o direito vigente, começavam a maioridade e a maturidade sexual. O contexto deixa claro que Fausto não tem em mente uma proposta de casamento, mas deseja antes a sedução.

[4] *Hans Liederlich*, no original, expressão empregada exatamente no sentido da solução encontrada pela tradutora.

[5] Comparado a um galã sedutor de mocinhas, Fausto, ardendo de desejo,

Rua

Saiba, para o que der e vier, 2.635
Se eu hoje à noite não tiver
Nos braços o anjo de mulher,
À meia-noite, dou-lhe o adeus.

MEFISTÓFELES

Mas pensa bem, mais calma e juízo!
De uns quinze dias eu preciso, 2.640
Té que um bom azo se defina.

FAUSTO

Tivesse eu sete horas de prazo,
Do diabo não faria caso,
Seduziria essa menina.

MEFISTÓFELES

Como um francês te gabas já;[6] 2.645
Porém, não fiques maldisposto:
Por que fruir de relance o gosto?[7]

---

replica no mesmo tom e chama Mefistófeles de *Herr Magister Lobesan*, expressão zombeteira que no século XVIII se aplicava a pessoas professorais e moralistas (originalmente, *lobesan*, ou *lobesam*, é um adjetivo e significa "louvável"). "Meu mestre na arte da honradez" capta com precisão o sentido da expressão alemã.

[6] Mefisto se apoia na tendência então difundida de se atribuir ao "francês" (*Franzos*, no original) um comportamento dissoluto e depravado, de tal forma que a sífilis era chamada de "doença dos franceses".

[7] Literalmente Mefisto pergunta neste verso o que adiantaria gozar de ma-

Mais vivo e bem maior será
Se antes moldares e aprestares,
Com cem quindins preliminares, 2.650
A ponto, a bonequinha humana;
Ensina-o mais de uma história italiana.[8]

FAUSTO

Tenho apetite bom sem isso.

MEFISTÓFELES

Pois sem pilhéria e rebuliço,
Com a belezinha, afirmo, ora essa! 2.655
Não vai a coisa tão depressa.
Com força, a presa não apanhas;
Só mesmo usando de artimanhas.

FAUSTO

Traze-me algo do anjo formoso!
Leva-me ao seu lugar de pouso! 2.660
Traze-me um lenço do seu seio,
Um laço ao meu ardente anseio!

---

neira tão rápida e direta — ou seja, dá a entender que o esforço da conquista intensificaria o prazer erótico.

[8] *Welsche Geschicht'*, no original, que significa antes "românico" (*welsch*), designando sobretudo o elemento italiano, francês e espanhol. Mefistófeles dá a entender assim o seu domínio de obras das literaturas românicas, como o *Decamerone* de Boccaccio.

MEFISTÓFELES

Hás de ver com que afã te ajudo
Em teu penar de amor agudo.
A empresa em breve se promova! 2.665
Te levo ainda hoje à sua alcova.

FAUSTO

Vê-la-ei, então? há de ser minha?

MEFISTÓFELES

Não, estará numa vizinha.
No entanto, a sós, na alcovazinha,
Do gozo a vir, em sua esfera, 2.670
Poderás fruir à farta a espera.

FAUSTO

Vem, pois!

MEFISTÓFELES

    É cedo ainda.

FAUSTO

               Entrementes[9]
Para ela arranja-me uns presentes.

---

[9] Divergindo neste ponto do original alemão (como também em outras pas-

(Sai)

MEFISTÓFELES

Presentes, já? Bem! Bem! não falhas na conquista![10]
Sei de alguns belos logradouros,   2.675
Que em terra ocultam bons tesouros;
Hei de passar isso em revista.

(Sai)

---

sagens), a tradutora faz o advérbio "entrementes" completar a medida do verso anterior (e rimar com o seguinte), valendo-se aqui de um procedimento métrico que Goethe utiliza com frequência no *Fausto*, conforme mostra o original pouco acima (verso 2.667), em que o "não" de Mefisto pertence metricamente à pergunta ansiosa de Fausto.

[10] Mefistófeles emprega neste segundo hemistíquio do verso o verbo *reüssieren*, derivado do francês *réussir* (conseguir, ter êxito): *Da wird er reüssieren!* Exprimindo-se ainda num verso alexandrino (de origem francesa), o próprio Mefisto procura falar, aludindo a Fausto, como "um francês que se gaba".

CREPÚSCULO

A esta segunda cena da chamada "tragédia de Gretchen", Goethe deu o título de *Abend*, o "anoitecer" ou "crepúsculo" da tarde. Na indicação cênica que vem a seguir, o adjetivo *reinlich*, traduzido por "asseado", vai além do significado de limpeza e asseio próprio de uma jovem burguesa que, com o "gênio da ordem e harmonia" — como dirá Fausto —, sabe "desdobrar na mesa a guarnição" e, enquanto método eficiente de limpar o assoalho, "encrespar no chão a areia fina". *Reinlich* ou *rein* (como dirá Mefisto no verso traduzido como "Têm poucas jovens tanto alinho") está conotando também "pureza, espiritualidade, religiosidade", qualidades que farão de Margarida uma oponente natural de Mefisto. [M.V.M.]

(Um quarto pequenino e asseado)

MARGARIDA *(trançando e prendendo o cabelo)*

> O senhor de hoje, quem me dera
> Saber-lhe o nome, quem ele era!
> Tinha, certo é, figura altiva   2.680
> E de alta casa se deriva;
> Na fronte dele isso se lia...[1]
> Prova-o também sua ousadia.

(Sai)

---

[1] Como fará mais tarde em relação a Mefisto (vv. 3.471-85), Margarida constrói aqui algumas suposições sobre o altivo "senhor" que a abordou na rua a partir de seus traços fisionômicos. Demonstra assim, pela primeira vez, seus conhe-

(Mefistófeles, Fausto)

MEFISTÓFELES

Entra, entra, vamos, de mansinho!

FAUSTO *(depois de algum silêncio)*

Por favor, deixa-me sozinho! 2.685

MEFISTÓFELES *(farejando ao redor)*

Têm poucas jovens tanto alinho.

(Sai)

FAUSTO *(olhando em volta)*

Salve, ó clarão crepuscular
Que neste asilo[2] te entreteces!
Enche-me o coração, do amor doce penar,
Que na aura da esperança o teu langor aqueces! 2.690
Como respira aqui quietude,
Senso de acordo, de confiança,
Nesta escassez, que plenitude!
Neste cubículo,[3] ah, que bem-aventurança!

---

cimentos intuitivos na chamada *fisiognomonia*, teoria fortemente ligada à obra de Johann Kaspar Lavater (por alguns anos, amigo próximo de Goethe) e que gozou de grande prestígio na segunda metade do século XVIII (ver nota ao v. 3.537).

[2] *Heiligtum*, no original, que significa santuário, templo sagrado.

[3] *Kerker*, no original, cárcere — com esta palavra Goethe cria uma associa-

(Lança-se na poltrona de couro ao lado da cama)

    Recebe-me, ora, ó tu, que já acolheste, antanho,   2.695
    No braço um mundo extinto em regozijo e em dor!
    Trono patriarcal, que já mais de um rebanho
    Alegre circundou, de criançada em flor!
    Aqui, com rosas infantis na face,
    Na noite de Natal, talvez o meu amor   2.700
    Do venerando avô a murcha mão beijasse.
    Sinto flutuar, cá, ó menina,
    Teu gênio da ordem e harmonia,
    Que, maternal, teus passos guia,
    Que a desdobrar na mesa a guarnição te ensina,   2.705
    Até a encrespar no chão a areia fina.[4]
    Ó mão tão doce e angelical!
    Fazes da choça um reino celestial.
    E aqui!

(Ergue o reposteiro da cama)

    Abala-me que extático tremor!
    Voar-me-iam, horas, aqui, breves!   2.710
    Aqui, ó natureza, em sonhos leves,
    Moldaste o inato anjo de amor;
    Aqui lhe enchia o tenro seio
    Da vida a quente e doce aragem,

ção retrospectiva com o "quarto de trabalho" de Fausto (apostrofado então de "cárcere") e também já faz uma referência antecipatória ao futuro "cárcere" real de Margarida.

[4] Para evitar que a sujeira grudasse ao assoalho, costumava-se espalhar sobre este areia fina.

E aqui, num santo, puro enleio, 2.715
Teceu-se a encantadora imagem!

E tu! que foi que aqui te trouxe?
Que emoção sinto, estranha e doce!
Que me põe na alma este langor espesso?
Mísero Fausto! ah, já não te conheço. 2.720

Paira um vapor de encanto neste espaço?
Só me impelia a sede de gozar,
E em mágica de amor sinto que me desfaço!
Somos joguetes dos tremores do ar?

E se ela neste instante entrasse cá, 2.725
Como expiarias o teu desrespeito!
Grande homem, quão pequeno, ah!
Jazer-lhe-ias aos pés, desfeito!

MEFISTÓFELES

Ligeiro! anda! ela chega ali em frente.

FAUSTO

Vem! vem! jamais hei de tornar! 2.730

MEFISTÓFELES

Eis um estojo, assaz decente,
Que retirei de outro lugar.[5]

---

[5] Isto é, roubou o estojo (ou a caixinha, *Kästchen*) de outro lugar.

Vamos, ali dentro o coloques,
Perde ela o juízo, abrindo o cofre,
Pus dentro um molho de berloques, 2.735
Conquistaria a outra, de chofre.[6]
Mas é brinquedo e ela é criança.

FAUSTO

Não sei, devo?

MEFISTÓFELES

       Irra, este homem cansa!
Pensas, quiçá, ficar tu com a riqueza?
Aconselhar-te-ei, pois, meu caro, 2.740
Poupar teu tempo e o dia claro,
E a mim, o esforço de outra empresa.
Espero que não és avaro!
Esfrego as mãos, coço a cabeça —

(Põe a caixinha no baú e torna a apertar a fechadura)

Fora daqui! vem vindo —, 2.745
A fim de que o bocado fresco e lindo
A teu desejo se amoleça;
E fazes cara de mortório,
Como se entrasses no auditório,
E te surgissem, lá, corporalmente, 2.750

---

[6] Isto é, conquistaria uma mulher muito mais exigente e mimada — na primeira versão da tragédia encontra-se "princesa" em lugar de "outra".

A física e a metafísica à frente!
Vamos!

(Saem)

MARGARIDA *(com uma lâmpada)*

Que abafo aqui me prende o peito!

(Ela abre a janela)

E fora é fresco o ar. Que brasa!
Não sei que sinto... estou de um jeito...　　　　2.755
Tornasse minha mãe pra casa!
Um frio o corpo todo me arrepiou...
Que tola e assustadiça eu sou!

(Começa a cantar, enquanto despe os agasalhos)[7]

Havia um rei em Tule,[8]
Té ao túmulo constante,　　　　2.760
Ao qual, morrendo dera
Um copo de ouro a amante.

---

[7] Goethe escreveu esta balada em 1774, durante uma viagem pela região do Reno (publicada pela primeira vez em 1782, numa antologia de canções). Falando de amor, morte e fidelidade para além da morte, a balada exprime e antecipa os elementos essenciais da história de Fausto e Margarida. De maneira inconsciente e como que instantânea, a moça parece intuir aqui o seu futuro destino, o que se manifesta em sua reação corporal: "Não sei que sinto... estou de um jeito... [...] Um frio o corpo todo me arrepiou...". A balada "O Rei de Tule" foi musicada, entre vários outros compositores, por Schubert, Schumann e Liszt.

[8] Tule era o nome de uma ilha (e um reino lendário) que os antigos acreditavam localizar-se no ponto mais setentrional da Terra. No original, *Thule* está ri-

A bem algum quis tanto,
Nas festas o esvaziava;
Quando bebia, em pranto   2.765
O olhar se lhe arrasava.

E no ato derradeiro,
Reino, honras e tesouro,
Legou tudo ao herdeiro,
Menos a taça de ouro.   2.770

Ergueu-se à mesa real,
De seus barões rodeado,
No alto paço ancestral,
Pela maré banhado.

Sorveu, ereto, o ancião,   2.775
A última gota ardente;
E a santa taça em mão,
Lançou-a na corrente.

Flutuar viu-a, e afundar
Nos fluxos abismais.   2.780
Nublou-se o seu olhar,
Não bebeu nunca mais.

*(Abre o cofre para recolher as roupas
e avista a caixinha das joias)*

---

mando com *Buhle*, que significa precisamente "amante", como está na tradução (não se trata, portanto, da rainha). Numa versão anterior desta canção, Jenny Klabin Segall também estabelece rima entre o primeiro e o terceiro versos da estrofe: "Em Thule houve, noutra era,/ Um rei, fiel té ao jazigo./ Morrendo, a amante dera-/ -Lhe u'a taça de ouro antigo".

Que linda caixa! como veio ter cá?
O cofre não fechei, quiçá?
É esquisito! dentro, que haverá? 2.785
Talvez a dessem em penhor
À minha mãe. A chave oscila
No laço do cordão de cor,
Não sei se posso... vou abri-la!
Que é isso? Deus do Céu! à fé, 2.790
Em minha vida não vi cousa igual!
Que adorno! a uma fidalga, até,[9]
Não ficaria em festas santas mal!
Ornar-me-ia o colar? que tal?
De quem tanto esplendor, meu Deus? 2.795

(Enfeita-se com as joias e vai mirar-se no espelho)

Fossem somente os brincos meus!
Dão logo um outro aspecto à gente!
De que nos serve a graça, o viço?
É belo e bom, não se desmente,
Porém a cousa fica nisso; 2.800
Quase com dó nos louvam ricos, nobres.
Para o ouro tende,
E do ouro pende,
Mas tudo! Ai de nós pobres!

---

[9] Até o século XVIII vigoravam prescrições que regulamentavam os trajes das mulheres citadinas (e também o uso de joias) de acordo com a sua posição social. Diferenciava-se assim uma dama nobre de uma jovem burguesa e esta, por sua vez, de moças de condição inferior, inclusive de prostitutas.

Passeio

A indicação de cena "passeio" significa aqui um caminho ao ar livre, onde se encontra Fausto à espera de Mefistófeles, que saíra com a finalidade de fazer novas averiguações. Na primeira versão da tragédia a cena intitulava-se "Alameda" (*Allee*). [M.V.M.]

(Fausto, andando de lado a lado, imerso em pensamentos. Mefistófeles vem juntar-se a ele)

MEFISTÓFELES

    Com mil traições de amor! com o inferno e os elementos!
    Quisera eu conhecer praguedos mais odientos!

FAUSTO

    Mas que tens? que te aborreceu?
    Nunca vi cara assim tão brava!

MEFISTÓFELES

    Irra! ao demônio me entregava,
    Se não fosse o demônio eu!   2.810

FAUSTO

    Deslocou-se algo em tua mente?
    Orna-te esbravejar como um demente!

MEFISTÓFELES

Pois vê, do adorno que eu pra Gretchen trouxe,
Um padre há pouco apoderou-se!
A mãe chegou; a cousa espia, 2.815
No íntimo logo se arrepia:
Tem a mulher olfato raro,
Do livro de horas vem-lhe o faro;
Sente em qualquer traste, de plano,
Se é objeto sagrado ou se é profano; 2.820
No adereço logo fareja
Não ser lá cousa benfazeja.
"Filha", exclamou, "posse indevida[1]
Turba a alma, absorve sangue e vida.
Vamos doá-la à Virgem Maria, 2.825
Que celeste maná em troca envia!"[2]
Fez Margarida arzinho amuado,
Pensou: "Ora! é cavalo dado,[3]

---

[1] A mãe de Margarida é muito religiosa, vive com o nariz metido no livro de orações (como dão a entender as palavras de Mefistófeles) e com frequência parece aconselhar-se com o padre. Ambos valem-se de expressões bíblicas, e assim Goethe faz ressoar aqui palavras de um provérbio de Salomão (10: 2): "Bens indevidos não aproveitam", na tradução de Lutero.

[2] Expressão bíblica para uma dádiva do céu, o alimento que Deus faz chegar ao povo de Israel no deserto. O verso parece apoiar-se numa passagem do *Apocalipse* (2: 17): "Ao vencedor darei do Maná escondido".

[3] Ao qual "não se olham os dentes" — ou "não se examina a boca", como se diz em alemão no ditado aludido por Mefisto: *Einem geschenkten Gaul schaut man nicht ins Maul.*

E ímpio não será, com certeza,
Quem para cá trouxe a riqueza". 2.830
Chamou a mãe um padre, à pressa,
Mal este ouviu a boa peça,
Gostou, é visto, e alto e bom som
Falou: "É proceder direito!
Quem sacrifica, haure proveito. 2.835
Tem a Igreja estômago bom;
Tragou países, em montão,
E nunca teve indigestão;
A Igreja só, beatas mulheres,
Digere ilícitos haveres". 2.840

FAUSTO

É praxe pública, ao que sei,
Pode-o um judeu, e o pode um rei.[4]

MEFISTÓFELES

Nisso embolsou brincos, fivelas
E anéis, qual reles bagatelas,
Deu umas poucas graças chãs, 2.845
Como por cesto de avelãs,
Prometeu-lhes mercês das celestes alçadas...
E as deixou muito edificadas.

---

[4] As palavras de Fausto referem-se aqui à estigmatização cristã da prática da usura (da qual a autoridade real e o judeu estariam excluídos) e às guerras de conquista (das quais também a Igreja tanto se beneficiou).

FAUSTO

E Gretchen?

MEFISTÓFELES

Irrequieta anda ela,
Não sabe o que quer, deve e anela, 2.850
Tem sempre as joias no sentido,
Mais ainda quem lhas tem trazido.

FAUSTO

Com seu desgosto me aborreço.
Tens de arranjar-lhe outro adereço!
O antigo, aliás, pouco valia. 2.855

MEFISTÓFELES

Sim, para meu senhor é tudo ninharia!

FAUSTO

Anda, e acomoda-o à ideia minha![5]
Vai lá e apega-te à vizinha!
Em frouxidão, Diabo, não caias,
Corre a trazer novas alfaias! 2.860

---

[5] Isto é, executa o que estou ordenando: providenciar um novo presente para Gretchen (e insinuar-se na casa da vizinha).

MEFISTÓFELES

Com gosto, praza-o à Vossa Graça!

FAUSTO *(sai)*

MEFISTÓFELES

Louco amoroso há de esbanjar
Sol, lua e estrelas, qual fumaça,
Pra gáudio do benzinho, ao ar.

(Sai)

A CASA DA VIZINHA

Entra agora em cena uma nova personagem, Marta Schwerdtlein, a vizinha de Margarida. Mefistófeles fez averiguações e descobriu que o senhor Schwerdtlein abandonou a mulher e agora "dentro do mundo anda metido". Pretextando trazer a notícia da morte do marido, introduz-se na casa de Marta para promover a aproximação entre Fausto e Margarida. Guardadas as proporções, a senhora Marta, espevitada e alcoviteira, desempenhará para sua jovem vizinha um papel semelhante ao que Mefisto exerce para Fausto nessa aventura amorosa. [M.V.M.]

MARTA *(sozinha)*

Deus perdoe meu rico marido, 2.865
Não fez lá cousa que me valha!
Dentro do mundo anda metido
E a sós me deixa sobre a palha.[1]
Contudo, mal nenhum lhe fiz,
Deus é que sabe quanto o quis. 2.870

(Põe-se a chorar)

Morreu, talvez! Que dor! Coitado!
Tivesse ao menos o atestado!

---

[1] A senhora Marta faz ressoar aqui a expressão jocosa "viúva da palha" (*Strohwitwe*), que designava uma mulher abandonada pelo marido, isto é, deixada sozinha no "leito de palha".

(Margarida entra)

MARGARIDA

  Ah, dona Marta!

MARTA

              Gretchen, que há?

MARGARIDA

  Em pé que não me sustento!
  Encontro um outro estojo — lá,   2.875
  Dentro do cofre, há um momento,
  Com maravilhas! bem mais rico
  Do que o primeiro, certifico.

MARTA

  Com sua mãe não fale, não;
  Logo o traria à confissão.   2.880

MARGARIDA

  Mas veja só! mas que me diz!

MARTA *(enfeita-a com as joias)*

  Ó criatura mais feliz!

MARGARIDA

> Que pena não poder deixar que eu seja
> Vista assim na rua ou na igreja.[2]

MARTA

> Pois vem me visitar a miúdo; 2.885
> Aqui o enfeite envergas. A exibi-lo
> Ante o espelho andas, vendo tudo,
> Temos nosso prazer naquilo;
> Depois, nalguma feira, algum festejo,
> De usá-lo, aos poucos tens o ensejo. 2.890
> Na orelha, um dia, o brinco, em seguida o colar;
> Iludes tua mãe, se acaso o reparar.

MARGARIDA

> Quem é que os dois estojos me traria?
> Por modo certo, isso não vai!

(Batem à porta)

> Será a minha mãe? Jesus, Maria! 2.895

MARTA *(espiando pela cortina)*

> É um cavalheiro estranho... Entrai!

(Entra Mefistófeles)

---

[2] Em virtude das prescrições que proibiam a uma jovem burguesa ostentar joias como essas.

MEFISTÓFELES

    É liberdade eu entrar deste jeito,
Perdoem-me as senhoras tê-lo feito.

(Recua, respeitosamente, perante Margarida)

    Posso ver dona Marta Schwerdtlein, por favor?

MARTA

    Sou eu, que me traz o senhor?   2.900

MEFISTÓFELES *(baixinho, para ela)*

    Conheço-a agora e me é o bastante.
Tem tão distinta visitante!
Perdoai a liberdade que tomei;
Hoje à tardinha, voltarei.

MARTA *(em voz alta)*

    Jesus, menina! ouviste bem?   2.905
Por dama esse senhor te tem.

MARGARIDA

    Meu Deus, sou jovem da pobreza,
Do cavalheiro é gentileza:
Não me pertence o rico adorno.

MEFISTÓFELES

    Não é só isso; é o seu contorno,   2.910

O seu donaire, o firme olhar!
Como me apraz poder ficar.

MARTA

Pois bem, senhor, de que se trata?...

MEFISTÓFELES

Quisera eu ter nova mais grata![3]
Não vá levar-ma a mal; é que, em termos escassos,   2.915
Seu marido está morto e manda abraços.

MARTA

Meu homem morto? ai de mim, ai!
Morreu! a vida, ah, se me vai!

MARGARIDA

Calma, querida! por quem sois!

MEFISTÓFELES

Ouvi-me a triste história, pois.   2.920

---

[3] Mefisto emprega neste verso o antigo substantivo alemão *Mär*, exatamente com o significado de "nova", "notícia". (Da forma diminutiva de *Mär* originou-se *Märchen*, "conto maravilhoso" ou "conto de fada".) Em seguida vem um exemplo clássico de *hysteron proteron* (ou "histerologia", o posterior como anterior): o senhor Schwerdtlein está morto e manda lembranças.

MARGARIDA

Por isso nem desejo amar, na vida:
De morte afligir-me-ia uma perda querida.

MEFISTÓFELES

Traz prazer dor, dor prazer traz.

MARTA

Contai de sua vida o termo!

MEFISTÓFELES

Em Pádua sepultado jaz, 2.925
Perto de Santo Antônio, em ermo,[4]
Mas bento, consagrado pouso,
Para o eternal, frio repouso.

MARTA

Nada mais tendes para mim?

MEFISTÓFELES

Sim, um pedido, de alto empenho; 2.930

---

[4] Não por acaso, Mefisto insere em sua história inventada justamente o santo (nascido em Lisboa em 1195 e morto em Pádua em 1231) a que se atribui também o papel de "casamenteiro": em seguida a pretensa viúva dona Marta passa a assediar Mefisto com a intenção de contrair novas núpcias.

Pra que mandeis rezar trezentas missas, vim;[5]
No mais, bolsos vazios tenho.

MARTA

Quê! nem um brinde, alguma gema?
O que todo artesão oculta, poupa, embora
Se encontre em situação extrema,   2.935
Mesmo que esmole, ande faminto!

MEFISTÓFELES

Madama, extremamente o sinto;
Mas não pôs seu dinheiro fora.
Também seus erros deplorou, de fato,
E mais ainda o afligia o seu destino ingrato.   2.940

MARGARIDA

Ah, pobres homens, sempre na desdita!
Direi por ele, é certo, as rezas d'alma todas.

MEFISTÓFELES

Seríeis digna, já, de celebrar as bodas;
Jovem gentil sois, e bonita.

---

[5] Mefistófeles indica aqui um número absurdamente elevado de missas a serem celebradas pela alma do pretenso falecido, o que pressupõe um custo financeiro também extremamente alto.

MARGARIDA

    Oh, não! é cedo, por enquanto.   2.945

MEFISTÓFELES

    Não sendo esposo, um galã seja, entanto.
    É dom do céu ter-se um pedaço
    Tão meigo e encantador no braço.

MARGARIDA

    Da terra aqui, não é costume.

MEFISTÓFELES

    Costume ou não! contanto que se arrume.   2.950

MARTA

    Contai-me o mais!

MEFISTÓFELES

                No leito o vi, de morte,
  De estrume é que não foi; no chão[6]
  De palha rota, sim; porém, morreu cristão
  Sentindo na consciência uma aflição mais forte.

---

   [6] Literalmente, diz Mefistófeles neste verso que o leito de morte do senhor Schwerdtlein era [feito] de algo um pouco melhor do que estrume, isto é, de "palha rota" (já meio apodrecida: *von halbgefaultem Stroh*).

Gemia: "Ah! quanto não me devo odiar! 2.955
Deixar assim a esposa, o ofício assim, e o lar!
Cruéis memórias que me comem!
Perdoasse-me ainda a minha mulherzinha!".

MARTA *(chorando)*

Perdoei-lhe há tempos já, pobre homem!

MEFISTÓFELES

"Mas, sabe-o Deus! mais culpa do que eu tinha." 2.960

MARTA

Mentira! Como! à extrema, e ainda mentia?

MEFISTÓFELES

Decerto era o delírio da agonia,
Se eu sou no assunto algo entendido.
"Nenhuma folga", arfava, "eu tinha, ou diversão,
Provendo-a de pimpolhos e de pão, 2.965
E pão no mais amplo sentido,
E nem podia em paz comer a minha parte."

MARTA

Todo o carinho e amor ele olvidou, destarte!
De dia e noite a lida brava!

MEFISTÓFELES

Não, não! com muito afeto o recordava. 2.970

Contou-me mais: "Quando eu saí de Malta,
Fervente, orei por prole e esposa ao Pai Divino;
Também não nos ficou em falta,[7]
Nossa nau apresou um barco levantino;
Do Grão-Sultão tinha um tesouro em carga; 2.975
E em prêmio ao destemor e arrojo
Também eu recebi, à larga,
O meu quinhão desse despojo".

MARTA

    Como? onde? quê? onde o ocultou?

MEFISTÓFELES

                      Lamento!
Mas quem lá sabe aonde o levou o vento. 2.980
Tomou dele uma bela dama conta,
Para que em Nápoles sozinho não andasse;
Provas de amor deu-lhe ela de tal monta,
Que ele as sentiu até o seu trespasse.[8]

---

[7] Isto é, o "Pai Divino" (o "céu", como está no original) teria sido favorável às orações do senhor Schwerdtlein.

[8] Mefistófeles sugere com essas palavras que "a bela dama" (*schönes Fräulein*, ironicamente o mesmo tratamento com que Fausto abordara Margarida) que em Nápoles tomou conta do senhor Schwerdtlein transmitiu-lhe, junto com "as provas de amor", a sífilis, também conhecida então como *Le mal de Naples*. A alusão não parece ser inteiramente compreensível à senhora Marta (e muito menos a Margarida).

MARTA

    Biltre! Ladrão pra com seus filhos!   2.985
    Tanta miséria e desconforto,
    Sem pôr-lhe à má vida empecilhos!

MEFISTÓFELES

    Pois sim! por isso é que está morto.
    Chorava-o, fosse isso comigo,
    Virtuosamente um ano inteiro,[9]   2.990
    Mirava, entanto, um novo amigo.

MARTA

    Meu Deus! como era o meu primeiro,
    Não acho um outro neste mundo!
    Nunca houve mais jovial gaiatozinho.
    Só que era andejo e vagabundo,   2.995
    E ao mulherio estranho e ao vinho,
    Como ao maldito jogo dado.

MEFISTÓFELES

    Dava-se um jeito assim, contanto
    Que ele vos tenha, por seu lado,
    Perdoado e permitido o tanto.   3.000

---

[9] O chamado "ano de luto", em cujo período a viúva corria o risco, se contraísse novo matrimônio, de ver-se privada da herança.

Trocava, juro, com tal fiança,
Convosco, eu próprio, a áurea aliança.[10]

MARTA

Oh, praz a mofa à Vossa Graça?

MEFISTÓFELES *(à parte)*

Pois vou em tempo abrindo o pé!
Esta tomava à letra o próprio diabo até! 3.005

(A Gretchen)

Seu coração, como é que passa?

MARGARIDA

Não entendi, senhor.

MEFISTÓFELES *(à parte)*

Menina inocente, essa!

(Em voz alta)

Por ora, adeus!

MARGARIDA

Adeus!

---

[10] Mefisto sugere assim que, sob a condição de um cônjuge fazer vistas grossas às escapadas do outro, ele próprio estaria disposto a trocar a aliança com dona Marta.

MARTA

        Oh, dizei mais, à pressa,
Meu pobre bem! quisera um atestado
De quando e onde morreu, como foi enterrado.   3.010
Fui sempre da ordem muito amiga,
Pretendo mais que morto o hebdomadário o diga.[11]

MEFISTÓFELES

Pois não, digna senhora, um duplo testemunho[12]
Duma verdade impõe em toda parte o cunho;
Tenho um amigo, ótimo companheiro,   3.015
Levá-lo-ei ante o juiz, ligeiro.
Desejais vê-lo?

MARTA

        Oh, sim, trazei-o cá!

---

[11] *Wochenblättchen*, no original: "folhinha semanal", em que a Igreja publicava seus anúncios e notícias (como falecimentos). A senhora Marta diz neste verso que gostaria agora, antes de tudo ("pretendo mais"), de ver o nome do marido anunciado oficialmente como morto.

[12] Em casos assim (isto é, atestar a morte de alguém ocorrida no estrangeiro), o direito alemão em vigência na época exigia o testemunho de pelo menos duas pessoas — de acordo, portanto, com prescrições bíblicas, como no *Deuteronômio* (19: 15) ou no *Evangelho segundo São João* (8: 17): "E está escrito na vossa Lei que o testemunho de duas pessoas é válido". Como Marta precisa do atestado de óbito para definir a sua situação, Mefistófeles encontra pretexto para introduzir Fausto nesse círculo.

MEFISTÓFELES

E a nossa jovem, não virá?
É rapaz fino, assíduo viajante,
Com damas não vi mais galante.[13]   3.020

MARGARIDA

Teria, ante ele, de corar de pejo fundo.

MEFISTÓFELES

Ante nenhum rei deste mundo.

MARTA

À tarde em meu jardim, junto aos olmeiros,
Esperaremos pelos cavalheiros.

---

[13] Nessa observação sobre o "rapaz fino", que sabe dispensar toda cortesia a damas e donzelas, está presente uma discreta alusão à origem das duas caixinhas colocadas no quarto de Margarida.

Rua

Começa aqui a segunda cena que traz o título "Rua". Enquanto na primeira Fausto exortara Mefistófeles a trazer Margarida a seus braços ("Escuta, tens de arranjar-me a mocinha!"), esta se abre com palavras de extrema impaciência: "Como é? Vai indo? A espera farta!". Já incapaz de resistir ao desejo de possuir Margarida, Fausto termina a cena exprimindo a disposição, uma vez que o seu coração não lhe deixa escolha, de sujeitar-se às maquinações de Mefistófeles — "mormente porque devo". [M.V.M.]

(Fausto, Mefistófeles)

FAUSTO

Como é? Vai indo? A espera farta! 3.025

MEFISTÓFELES

Bravos, que ardor! Até remoça;
Em breve Gretchen será vossa.
Vê-la-eis na tal vizinha Marta:
Isso é mulher digna de nota
Para o alto ofício de alcaiota![1] 3.030

---

[1] No original Mefistófeles diz tratar-se de uma mulher "como que eleita para o ofício de alcaiota [alcoviteira] e cigana".

FAUSTO

Melhor!

MEFISTÓFELES

Mas algo pedem-nos por isso.

FAUSTO

Vale outro tanto um bom serviço.

MEFISTÓFELES

Só damos o atestado mais valioso
De que o esqueleto de seu digno esposo
Jaz em Pádua em santíssimo local. 3.035

FAUSTO

Que esperto foste! Empreenderemos tal jornada!

MEFISTÓFELES

Sancta Simplicitas![2] ninguém falou de tal!
Atestai, sem saber de nada.

---

[2] Expressão atribuída ao reformador boêmio Jan Huss (1369?-1415). Prestes a ser queimado vivo (por ter dado definições pretensamente heréticas de Deus) e avistando um camponês simplório que trazia mais lenha para a fogueira, Huss teria exclamado então: "Sancta Simplicitas!".

FAUSTO

Se isso é o melhor que tens, a cousa está anulada.

MEFISTÓFELES

Ó santo homem! que mais não vai levar a mal?[3] 3.040
É a primeira vez que falso testemunho
Destes na vida? e, sem mentira,
De Deus, do mundo e do que adentro lhe respira,
Do homem, e do que a alma e o cérebro lhe inspira,
Não destes já definições de forte cunho, 3.045
Com fronte audaz, sereno peito?
E sendo franco, me confessareis
Que não soubestes mais, a esse respeito,
Do que da morte do senhor Schwerdtlein sabeis.

FAUSTO

Um mentiroso és, e um sofista. 3.050

MEFISTÓFELES

Sei-o eu melhor, pois salta à vista!
E ainda amanhã, com pressa desmedida,

---

[3] A repentina recusa de Fausto em participar do "falso testemunho" sobre a morte do senhor Schwertdlein é ironizada por Mefistófeles como postura de um "santo homem" — comparável talvez ao próprio Jan Huss, que preferiu ser queimado vivo a abjurar suas concepções religiosas (e, portanto, suas "definições" de Deus, do homem e do mundo).

Não hás de seduzir a pobre Margarida,
Jurando-lhe paixão sem-par por toda a vida?

FAUSTO

Sim, e de coração.

MEFISTÓFELES

               Bem, bem!   3.055
E a eterna aliança, a fé ardente,
O único impulso onipotente...
Do coração virá também?

FAUSTO

Virá! deixa isso!... quando eu sinto,
Para o tumulto, o ardente culto,   3.060
Não acho nome, em labirinto
Do mundo com os sentidos todos vago,
Os termos máximos indago,
E a esse fervor que me consome,
De infindo, eterno, eterno, dou o nome,   3.065
Do inferno é jogo mentiroso e oculto?[4]

---

[4] Fausto tematiza aqui a impossibilidade de exprimir os sentimentos com palavras — a mesma inefabilidade que expressará no diálogo posterior com Margarida a respeito da religião: "Não tenho nome para tal!/ O sentimento é tudo;/ Nome é vapor e som,/ Nublando ardor celeste".

MEFISTÓFELES

Tenho eu razão!

FAUSTO

    Pois ouve lá! —
É o que te rogo, e poupa o meu pulmão —
Quem possui língua e quer à força ter razão,
Sem dúvida a terá.   3.070
Mas vamos, que a palrice a mal já levo,
Pois tens razão, mormente porque devo.

Jardim

O palco desta cena localiza-se provavelmente atrás da casa de Marta, inacessível ao olhar dos que passam pela rua. Pressupõe-se que Fausto já tenha prestado o seu falso testemunho acerca da morte do senhor Schwerdtlein — Goethe deixa implícito assim, como tantas outras vezes nesta tragédia, que um passo fundamental para o desenvolvimento da ação dramática se desenrolou "atrás do palco", às escondidas do espectador. Embora já tenha aceitado o "braço e companhia" que Fausto lhe oferecera ao vê-la passando pela rua, Margarida só passa a comportar-se e a falar de maneira solta e descontraída após consultar a flor (vv. 3.181-84) e assegurar-se pelo seu oráculo do amor de Fausto.

Em seis fragmentos cênicos, Goethe faz desfilar diante do espectador (ou do leitor) os pares Margarida-Fausto e Marta-Mefistófeles, um procedimento coreográfico que já assomara na cena "Diante da porta da cidade" e que se repetirá depois na dança das bruxas na "Noite de Valpúrgis". [M.V.M.]

(Margarida, de braço dado com Fausto.
Marta com Mefistófeles, passeando de um lado a outro)

MARGARIDA

>Bem sinto que me poupa o cavalheiro,
>Pra confundir-me, com certeza;
>Contenta-se com pouco um forasteiro, 3.075
>Por hábito, por gentileza;
>Sei que a senhor tão experimentado
>Gosto algum pode dar meu pobre palavreado.

FAUSTO

>Mais gosto um dito, um teu olhar encerra,
>Do que todo o saber da terra. 3.080

(Beija-lhe a mão)

MARGARIDA

>Não vos incomodeis! como a podeis beijar?[1]
>Tão feia é, áspera e indecente!
>Quanto não tive já de trabalhar!
>É minha mãe tão exigente.

(Passam adiante)

MARTA

>E vós, senhor, sempre em viagem? 3.085

MEFISTÓFELES

>Por força, ah! do dever, do ofício, é vida nossa!
>Quanta vez deixa a gente aflita uma paragem
>Sem que permanecer lá possa!

---

[1] Beijando a mão de Margarida, Fausto trata-a efetivamente como uma nobre *Fräulein*, a "formosa dama" de sua abordagem inicial. A despeito de sua resistência a essa forma de tratamento, Margarida parece agora querer adaptar-se a ela, como sugere aqui o uso do alexandrino, tornado ainda mais precioso pela forma verbal de procedência francesa: *Inkommodiert Euch nicht!*

MARTA

>Na mocidade é que vai bem,
>Vaguear-se assim, de terra em terra nova;   3.090
>Vêm breve as horas más, porém,
>E, como solteirão, rojar-se a sós à cova,
>Não foi bom ainda pra ninguém.

MEFISTÓFELES

>De longe o vejo com pavor.

MARTA

>É pensar nisso, enquanto tempo for.   3.095

(Passam adiante)

MARGARIDA

>Longe da vista, sim! e longe mais da mente!
>Da cortesia é-vos tão fluente o engenho;[2]
>Amigos encontrais constantemente,
>Que têm mais juízo do que eu tenho.

---

[2] Margarida usa neste verso a mesma palavra (*Höflichkeit*: "cortesia") que Mefisto empregara anteriormente (v. 3.020) para caracterizar Fausto como "rapaz fino, assíduo viajante" e aludir à origem das caixinhas com as joias.

FAUSTO

    Crê-mo, ah, querida! o que assim chamam de ajuizado   3.100
    Vaidade e miopia é muita vez.

MARGARIDA

                Como?

FAUSTO

    Ah, jamais sabe a inocência, a singelez,
    Reconhecer-se a si, e ao seu valor sagrado!
    Ser a humildade, a alvura, o dom mais alto, enfim,
    Da natureza generosa e amante...   3.105

MARGARIDA

    Pensai um mero instantezinho em mim;
    Para pensar em vós, terei tempo, eu, bastante.

FAUSTO

    Viveis, decerto, algo isolada?

MARGARIDA

    Sim, nossa casa é miúda, um nada,
    Contudo tem de ser tratada.   3.110
    Não temos serva; eu coso, e lavo, e corro a miúdo.
    E esfrego cada nicho;
    E tem a minha mãe, em tudo,
    Tanto capricho!

Nem precisava restringir-se assim; 3.115
Mais que outros poderíamos folgar:
Deixou meu pai fortuna regular,
Ante a cidade a casa e um canto de jardim.
Mas tenho agora dias de sossego;
Meu mano é militar,[3] 3.120
Morreu minha irmãzinha.
Trabalho assaz com a pequenina eu tinha;
Mas dessem-mo outra vez, tinha-lhe tanto apego!

FAUSTO

Se te igualava, era um anjinho.

MARGARIDA

Queria-me ela muito, criava-a com carinho. 3.125
Meu pai morrera quando veio à vida,
A mãe julgávamos perdida,
Jazia fraca, que era um susto,
E, tão só se refez, melhorou com lentidão, a custo.
Nem pôde, então, pensar a gente 3.130
Em que aleitasse ela a inocente,
E, assim, criei-a, eu, sozinha,[4]
Com leite e água, e ficou minha.

---

[3] Referência antecipatória a Valentim, que surgirá abruptamente na posterior cena "Noite" com a intenção de vingar a afronta a sua família.

[4] O desvelo que Margarida teve com sua irmãzinha ajuda a compreender melhor a extensão e profundidade de sua tragédia posterior.

No braço meu, no colo meu,
Ria, esperneava, assim cresceu. 3.135

FAUSTO

Sentiste, julgo, a máxima ventura.

MARGARIDA

Mas, também mais de uma hora dura.
De noite me ficava ao pé
Da cama o berço da nenê;
Mal se movia, estava eu já desperta, 3.140
Dobrando-lhe a coberta,
Pondo-a comigo ou aleitando a pequenina,
A andar com ela na alcova, a rir-lhe e a fazer nina,
E madrugando, pra lavar na tina,
Correr à feira e ao lume, e sempre o mesmo afã, 3.145
Hoje como ontem e amanhã.
Às vezes, meu senhor, perde-se o ânimo, então;
Mas, por isso, a comida, o sono, gosto dão.

(Passam adiante)

MARTA

Pobres mulheres, passam mesmo mal;
Tão árduo é converter-se um solteirão. 3.150

MEFISTÓFELES

Bastava quem vos fosse igual,
Para ensinar-me uma melhor lição.

MARTA

    Dizei, senhor, que achastes, já, em suma?
    Nunca empenhastes vosso afeto em parte alguma?

MEFISTÓFELES

    Diz o provérbio: Esposa digna e lar feliz   3.155
    Têm preço de ouro e de rubis.[5]

MARTA

    Quero dizer, não desejastes, já, na vida?...

MEFISTÓFELES

    Em toda parte tive uma ótima acolhida.

MARTA

    Digo, jamais sentistes afeição mais séria?

MEFISTÓFELES

    Com damas não me atreveria a uma pilhéria.   3.160

---

[5] No original, Mefistófeles diz literalmente: "Um fogão próprio,/ Uma mulher honesta, valem ouro e pérolas". Ele funde (ou contamina) assim o provérbio alemão *Eigener Herd ist Goldes wert* ("Um fogão próprio vale ouro") com o provérbio bíblico que diz que uma "mulher talentosa vale muito mais do que pérolas" (*Provérbios*, 31: 10).

MARTA

Ah, não me compreendeis!

MEFISTÓFELES

                Sinto-o deveras! pois
Compreendo muito... quão bondosa sois.

(Passam adiante)

FAUSTO

E me reconheceste, alma benquista,
Assim que no jardim entrei?

MARGARIDA

Não o notastes? abaixei a vista.   3.165

FAUSTO

E me perdoaste a liberdade que tomei,
O atrevimento meu, de há dias,
Quando da catedral saías?

MARGARIDA

Jamais me acontecera, e estava na aflição;
Nenhum jus tinha feito ao juízo mau da gente;   3.170
Pensava: "Ah, Deus! viu-te ele na feição,
No porte, algo de ousado, de imprudente?
Pareceu-lhe ato natural

Namorar rapariga tal".[6]
Mas, que o confesse! eu não sei que de amigo, 3.175
Em favor vosso, senti logo após;
Só sei que muito me zanguei comigo,
Por não poder zangar-me contra vós.

FAUSTO

Amor meu!

MARGARIDA

Um momento!

*(Colhe um bem-me-quer
e desfolha as pétalas uma a uma)*

FAUSTO

Que é? um ramo?

MARGARIDA

Nada,
É brincadeira.

---

[6] Margarida expressa neste verso o seu espanto perante a liberdade que se permitiu Fausto em "tratar de maneira direta com tal rapariga", como diz o original. Ela se caracteriza aqui como *Dirne*, a mesma palavra usada por Fausto quando do primeiro encontro (e que na tradução aparece como "mocinha": "Escuta, tens de arranjar-me a mocinha", v. 2.619).

Jardim

FAUSTO

    Como?

MARGARIDA

    Haveis de dar risada! 3.180

(Vai arrancando as pétalas e murmurando)

FAUSTO

Que dizes?

MARGARIDA *(a meia-voz)*

    Bem-me-quer... mal-me-quer...[7]

FAUSTO

Angélica alma de mulher!

MARGARIDA *(continuando)*

Bem-me-quer... mal-me-quer... me-quer...

(Desfolhando a última pétala, com júbilo encantador)

Bem-me-quer!

---

[7] No original, Gretchen colhe uma sécia (*Sternblume*: literalmente, flor-estrela) e desfolha as pétalas pronunciando "ele me ama... não me ama, me ama...".

FAUSTO

    Sim, meu anjo, e te seja a sentença
Da flor celeste juízo. Bem te quer!   3.185
Compreendes o que significa? Bem te quer!

(Toma-lhe as duas mãos)

MARGARIDA

Ah, que tremor![8]

FAUSTO

Não estremeças! Que este olhar,
Que esta pressão da mão te diga
O que é inexprimível: 3.190
Dar-se de todo e sentir na alma
Um êxtase que deve ser eterno!
Eterno! sim! — seu fim seria o desespero.
Não, não, sem fim! sem fim!

---

[8] *Mich überläuft's!* ("estremece-me ou arrepia-me!"), no original. Goethe inseriu na concepção da personagem de Margarida algumas alusões e referências à figura da "amada" no *Cântico dos cânticos*, que ele traduziu parcialmente em 1775. Em outubro deste ano escreve ao seu amigo Merck: "Traduzi o *Cântico dos cânticos* de Salomão, que é a mais magnífica coleção de canções de amor criada por Deus. [...] Escrevi muito no *Fausto*". A forma verbal empregada por Goethe nesse verso pronunciado por Margarida (*Mich überläuft's*) é a mesma de sua tradução dos versos bíblicos "Meu amado põe a mão/ pela fenda da porta:/ as entranhas me estremecem" (*Cântico dos cânticos*, 5: 4).

MARGARIDA *(aperta-lhe as mãos, desprende-se dele e foge. Fausto fica um instante absorto em pensamentos, depois lhe segue os passos)*

MARTA *(chegando)*
Já cai a noite.

MEFISTÓFELES
              Sim, e é tempo de irmos, vejo.   3.195

MARTA
Rogava-vos permanecer,
Mas é tão mau aqui o lugarejo.
É como se ninguém tivesse que fazer,
Outro interesse ou outra ideia
Que não a de espreitar a vida alheia,   3.200
E com ou sem razão, na intriga a gente cai.
Do casalzinho, que é?

MEFISTÓFELES
             Voou pelo atalho além.
Pássaros folgazões![9]

---

[9] *Mutwill'ge Sommervögel!*, no original. A palavra *Sommervögel* significa literalmente "pássaros de verão" (isto é, que só aparecem no verão), mas no século XVIII designava também mariposas e borboletas. No contexto deste final de cena, simboliza portanto algo leviano, despreocupado, adejando como borboletas.

MARTA

        Querer-lhe-á ele bem?

MEFISTÓFELES

Qual ela a ele. É assim que o mundo vai.

Um caramanchão

Goethe intitulou esta breve cena *Ein Gartenhäuschen*, que designa "um caramanchão" ou, literalmente, "uma casinha de jardim". O relacionamento leve e descontraído entre Fausto e Margarida (agora sim verdadeiros "pássaros folgazões") faz supor que entre esta cena e a anterior, ligadas aparentemente de forma imediata, estão implícitos acontecimentos que levaram a uma aproximação mais estreita entre os dois amantes. [M.V.M.]

(Margarida corre para dentro, oculta-se por detrás da porta,
põe a ponta do dedo nos lábios e espia pela abertura)

MARGARIDA
 Vem vindo!

FAUSTO *(entra)*
   Assim brincas comigo, arteira! 3.205
 Peguei-te!

(Beija-a)

MARGARIDA *(abraçando-o e retribuindo o beijo)*
 Amado meu! amo-te com a alma inteira!

(Mefistófeles bate à porta)

FAUSTO *(batendo o pé)*

   Quem é?

MEFISTÓFELES

       Amigo!

FAUSTO

      Um bruto!

MEFISTÓFELES

          Anda, sê breve![1]

MARTA *(entrando)*

   É tarde, sim, senhor.

FAUSTO

         Permitis que vos leve?

MARGARIDA

   Céus! minha mãe me... Adeus!

---

[1] Já é hora de ir embora (ou separar-se), diz Mefisto neste semiverso, após interromper cinicamente o idílio amoroso de Fausto pronunciando a senha (*Gut Freund!*) que se usava para sinalizar a aproximação com intenções amistosas.

FAUSTO

                      Devo ir, pois, sem que insista?
Adeus, então!

MARTA

       Adeus!

MARGARIDA

           Até em breve, até à vista!   3.210

(Fausto e Mefistófeles saem)

MARGARIDA

Um homem desses, ah, Deus Santo!
Quanto não sabe e diz, mas quanto!
Ante ele, envergonhada fico,
E a tudo o que diz, "sim" replico.
Pobre e ignorante sou, assim,   3.215
Não sei o que ele vê em mim.

(Sai)

Floresta e gruta

Com algumas variantes, 28 versos do final desta cena ("Mas vamos! que aflição cruciante" até "Julga logo ser o fim de tudo.") já constavam da primeira versão da tragédia (*Urfaust*), mas inseridos no contexto da aparição de Valentim, o irmão de Gretchen (quando esta, portanto, já está grávida). Goethe empreendeu a redação definitiva de "Floresta e gruta" durante ou logo após a viagem pela Itália, para a publicação, em 1790, do *Fragmento*, inserindo-a porém entre as cenas "Na fonte" e "Diante dos muros fortificados da cidade" (portanto, também após a consumação do ato sexual entre os amantes). Somente no *Fausto I* ela é antecipada e, interrompendo a sequência de cenas em torno de Gretchen, atua como elemento retardador do desfecho trágico. Enquanto Fausto desenvolve o seu grandioso monólogo inicial em versos brancos (sem rima), logo que Mefistófeles se põe em cena começa a falar de forma rimada (nos chamados "versos madrigais").

Em vista dessa gênese intrincada e de concepções cambiantes, alguns comentadores e críticos apontam nesta cena contradições e discrepâncias internas — visão que, no entanto, não é compartilhada por Erich Trunz ou Albrecht Schöne. Este último, buscando demonstrar que Goethe tinha plena consciência dessa descontinuidade (e de eventuais objeções futuras por parte de críticos), cita as seguintes palavras suas (no contexto de uma longa conversa que teve com Heinrich Luden a respeito do *Fausto* em 1806): "Na poesia não há contradições. Estas existem apenas no mundo real, não no mundo da poesia. Aquilo que o poeta cria, tem de ser aceito tal como ele o criou. O seu mundo é exatamente como foi feito. Aquilo que o espírito poético gerou precisa ser acolhido pela sensibilidade poética. A análise fria destrói a poesia e não produz nenhuma realidade. Restam apenas destroços, que não servem para nada e apenas estorvam". [M.V.M.]

FAUSTO *(sozinho)*

Sublime Gênio, tens-me dado tudo,[1]
Tudo o que eu te pedi. Não me mostraste
Em vão, dentro do fogo, o teu semblante.
Por reino deste-me a infinita natureza,   3.220
E forças para senti-la, penetrá-la.
Não me outorgaste só contato estranho e frio,
Deixaste-me sondar-lhe o fundo seio,
Como se fosse o peito de um amigo.
Expões-me a multidão dos seres vivos,   3.225
E a conhecer, na plácida silveira,
Nos ares, na água, os meus irmãos, me ensinas.
E quando o furacão no mato ruge,
Desmoronando-se, o gigante pinho
Vizinhos troncos e hastes espedaça,   3.230
E, troando, o morro a queda lhe acompanha;
Então me levas à tranquila gruta,
Revelas-me a mim mesmo, e misteriosos

---

[1] Provavelmente, Fausto dirige-se aqui ao Gênio da Terra, que lhe surgira na cena "Noite" dentro de uma "labareda". Como, porém, o Gênio então invocado por Fausto o repelira (vv. 1746-7), alguns comentadores entendem que a apóstrofe dirige-se antes a Deus, o "Altíssimo", ou a um Lúcifer que, conforme um esboço que Goethe acabou descartando, seria também responsável pela criação do mundo. Para fundamentar contudo a hipótese de que se trata aqui do Gênio da Terra, basta considerar que este estaria concedendo a Fausto somente agora o que lhe fôra pedido anteriormente. Quanto à suposição de Fausto de que esse mesmo gênio lhe dera a companhia funesta, mas agora imprescindível, de Mefistófeles, o leitor que conhece o "Prólogo no céu" sabe que isso remonta à decisão do próprio Deus.

Prodígios se abrem dentro do meu peito.[2]
E, suavizante, ala-se-me ante o olhar
A lua límpida: flutuantes surgem
Das rochas úmidas, do argênteo bosque,
Alvas visões de antanho, a mitigar
O gozo austero da contemplação.

Mas nunca é doada a perfeição ao homem,
Ah! como o sinto agora! A esse êxtase
Que mais e mais dos deuses me aproxima,
Juntaste o companheiro que não posso
Já dispensar, embora, com insolência,
Me avilte ante mim próprio, e um mero bafo seu
Reduza as tuas dádivas a nada.
Fomenta-me no peito intenso fogo
Que por aquela linda imagem arde.[3]
E assim, baqueio do desejo ao gozo,
E no gozo arfo, a ansiar pelo desejo.

(Entra Mefistófeles)

MEFISTÓFELES

Inda não basta de levar tal vida?
Não te põe a paciência à prova?

---

[2] Ao lado da força para penetrar e sentir a Natureza, que lhe revela (na "floresta") a "multidão dos seres vivos", Fausto agradece ao Gênio da Terra a revelação (na "gruta") de seu próprio íntimo.

[3] Referência à "visão celeste" que o espelho mágico mostrou a Fausto em "A cozinha da bruxa", visão que se confunde agora com a imagem de Gretchen.

Como experiência há de ser entretida,
Mas venha logo cousa nova!

FAUSTO

Nada mais tens em que ocupar-te 3.255
Do que em me vir turbar a paz?

MEFISTÓFELES

Bem, bem! deixo-te já de parte,
Não mo repitas, tanto faz.
Contigo, inculto e rude companheiro,
Pouco se perde; há quem o diz! 3.260
Tem-se trabalho o dia inteiro,
E o que praz e não praz ao cavalheiro,
Jamais lhe está escrito no nariz.

FAUSTO

Bons modos! vens-me aborrecer,[4]
E exiges graças, ainda assim. 3.265

MEFISTÓFELES

Que vida, pobre térreo ser,
É a que levavas tu, sem mim?

---

[4] No original, Fausto usa aqui — arremedando os "bons modos" (ou o "tom justo", *der rechte Ton*) de Mefisto — o verbo de procedência francesa *ennuyieren*, aborrecer, entediar.

Da comichão das fantasias
Por muito te curou a minha escola;
E não fosse eu, já te terias   3.270
Safado da terrestre bola.
Porque é que em mata, rocha e gruta suja,
Te enterras como uma coruja?
E, passatempo alegre e lindo,
Qual sapo, estás sustento haurindo   3.275
Do líquen úmido e dos fossos?
Anda-te ainda o doutor nos ossos.

FAUSTO

Não vês que vida nova, que energia,
O andar na solidão me cria?[5]
És diabo assaz, pudesses compreendê-lo,   3.280
Para roubar-me o meu feliz desvelo.

MEFISTÓFELES

Um prazer suprarreal, celeste!
Jazer na escuridão e orvalho no ermo agreste,
Cingir a terra e o céu num rapto abraço,
Sentir-se divindade em arrogante inchaço,   3.285
Da terra revolver com ímpeto o tutano,
Viver da criação o afã no Eu soberano,

---

[5] "Andar" corresponde no original a *Wandel*, que significa também "mudança", conotando a transformação que se deu no íntimo de Fausto (provocada pela experiência amorosa).

Gozar eu não sei quê com macho peito,
No todo extravasar-se em êxtase perfeito,
Desvanecido o térreo ente,   3.290
E pôr termo à intuição potente...⁶

(Com um gesto obsceno)

Não me perguntes de que jeito.

FAUSTO

Vergonha sobre ti!

MEFISTÓFELES

                Ouvi-lo não te é grato,
E poderás gritar vergonha com recato.⁷
Não deve ouvir a orelha casta e infensa   3.295
O que a alma casta não dispensa.
E, aliás, o gosto não te estou negando
De te iludir de vez em quando;
Mas, muito tempo não se atura.

---

⁶ Mefistófeles parafraseia ironicamente o sentimento (ou "intuição") panteísta de Fausto com metáforas sugestivas de uma pantomima masturbatória atribuída ao apaixonado que se entrega, na solidão da "floresta e gruta", a um prazer "suprarreal, celeste": "jazer na escuridão", "cingir a terra e o céu num rapto abraço", "arrogante inchaço", "revolver com ímpeto o tutano", "afã no Eu soberano", "gozar com macho peito", "extravasar-se em êxtase perfeito".

⁷ Neste verso Mefisto vale-se ironicamente do tratamento solene da segunda pessoa do plural: "Tendes o direito de gritar (dizer) vergonha (*Pfui*) com recato". Passa então para a antiga forma de tratamento na terceira pessoa do singular (*Er*, "ele"), retornando por fim ao "tu" (*Du*): "Já estás de novo rechaçado".

Já estás de novo rechaçado, 3.300
E, se durar mais, esfalfado
No pavor, susto e na loucura.
Basta! lá dentro o teu benzinho espera,
Triste e sombria é-lhe a atmosfera.
Coitada, não lhe sais da mente, 3.305
Tem-te ela amor arquipotente.
De início transbordou tua paixão,
Como ao sol se esparrama, após a neve, o riacho,
Verteste-lha no coração;
Teu curso agora está já baixo.[8] 3.310
Julgo que, em vez de entronizar-se em matas,
O que a esse grão senhor convinha,
Era pagar com provas gratas
O amor da pobre inocentinha.
Tão longo lhe é o tempo, entanto; 3.315
Da janela olha a lua, a deslizar, tranquila,
Sobre o velho muro da vila.
"Se eu fosse um passarinho!" assim vai seu canto[9]
De noite, o dia todo, em quebranto.
Anda alegre uma vez, quase sempre em negrume, 3.320
Mais outra de choro prostrada,

---

[8] Mefisto reveste sua caracterização do amor de Fausto em imagens tomadas ao regime das águas: o curso d'água que absorvera a neve derretida e se tornara impetuoso está agora "baixo", raso.

[9] Alusão a versos recolhidos por Herder em uma coletânea de "canções populares" (*Volkslieder*): "Se eu fosse um passarinho/ E tivesse duas asinhas/ Voaria até você".

De novo, após, calma, ao que se presume,
E sempre apaixonada.

FAUSTO

Cobra! cobra![10]

MEFISTÓFELES *(à parte)*

Que vale? enleia-te a manobra?[11] 3.325

FAUSTO

Perverso! foge e não me acenes
Com a imagem da formosa criatura!
Não tragas de seu corpo aspirações infrenes
Ante os sentidos prenhes de loucura![12]

MEFISTÓFELES

Mas que é que tens? pensa que em fuga estás, 3.330
E mais ou menos é isso, aliás.

---

[10] Impropério alusivo à tentativa de sedução (como a da serpente no Paraíso) encetada por Mefisto.

[11] Este verso de Mefisto quer dizer algo como "quer apostar que eu [como serpente] ainda te enleio?".

[12] Após empregar palavras de sabor bíblico ("foge" ou, de modo mais literal, "vai-te daqui", como Lutero traduz *Mateus*, 4: 10), Fausto ordena a Mefisto não mais trazer "o desejo pelo seu doce corpo" (de Margarida) ante os seus sentidos "já meio enlouquecidos".

FAUSTO

Dela estou perto, e ao longe, aonde eu me for,
Jamais posso olvidar, jamais perder-lhe o encanto;
Invejo até o corpo do Senhor,
Quando seu lábio o toca no ato santo.[13]   3.335

MEFISTÓFELES

Pois sim, amigo, eu também tive inveja basta
De vosso par de gêmeos que entre rosas pasta.[14]

FAUSTO

Foge, alcaiote!

MEFISTÓFELES

               Bem! ralhais, e rindo estou,
Já que o Deus que homem e mulher criou
Logo inventou também o nobre ofício   3.340
De armar o ensejo mais propício.
Mas vamos! que aflição cruciante!
À alcova ireis de vossa amante,
E não à morte, não!

---

[13] Referência à hóstia sagrada ou ao crucifixo, beijado sobretudo na Sexta-Feira Santa.

[14] Mefisto cita aqui, de maneira elíptica, versos do *Cântico dos cânticos* (4: 5): "Teus seios são dois filhotes, filhos gêmeos de gazela,/ pastando entre açucenas". Na tradução de Lutero lê-se "rosas", ao passo que a tradução parcial de Goethe também registra "açucenas" (*Lilien*).

FAUSTO

Que é nos seus braços o celeste enleio? 3.345
Ao calor doce de seu seio,
Não lhe verei sempre a aflição?
Não sou eu o sem lar, a alma erradia e brava,
O monstro sem descanso e ofício,
Que, em ávido furor, se arroja como lava,[15] 3.350
De pedra em pedra, para o precipício?
E de lado, ela, com sentidos infantis,
Na humilde choça sobre o prado alpino,[16]
A atuar, doméstica e feliz,
No âmbito de seu mundo pequenino. 3.355
E a mim, pária em degredo,
Não bastou que agarrasse
Penhascos e rochedo,
E que os despedaçasse?

---

[15] Esta cena traz várias imagens da Natureza que remetem à esfera humana, como a comparação do amor de Fausto com as mudanças de estado do riacho ou, no monólogo de abertura, o "gigante pinho" que em sua queda arrasta consigo "vizinhos troncos e hastes". Agora Fausto, "monstro sem descanso e ofício", compara-se a uma "queda-d'água" (*Wassersturz*) que em "ávido furor" vai se arrojando rumo ao "precipício" (e arrastará Margarida consigo).

[16] Esta referência topográfica incongruente com a situação concreta de Margarida tem, conforme observa Albrecht Schöne, um sentido figurado e remonta a um poema de Albrecht von Haller ("Os Alpes", 1792) muito difundido entre os contemporâneos de Goethe. O poema constrói uma antítese entre a vida agitada e vã dos citadinos (dominada pela ambição, concupiscência, desejo de glória e fortuna), e a serena e idílica existência dos habitantes dos Alpes suíços.

Fui arruiná-la, a ela, à sua paz! 3.360
Tu, esta vítima exigiste, Satanás!
À ardente espera, põe, demônio, fim!
O que há de ser, logo aconteça!
Possa ruir seu destino sobre mim,
E que comigo ela pereça! 3.365

MEFISTÓFELES

Como efervesce e arde! É mercê
Ir consolá-la, asno testudo!
Onde tal cabecinha a solução não vê,
Julga ser logo o fim de tudo.
Viva quem mantém rijo o pulso! 3.370
És endiabrado já, sem exagero,
E na terra o que sei de mais insulso,
É um diabo que anda em desespero.

Quarto de Gretchen

Estes versos pronunciados por Gretchen junto à roca de fiar foram musicados por vários compositores, entre os quais Schubert, Berlioz, Wagner e Verdi. Goethe, porém, parece tê-los concebido para serem antes falados no palco, com o ritmo monótono da máquina de fiar atuando como *basso continuo* para o tema da inquietação que perpassa os versinhos. Albrecht Schöne chama a atenção, mais uma vez, para leves alusões à lírica amorosa no Antigo Testamento, que envolvem a jovem burguesa com a aura da amada no *Cântico dos cânticos* (como, por exemplo, 3: 1-2): "Em meu leito, pela noite,/ procurei o amado da minha alma./ Procurei-o e não o encontrei!/ Vou levantar-me,/ vou rondar pela cidade,/ pelas ruas, pelas praças,/ procurando o amado da minha alma.../ Procurei-o e não o encontrei!...".

A palavra de Gretchen, feminina, singela, impregnada pelo tom da canção popular, constitui um contraponto ao monólogo anterior de Fausto, masculino, dilacerado, mas ansiando também por apreensão filosófica da Natureza. [M.V.M.]

GRETCHEN *(à roda de fiar, sozinha)*
    Fugiu-me a paz[1]
    Do coração;   3.375
    Já não a encontro,
    Procuro-a em vão.

---

[1] Literalmente, na estrutura paratática do original: "Minha paz foi embora,/ Meu coração está pesado (pesaroso)". Na terceira estrofe, "senso" corresponde a "cabeça": a maior concretude do substantivo alemão evidencia com mais clareza o procedimento goethiano de exprimir a angústia amorosa da moça mediante imagens tomadas à esfera corporal ("coração", "cabeça", "peito").

Ausente o amigo
Tudo é um jazigo,
Soçobra o mundo 3.380
Em tédio fundo.

Meu pobre senso
Se desatina,
A mísera alma
Se me alucina. 3.385

Fugiu-me a paz
Do coração;
Já não a encontro,
Procuro-a em vão.

Só por ele olho 3.390
Do quarto afora,
Só por ele ando
Na rua agora.

Seu porte altivo,
Ar varonil, 3.395
O seu sorriso
E olhar gentil,

De sua voz
O som almejo,
Seu trato meigo, 3.400
Ai, e seu beijo!

Fugiu-me a paz
Do coração;
Já não a encontro,
Procuro-a em vão. 3.405

Meu peito[2] anela
Por seus abraços.
Pudesse eu tê-lo
Sem fim nos braços,

Ah, e beijá-lo				3.410
Té não poder.
Nem que aos seus beijos
Fosse morrer!

---

[2] Na primeira versão da tragédia lê-se "ventre" ou "regaço" (*Schoss*) em lugar de "peito": "Meu ventre! Deus! anseia por ele". A alteração atenuante mostra a autocensura de Goethe em relação ao texto destinado à publicação.

Jardim de Marta

É nesta cena ambientada no jardim da senhora Marta que se encontra o famoso questionamento de Margarida acerca do Cristianismo de Fausto, tornado proverbial na língua alemã como a "pergunta de Gretchen" (*Gretchenfrage*): "Dize-me, pois, como é com a religião?".

A temática religiosa e a amorosa entrelaçam-se aqui intimamente, tanto para a moça (cujo instinto certeiro quer a todo custo retirar o amante da esfera de influência de Mefisto) como para Fausto, que em seu grandioso hino à inefabilidade do divino promove a fusão entre as palavras "amor!" e "Deus!". Contudo, o discurso religioso de Fausto mostra-se ao mesmo tempo impregnado por uma retórica da sedução e não por acaso ele já traz no bolso o "vidrinho" que lhe proporcionará acesso ao quarto da moça, mas acarretando também a morte da mãe.

Após este encontro no jardim de Marta (e o *rendez-vous* combinado para a noite), Fausto e Margarida aparecerão juntos em cena apenas no final da tragédia, quando a moça já estará acorrentada como infanticida, aguardando a execução. Goethe deixa portanto implícitos, situando-os atrás do palco (e assim abandonando-os à capacidade imaginativa do leitor), os acontecimentos que se estendem entre esta cena no "Jardim de Marta" e a cena final no "Cárcere". [M.V.M.]

(Margarida, Fausto)

MARGARIDA

Promete, Henrique![1]

---

[1] Apenas Margarida chama Fausto por esse nome (aqui pela primeira vez e, depois, no fecho da tragédia). Talvez para manter distância em relação à sua pes-

FAUSTO

    O que eu puder!

MARGARIDA

Dize-me, pois, como é com a religião?   3.415
És tão bom homem, mas será mister
Ver que tens pouca devoção.

FAUSTO

Sentes que te amo, deixa o mais, querida;
A quem amo, daria sangue e vida;
Não vou roubar a crença e a igreja de ninguém.   3.420

MARGARIDA

Não basta, não, devemos crer também!

FAUSTO

Devemos?

---

soa, Goethe evita o nome Johann, que aparece nos livros populares sobre a lenda do Doutor Fausto. Henrique era também o primeiro nome do médico, jurista, filósofo e teólogo alemão Agrippa von Nettesheim (1486-1535), do qual se dizia que circulava pelas cidades com um "satânico cão negro" e entregara-se à magia após desiludir-se com as ciências. Em 1527 publicou a obra *Declamatio de incertitudine et vanitate scientiarum et artium*. No início da *Tragicall History of Doctor Faustus* de Christopher Marlowe, que Goethe só veio a ler em 1818, diz Fausto: "Quero tornar-me aquilo que Agrippa foi,/ Cujo nome toda a Europa ainda venera".

MARGARIDA

    Contigo, ah, se algo eu pudesse!
Os sacramentos não honras e a prece.[2]

FAUSTO

 Venero-os, sim.

MARGARIDA

     Mas sem desejo.
À confissão, à missa, não te vejo.   3.425
Não crês em Deus?

FAUSTO

     Benzinho meu, que lábios
Podem dizer: "Eu creio em Deus"?
Pergunta-o a sacerdotes, sábios,
E em réplica ouvirás dos seus
Escárnios, só, do indagador.[3]

---

[2] Entre os sacramentos a que se refere Margarida está o "matrimônio" (ao lado, segundo a doutrina católica, do "batismo", "crisma", "eucaristia", "confissão" "extrema-unção", "absolvição sacramental").

[3] A formulação elíptica da tradução torna estes versos menos claros do que no original. Fausto quer dizer que dos lábios dos sacerdotes e sábios só se ouvirão escárnios sobre aquele que lhes fizer a pergunta acerca de Deus.

Jardim de Marta

MARGARIDA

                Não crês, então?   3.430

FAUSTO

Compreende bem, meu doce coração!
Quem o pode nomear?[4]
Quem professar:
"Eu creio nele"?
Quem conceber   3.435
E ousar dizer:
"Não creio nele"?
Ele, do todo o abrangedor,[5]
O universal sustentador,
Não abrange e não sustém ele   3.440
A ti, a mim, como a si próprio?
Lá no alto não se arqueia o céu?
Não jaz a terra aqui embaixo, firme?
E em brilho suave não se elevam
Perenes astros para o alto?   3.445
Não fita o meu olhar o teu,
E não penetra tudo
Ao coração e ao juízo teu,

---

[4] O hino à inefabilidade e inescrutabilidade de Deus, que Fausto desenvolve na sequência, vem impregnado de concepções panteístas, compartilhadas em larga escala pelo próprio Goethe, desde jovem estudioso da obra de Spinoza.

[5] *Allumfasser*, no original, palavra empregada por Herder em sua tradução, em ritmo jâmbico, do *Apocalipse* (1774-75). "Universal sustentador", designação de Deus que vem em seguida, traduz o termo alemão *Allerhalter*.

E obra invisível, em mistério eterno,
Visivelmente ao lado teu? 3.450
Disso enche o coração, até ao extremo.
E quando transbordar de um êxtase supremo,
Então nomeia-o como queiras,
Ventura! amor! coração! Deus!
Não tenho nome para tal! 3.455
O sentimento é tudo;[6]
Nome é vapor e som,
Nublando ardor celeste.

MARGARIDA

Tudo isso há de ser belo e bom;
Diz nosso padre quase o que disseste, 3.460
Tão só de modo algo diverso.

FAUSTO

É o que dizem no universo
Todos os corações sob a etérea paragem,
Cada qual em sua linguagem;
Porque na minha, eu, não? 3.465

MARGARIDA

Ouvindo-o assim, soa a razão;

---

[6] O discurso de Fausto sobre a inefabilidade de Deus deixa entrever também, como neste verso que absolutiza o "sentimento", traços do movimento pré--romântico *Sturm und Drang* (Tempestade e Ímpeto).

Mas, assim mesmo é erro, ao que cismo,
Porque te falta o Cristianismo.

FAUSTO

Benzinho meu!

MARGARIDA

Dói-me, de há muito para cá,
Ver-te em companhia tão má. 3.470

FAUSTO

Como isso?

MARGARIDA

Esse homem que anda ao teu redor,
Odeio-o na mais funda alma interior;
Em toda a minha vida, nada
No coração já me deu tal pontada,
Como desse homem a vulgar feição. 3.475

FAUSTO

Meu anjo, não o temas, não!

MARGARIDA

Ferve-me o sangue quando está presente.
Sempre quis bem a toda gente;

Mas, como almejo ver o teu semblante,
Dele íntimo pavor me rói, 3.480
E além do mais o tenho por tratante!
Se eu for injusta, Deus que me perdoe!

FAUSTO

Deve havê-los também dessa categoria.[7]

MARGARIDA

Viver com tais, eu não queria!
Quando entra pela porta adentro, eu pasmo 3.485
Ao ver-lhe o olhar mau de sarcasmo
E a cara meio irada;
Vê-se, não lhe interessa nada;
Está-lhe gravado na testa
Que todo humano ser detesta. 3.490
Tão bem me sinto nos teus braços,
Entregue e livre de embaraços,
E dele o aspecto me fecha a garganta.

FAUSTO

Presságio da inocência santa!

---

[7] Goethe usa neste verso o substantivo *Kauz* (*Käuze*, no plural), literalmente uma espécie de coruja e, em sentido figurado (tratando-se de um pássaro noturno que parece sempre isolar-se), uma pessoa esquisita. Portanto: "Deve havê-los [tais esquisitões] também dessa categoria".

MARGARIDA

    Causa-me aquilo angústias tais,   3.495
    Basta que de nós se aproxime,
    E julgo até não te amar mais.
    Mas o que o coração me oprime,
    Quando está perto, nem rezar consigo;
    O mesmo, Henrique, há de se dar contigo.   3.500

FAUSTO

    É antipatia, já se vê!

MARGARIDA

                      Deus nosso!
    Devo ir-me, é tarde!

FAUSTO

                      Ah, nunca posso
    Pender-te ao seio uma horazinha em calma,
    Penetrar peito em peito, e alma em alma?

MARGARIDA

    Dormisse eu só! com que abandono   3.505
    Deixar-te-ia hoje o trinco aberto;
    Mas minha mãe! tão leve tem o sono:
    E se nos surpreendesse, é certo
    Que eu morreria de mil mortes!

FAUSTO

    Meu coração, com isso não te importes.   3.510
    Eis um vidrinho! junta-lhe à poção[8]
    Três gotas só, dentro da taça,
    Que em fundo sono a envolverão.

MARGARIDA

    Tem algo que eu por ti não faça?
    Espero não causar-lhe mal!   3.515

FAUSTO

    Anjinho, indicar-te-ia tal?

MARGARIDA

    Olho-te, amado, e já não sei que encanto
    Me impele a agir a teu prazer;
    Por ti já tenho feito tanto,
    Que pouco mais me resta ainda fazer.   3.520

(Sai)

---

[8] Como a origem do frasco que Fausto traz no bolso não é explicitada, fica em aberto quem seria o verdadeiro responsável pela morte da mãe de Gretchen. Alguns comentadores, entre os quais Erich Trunz, supõem que a culpa aqui caberia a Mefistófeles, que, em vez de uma substância sonífera, entrega a Fausto veneno mortal.

(Entra Mefistóleles)

MEFISTÓFELES

O macaquinho![9] foi-se?

FAUSTO

                Eis nosso espreitador!

MEFISTÓFELES

Ouvi todo o sermão, com efeito;
Catequizaram o senhor doutor;
Possa fazer-vos bom proveito.
Essas meninas dão muito valor   3.525
À crença e à fé, conforme o velho estilo.
Pensam: seguir-nos-á também, quem segue aquilo.

FAUSTO

Não vês tu, monstro malquerente,
Como aquela alma amante e pura
E que em fé se derrama —   3.530
Que unicamente

---

[9] *Grasaff'*, no original, palavra que de fato contém em si o substantivo "macaco" (*Affe*). Em linguagem coloquial, esta palavra designa uma pessoa imatura, ou também tola e convencida. Goethe, porém, que a introduziu na linguagem literária, emprega-a com frequência (sobretudo em cartas) para referir-se carinhosamente a meninas e moças.

Salva,[10] a seu ver — qual santa se tortura,
Por ter de ver perdido o homem a quem ama.

MEFISTÓFELES

Galã sensual, suprassensual,
Pelo nariz te leva uma donzela. 3.535

FAUSTO

Do fogo e lodo ente infernal!

MEFISTÓFELES

Sim, e a fisionomia, isso é com ela![11]
Ao ver-me, fica em aflição,
Meu rosto senso oculto augura;
Sente que um gênio sou, se não 3.540
O próprio diabo, porventura.[12]
Pois hoje à noite...?

---

[10] No caso, a fé católica.

[11] Agindo como espião, Mefisto ouviu Gretchen exprimir a sua repulsa instintiva por ele. Assim, refere-se a ela como uma pessoa versada em "estudos fisiognomômicos", que na época designavam a ciência ou arte de estabelecer o caráter e a personalidade de uma pessoa a partir dos traços de seu rosto. Entre 1775 e 1778, Lavater publicou os *Fragmentos fisiognomônicos para a promoção do conhecimento humano*, que despertaram intenso interesse em Goethe, levando-o a colaborar, até 1782, com o projeto dessa pretensa teoria científica.

[12] Albrecht Schöne aponta aqui um gracejo que pode ter passado desapercebido até para contemporâneos de Goethe. Instado a elaborar um parecer fisio-

FAUSTO

    Isso é contigo?

MEFISTÓFELES

É prazer meu também, amigo!

---

gnomônico a partir da silhueta de um desconhecido, Lavater concluiu: "o gênio primordial, o mais grandioso e criativo". Informado depois de que se tratava de um homicida, ele corrigiu o seu parecer: "a fisionomia de um monstro, o diabo encarnado", e se justificou: "Confesso que de início não pude perceber, pela simples silhueta, esse grau extremo do diabólico".

Na fonte

Ainda no século XVIII, os citadinos costumavam buscar água nas fontes comunitárias das ruas ou bairros, já que pouquíssimas casas tinham abastecimento próprio. Essas fontes constituíam-se assim em "centros de comunicação", onde circulavam notícias e boatos. Como mostra Goethe mediante a figura de Luisinha (*Lieschen*, no original), essas conversas junto à fonte exerciam também a função de controle sobre a vida alheia, de estigmatização social, como se dá aqui em relação à pequena Bárbara (*Bärbelchen*) — exemplo que, por sua vez, já prenuncia a exclusão social e a tragédia de Gretchen. Observe-se que os versos que esta pronuncia a caminho de casa, octossilábicos e em rima emparelhada, destacam-se com nitidez dos versos metricamente irregulares que configuram a conversa anterior com a indignada Luisinha.

Tanto esta cena como a seguinte já constavam da primeira versão da tragédia, e Bertolt Brecht, por ocasião da encenação do *Urfaust*, em 1952, no Berliner Ensemble, tematizou-as em dois poemas. O primeiro deles, em versos livres e estrofes irregulares, intitula-se "Luisinha e Gretchen na fonte": "Luisinha pela manhã tira água/ Da fonte. Gretchen chega cantarolando/ E coloca os baldes no chão.// Para ambas a fonte tem água./ Para todos uma fonte tem água.// Sentada sobre a mureta da fonte, Gretchen ouve// Pela boca de Luisinha, a história/ Da pequena Bárbara e seu namorado infiel.// Luisinha conta com maldade,/ Enquanto enche os baldes, que/ Bárbara agora alimenta dois/ Quando come ou quando bebe. Na água/ Da fonte o seu reflexo, vaidoso,/ Mira a maliciosa.// Gretchen não deve ter pena de Bárbara./ Chegou a vez dela. Ela tira água./ Sai de lá então com um olhar/ Preso à ponta dos pés". [M.V.M.]

(Gretchen e Luisinha com jarras)

LUISINHA

Nada de Bárbara hás ouvido?

GRETCHEN

Não, nada. Vou tão pouco para a vila. 3.545

LUISINHA

Pois é, contou-mo hoje a Sibila![1]
Perdeu, enfim, juízo e sentido.
Vem da arrogância!

GRETCHEN

Como?

LUISINHA

Mata a fome[2]
De dois, agora, quando bebe e come.

---

[1] O nome da moça que contou a Luisinha sobre a gravidez de Bárbara é também o nome que se dava às antigas e lendárias profetisas, entre as quais Cassandra. Assim, os seus mexericos a respeito de Bárbara revelam-se como uma profecia daquilo que acontecerá a Gretchen.

[2] No original, o terceiro segmento deste verso diz: "Fede!" — isto é, a história da pequena Bárbara "fede", pois quando come e bebe, ela agora alimenta também a criança de que está grávida.

GRETCHEN

    Oh! 3.550

LUISINHA

Para ela é, afinal, bem feito.
Que tempos não andou com o tal sujeito!
Isso era só dança e recreio,
Risada, diversão, passeio,
Tinha de estar sempre na ponta, 3.555
Cortejava-a com vinho e doces; e ela, tonta,
A ter-se de beleza em conta,
Tão desregrada já, que, à fé,
Presentes lhe aceitou, até.
Arrulho era e efusão de amor, 3.560
Até que enfim se foi a flor![3]

GRETCHEN

    Coitada!

LUISINHA

        Ainda tens pena dela?
Quando fiávamos na cela,

---

[3] *Blümchen* ("florzinha"), no original, termo que no dicionário de Johann Cristoph Adelung, utilizado por Goethe, é definido como a "limpeza ou higiene mensal" (*monathliche Reinigung*), que não veio para Bárbara.

De noite a mãe nos tinha sempre ao lado,
Folgava ela com o namorado; 3.565
No umbral da porta, no vestíbulo sombrio,
Passavam voando horas, a fio.
Pois pague agora: em cilício se veja,
Fazendo expiação na igreja![4]

GRETCHEN

Decerto vai tomá-la por esposa. 3.570

LUISINHA

Só sendo tolo! um rapaz lesto
Alhures tem espaço, atesto.
Já anda longe.

GRETCHEN

É triste!

LUISINHA

Qual!
Pegando-o ainda, ela passa mal.

---

[4] *Kirchbuss'*, no original, prática de expressar publicamente, do alto do púlpito e diante de todos na igreja, o pedido de desculpa e absolvição daqueles que se uniram sexualmente antes do matrimônio. Somente após esse ritual os "pecadores" podiam então comungar, mas como os últimos da fila. Num escrito de 1780, intitulado *Considerações sobre a abolição da expiação na igreja*, Goethe defendeu, diante do Conselho Secreto de Weimar, a aplicação dessa prática apenas em relação a "transgressores" renitentes e incorrigíveis.

O povo arranca-lhe a grinalda e palha[5] 3.575
Moída ao pé de sua porta espalha.

(Sai)

GRETCHEN *(a caminho de casa)*

Quão rija era antes a ira minha,
Se errava alguma pobrezinha!
Como exprobrava a culpa alheia
Com valentia, a boca cheia! 3.580
E a enegrecia, em voz severa,
E negra assaz inda não me era,
E me ufanava, a fronte alta,
E agora estou na mesma falta!
Mas, tudo o que pra tal me trouxe, 3.585
Céus! foi tão bom! ah, foi tão doce!

---

[5] Somente as moças virgens e irrepreensíveis podiam vestir véu e grinalda. Em caso contrário, o "povo" podia arrancar a grinalda à noiva e, em vez de flores, espalhar "palha moída" (*Häckerling*) diante da porta de sua casa.

Diante dos muros fortificados da cidade

No original esta cena intitula-se apenas *Zwinger*, que designava, segundo o dicionário de J. C. Adelung, o "estreito espaço entre a muralha da cidade e as casas". A imagem de devoção no nicho da muralha mostra a "Mãe dolorosa", tal como costumava ser representada levantando os olhos para o Filho agonizando na cruz. Estrofes diversificadas, formas métricas, rítmicas e rímicas cambiantes conferem aos versos de Margarida intensa expressão de inquietude emocional e angústia. As três primeiras estrofes apoiam-se no hino *Stabat Mater dolorosa*, composto por volta de 1300 por Jacopone de Todi. Os primeiros versos dessa sequência hínica, incorporada pela liturgia católica, dizem: *Stabat Mater dolorosa/ Juxta crucem lacrymosa/ Dum pendebat Filius* – "Estava a mãe dolorosa/ em lágrimas ao pé da cruz/ da qual pendia o Filho" (tradução de Paulo Rónai).

No original goethiano, os três primeiros versos repetem-se no final da canção e, com sutis variações que convertem essa prece de angústia na oração de bem-aventurança da penitente Margarida, retornarão no final do *Fausto II*, constituindo-se assim uma das mais expressivas correspondências entre as duas partes da tragédia. Na primeira edição do *Fausto I*, Jenny Klabin Segall manteve a recorrência, no final da canção, dos três versos iniciais: "Inclina,/ Ó Mãe das Dores, Mãe Divina,/ O ouvido a meu mortal transporte!".

Essa canção inspirou a Brecht, durante o trabalho de encenação do *Urfaust*, o poema (também em versos livres) "Inclina, ó tu dolorosa": "Em seu quarto, diante da pequenina/ Imagem da Madona ajoelha-se a angustiada/ Ajoelha-se a oprimida, ajoelha-se/ A grande pecadora atormentada.// Para Maria ergueu as mãos/ Mais uma vez a desesperada. Tal coisa/ Fazia já como criancinha, sempre/ Que se encontrava em tormento e aflição.// E a torturada pede a Maria, a suave/ Excelente intercessora, que a salve da vergonha/ E morte. Ela mesma plena de dores, colheu/ Pela manhã flores para a mãe dolorosa.// Em silêncio reza assim a açoitada./ Nenhum som em sua prece, como no coração/ Nenhuma esperança mais em Maria,/ A quem reza, apenas um costume que vem de longe". [M.V.M.]

(Numa gruta da parede, uma imagem santa da Mater Dolorosa, com jarras de flores a guarnecê-la)

GRETCHEN *(põe flores frescas dentro da jarra)*

    Inclina,
    Ó tu das Dores, Mãe Divina,[1]
    A meu penar tua alma luz!

    No seio a espada,   3.590
    Vês, traspassada,[2]
    Teu Filho morto sobre a Cruz.

    Transes mortais
    Envias, e ais
    Ao Pai do Céu por teu Jesus: 3.595

    Quem sente
    Que ardente
    Penar me abrasa, ah! quem?
    O que meu ser triste anseia,
    O que treme, o que pranteia,   3.600
    Só tu sabes, mais ninguém!

---

[1] Gretchen suplica à mãe de Deus que baixe os olhos, voltados ao Crucificado e aos céus, para a sua oração junto ao nicho da muralha. No original, Goethe estabelece uma rima entre *neige* ("inclina"), com o "g" sendo pronunciado como "ch" na fala de Frankfurt, e *Schmerzenreiche*: "plena de dores", a Mater Dolorosa. (Em outros momentos do *Fausto*, Goethe também cria rimas entre o alemão culto e a pronúncia dialetal da Saxônia.)

[2] Um pensamento imagético difundido sobretudo pela sequência *Stabat Mater dolorosa*, subjacente à prece de Gretchen, e que remonta à profecia (*Lucas*, 2: 35) que Simeão faz a Maria: "— e a ti, uma espada traspassará tua alma!".

Por onde ande, onde eu for,
Que dor, que dor, que dor,
Meu coração traspassa!
Mal a sós me demoro,   3.605
Eu choro, eu choro, eu choro,
Meu peito se espedaça.

As flores na janela[3]
De lágrimas cobri,
Quando de madrugada,   3.610
As apanhei pra ti.

Quando o sol me alumia
Cedo o quartinho estreito,
Sentada em agonia
Me encontra, já, no leito.   3.615

Da morte, ah! salva-me! do horror!
Inclina,
Ó Mãe Divina,
Clemente olhar a meu dolor!

---

[3] "Flores" correspondem no original a *Scherben*, com o significado atual de "cacos", "estilhaços", mas que no século XVIII designavam, conforme definição do dicionário de Adelung, "um recipiente de barro ou porcelana onde se colocam flores".

Noite

A primeira versão da tragédia contém apenas alguns fragmentos desta cena, mas pospostos às exéquias para a mãe de Gretchen, na cena "Catedral". Ao redigir a versão definitiva para o *Fausto I*, nos primeiros meses de 1806, Goethe antecipa a morte de Valentim, conferindo assim maior expressividade aos remorsos e tormentos que acometem Gretchen durante a missa na catedral. Assumindo o clássico papel de hipócrita e farisaico "pai de família" — bastante difundido em dramas do final do século XVIII, como em *Cabala e amor* (1784), de Friedrich Schiller — Valentim amaldiçoa publicamente a irmã, expondo-a assim à estigmatização social que a constrangerá por fim ao infanticídio.

Marcada pela oscilação dos tempos verbais ("me achava", "exaltava", "escuto e apalmo") e por uma sintaxe que no original alemão soa por vezes estranha, a fala de Valentim sugere que a sua aparição ocorre aqui em estado de embriaguez. Como observa Hans Arens em seus comentários ao *Fausto I*, publicados em 1982, a cena "Noite" vai ganhando uma crescente estrutura operística: após a "ária" cantada por Mefistófeles com acompanhamento de cítara (*Zither*), Valentim avança sobre Fausto e Mefisto com a sua espada e, mortalmente ferido, dispõe as pessoas ao seu redor, pronuncia as suas patéticas palavras e "morre com um grande acorde final da orquestra imaginária". [M.V.M.]

(Rua em frente à porta de Gretchen)

VALENTIM *(soldado, irmão de Gretchen)*

    Quando se me achava nalguma festança,   3.620
    Em que mais de um cai na gabança,
    E a companhia, com clamor,
    Das jovens exaltava a flor,

Sentado, eu, firme, em vinho imersas,
Fanfarronices e conversas, 3.625
Seguro e com orgulho calmo,
Toda a bazófia escuto e apalmo
Sorrindo a barba, a olhar à roda,
E com o copo cheio em mão
Digo: cada um à sua moda! 3.630
Mas uma só há na região,
Que iguale a Margarida minha,
Que aos pés me chegue da irmãzinha?
"Viva! Saúde! Tem razão!"[1]
Gritavam uns e outros, em torno, 3.635
"Do sexo inteiro ela é o adorno!"
Calava-se o maior gabão.
E agora!... é de endoidar, no duro!
Dar com a cabeça contra um muro!
Com mofas, troça, e mais que o valha, 3.640
Insultar-me-á qualquer canalha!
Devo calar-me com despeito,
A cada chiste em suor desfeito!
E se estraçoasse o bando todo,
Não posso refutar-lhe o lodo.[2] 3.645

Quem anda ali? quem chega perto?
Vêm vindo dois, se vejo certo.

---

[1] *Topp! Topp! Kling! Klang!*, no original, conotando o fechamento de uma aposta e a sua celebração com brindes.

[2] "Lodo" não tem aqui o sentido de "mentira", mas — infelizmente para o presumido senso de justiça de Valentim — de "verdade". No original, ele diz: "Não poderia contudo chamar-lhes mentirosos".

Sendo ele, agarro-o já, num ai,
Vivo é que daqui não me sai!

(Fausto, Mefistófeles)

FAUSTO

Como dos vidros, lá, da sacristia,   3.650
Para o alto a eterna lâmpada vislumbra,
E ao lado expira na penumbra,
E em torno a escuridão se amplia,
Assim soturno sinto o peito.

MEFISTÓFELES

Sou eu como o gatinho estreito,[3]   3.655
Que por escadas escorrega,
De manso em paredões se esfrega;
Virtude assaz naquilo sinto,
De roubo e de luxúria algum discreto instinto.
A esplêndida noitada, assim,   3.660
Já de Valpúrgis sinto em mim.

---

[3] *Kätzlein schmächtig*, no original. No contexto dessa fala de Mefistófeles, o adjetivo *schmächtig* tem menos o sentido de "franzino", como opta a tradutora ("estreito"), como um sentido derivado do verbo *schmachten*, "languir", "anelar" ou "suspirar por algo". Mefisto está exprimindo sua alegria pela aproximação da Noite de Valpúrgis, que coincide, no hemisfério Norte, com a chegada da primavera. Assim como essa estação marca a época do acasalamento dos gatos, muitos bruxos e feiticeiras aparecerão para a sua festa orgiástica sob a fantasia desses felinos.

Torna ela depois de amanhã,
Pois não será vigília vã!

FAUSTO

Sobe o tesouro, entanto? Vejo[4]
Fulgir de longe o seu chamejo.   3.665

MEFISTÓFELES

Em breve, o gosto auferirás,
De retirar a caldeirinha.
Adentro espiei-lhe, dias faz,
E que ducados não continha!

FAUSTO

Nem um anel ou broche, um brinde   3.670
Com que meu bem se enfeite e alinde?

MEFISTÓFELES

Vi algo, sim, como colar
De pérolas a vislumbrar.

FAUSTO

Bom! isso sim! sempre o lastimo,
Quando vou vê-la sem um mimo.   3.675

---

[4] Mais uma vez, Fausto deseja levar um presente ("mimo") a Gretchen e alude assim à lenda do "tesouro" que se alçava refulgente do interior da terra.

MEFISTÓFELES

Não sei por que vos pesa à mente
Gozar algo gratuitamente.
Mas, hoje, ouvir-me-eis obra real de artista,
Já que, estrelado, o céu cintila:
Canto-lhe um fado moralista,[5] 3.680
Pra mais depressa seduzi-la.

(Canta com acompanhamento da guitarra)

    Do umbral, responde!
    Que ali te esconde,
    Cat'rininha, aonde,
    Tão cedo, aonde é que vais? 3.685
    Filha, cautela!
    Ele abre a cela,

---

[5] Certamente um cinismo de Mefistófeles, pois a "canção moralista" (*moralisch Lied*) que ele se propõe a cantar tem a função única de voltar a seduzir Gretchen, dessa vez ainda "mais depressa". Goethe "plagia" aqui alguns versos entoados por Ofélia no *Hamlet* (IV, 5): *Tomorrow is Saint Valentine's day/* [...]*/ Let in the maid, that out a maid/ Never departed more*. Reforça-se assim a sugestão de uma correspondência entre o grupo Fausto-Margarida-Valentim e as personagens shakespearianas Hamlet-Ofélia-Laertes. Numa conversa com Eckermann datada de 18 de janeiro de 1825, Goethe defende o direito do escritor de fazer empréstimos junto a outras obras literárias (como ele próprio fôra "plagiado" por Lord Byron e Walter Scott): "Assim, o meu Mefistófeles canta uma canção de Shakespeare. E por que ele não o deveria? Por que eu deveria dar-me ao trabalho de inventar uma canção própria se a de Shakespeare veio a calhar e disse exatamente o que precisava ser dito?". E, à continuação: "Se, por isso, a exposição do meu *Fausto* tem alguma semelhança com a do *Livro de Jó*, isso é inteiramente correto e, portanto, as pessoas deveriam antes louvar-me do que censurar-me".

Entras donzela,
Donzela já não sais.

Tem juízo, tem!   3.690
Ele te obtém,
E... passa bem!
Adeus, amor, folguedo!
Não deves, não,
Dar a um ladrão   3.695
Mercês, senão
Com a aliança já no dedo.

VALENTIM *(surgindo-lhe à frente)*

A quem atrais com a zanguizarra?
Maldito, torpe sedutor!
Para o diabo, antes, a guitarra!   3.700
Ao diabo, após, o cantador!

MEFISTÓFELES

Foi-se a guitarra! já não tem conserto.

VALENTIM

E agora o crânio, passo a moer-to![6]

---

[6] Depreende-se dessas palavras que Valentim está empunhando uma espada maciça e pesada, um "montante", que era brandido com ambas as mãos. Ainda que com a ajuda de Mefistófeles, Fausto agirá aqui em legítima defesa.

MEFISTÓFELES *(a Fausto)*

   Senhor doutor, sus! com despacho!
   Conduzo eu! junto a mim, meu caro!   3.705
   Vamos, pra fora com o penacho![7]
   Sobre ele, aí! anda! eu aparo.

VALENTIM

   Apara-me este!

MEFISTÓFELES

         E como, em cheio!

VALENTIM

   E este!

MEFISTÓFELES

       Decerto!

VALENTIM

        É o diabo, creio!
   Mas que é isso? já se me entorpece o braço!   3.710

---

[7] *Flederwisch*, no original, espécie de "espanador" ou "penacho", designação jocosa para uma espada portada mais como enfeite.

MEFISTÓFELES *(a Fausto)*

Toca!

VALENTIM *(cai)*

Ai de mim!

MEFISTÓFELES

Está manso o mandraço!
Mas vem! fuja-se antes do alarme,
Já surge um barulho infernal;
Sei com a polícia acomodar-me,
Mas não com o foro criminal.[8]   3.715

MARTA *(à janela)*

Socorro aqui!

GRETCHEN *(à janela)*

Venha uma luz!

MARTA *(como acima)*

Esgrimem, lutam, gritam! Cruz!

---

[8] *Blutbann*, no original, espécie de jurisdição para crimes mais graves (envolvendo o derramamento de "sangue", *Blut*) e que pronunciava sentenças de morte. Sobre esta instância Mefistófeles afirma não ter poder, mas saberia arranjar-se com a "polícia" — *Polizei*, no original —, que também pode estar significan-

POVO

Jaz um aqui, que já morreu!

MARTA *(saindo de casa)*

Fugiu o assassino, então?

GRETCHEN *(saindo)*

Quem jaz aqui?

POVO

                    É o teu irmão.[9]   3.720

GRETCHEN

Que mortal transe! Jesus meu!

VALENTIM

Eu morro! isso se diz num ai,
E mais depressa é sucedido.
Mulheres, choros e ais calai.
E vinde dar-me ouvido!   3.725

---

do, como a antiga palavra portuguesa, o "conjunto das leis e regras impostas ao cidadão para assegurar a moral, a ordem e a segurança públicas".

[9] "É o filho da tua mãe", diz-se literalmente no original, em provável correspondência com versos (traduzidos por Goethe) do *Cântico dos cânticos*, em que a amada diz: "Os filhos da minha mãe se voltaram contra mim".

(Acercam-se todos dele)

Vê, Gretchen, nova ainda és, desperta!
Ainda não és bastante esperta,
No ofício andas sem zelo.
Só to digo em segredo: escuta!
Já que és mesmo uma prostituta,[10] 3.730
Vai, trata então de sê-lo!

GRETCHEN

Que dizes! mano meu! por Cristo!

VALENTIM

Deixa o Senhor por fora disto.
O que está feito, feito está,
E assim como puder, irá. 3.735
Com um meteste-te em segredo,
Hão de seguir mais outros, cedo,
E tendo-te dez à vontade,
Ter-te-á, também, toda a cidade.

Quando, de início, a infâmia nasce, 3.740
Trazem-na ocultamente ao mundo,
E põem-lhe o manto mais profundo
Da noite sobre o ouvido e a face;
Matar-na-iam, até, com gosto.

---

[10] Exposta à estigmatização social e sob pressão material, uma moça desonrada e abandonada era via de regra constrangida, de maneira inexorável, à prostituição.

Mas, quando fica alta e crescida, 3.745
Também de dia anda despida,
Sem que se lhe embeleze o rosto.
E quanto mais cresce em feiura,
A luz do dia mais procura.

Já vejo o tempo, francamente, 3.750
Em que todo burguês decente,
Qual de um cadáver roto e infecto,
Fugir-te-á, marafona, o aspecto![11]
Vai se gelar teu coração,
Quando encontrares seu olhar! 3.755
Na igreja não te deixarão
Chegar aos pés do santo altar!
Com colar de ouro e flor na trança,[12]
Já não te alegrarás na dança!
Em negros antros e jazigos 3.760
Hás de ocultar-te entre mendigos;
E se o Céu te outorgar mercê,
Maldita sobre a terra sê!

MARTA

Ponde a alma em mãos do Pai Supremo!
Quereis morrer como blasfemo? 3.765

---

[11] Amaldiçoando a irmã publicamente como "meretriz" (ou "marafona"), Valentim diz que todos os burgueses honrados desviarão dela o rosto (ou o "aspecto") como de um cadáver infectado pela peste.

[12] Referência às prescrições que vetavam às prostitutas (assim como às moças de baixa extração social) o uso de colares de ouro ou mesmo dourados.

Noite

VALENTIM

Pudesse estraçalhar-te a ossada,
Alcoviteira amaldiçoada!
Veria, então, os meus pecados
Em tudo ricamente expiados.

GRETCHEN

Meu mano! que infernal tormento! 3.770

VALENTIM

Repito, deixa ais e lamento!
Quando pisaste a honra no chão,
É que me abriste o coração.
Morrendo, eu entro para o Além,
Como soldado e homem de bem.[13] 3.775

(Morre)

---

[13] A respeito do desenlace desta cena, Ernst Beutler escreve: "Com a morte de Valentim, Gretchen perde, exatamente no momento em que mais necessita de ajuda, os seus únicos protetores: o amado e, ao mesmo tempo, o irmão. Fausto foge como assassino. O irmão tomba em defesa de Gretchen ou, muito mais, de sua própria respeitabilidade. De modo algum tão honrado como presume ser, ao morrer ele estigmatiza a própria irmã [...] como meretriz e, com essa traição, empurra-a mais profundamente para a desgraça. Gretchen está só, proscrita, exposta a tudo e a todos". Vale lembrar que Thomas Mann tomou o título ("Como soldado e homem de bem") do capítulo da *Montanha mágica* que narra a morte de Joachim Ziemssen, primo do herói Hans Castorp e também soldado, ao verso que Valentim pronuncia antes de expirar.

Catedral

Somente a primeira versão da tragédia deixa explícito que se trata aqui da missa pela alma da mãe de Gretchen, envenenada pelo "sonífero" que proporcionou a Fausto o acesso noturno ao quarto da filha. Como já apontado, no *Urfaust* esta cena antecede o duelo entre Fausto e Valentim, o que, se por um lado a torna menos expressiva em si (uma vez que ao desespero de Gretchen na catedral ainda não se soma a morte do irmão), confere por outro lado crescente intensidade dramática à sequência "Fonte", "Diante dos muros fortificados da cidade", "Catedral".

    Enquanto as falas de Gretchen e do "Espírito mau" se articulam em versos não rimados e em ritmo livre, as estrofes latinas do coro ecoam em andamento rasante, firmemente "amarradas" pelo ritmo, métrica e rima. Goethe retirou essas estrofes do hino composto pelo franciscano Tomás de Celano (aproximadamente entre 1190 e 1260) e que desde então passou a integrar o "ofício dos mortos" (ou a "sequência do dia de Finados"). Das dezoito estrofes que compõem o hino *Dies irae, dies illa*, Goethe aproveitou apenas três (justamente aquelas que falam da angústia e do desespero do pecador em face do Juízo Final), deixando de lado as estrofes que apelam à misericórdia divina e imploram a remissão dos pecados. Embora tenha crescido num ambiente luterano, Goethe interessou-se desde jovem pelo catolicismo e, como rememora em sua autobiografia *Poesia e verdade*, familiarizou-se com "a fé, os costumes e as relações internas e externas da Igreja mais antiga" mediante o contato estreito com famílias católicas e com o superintendente da Catedral de Frankfurt.

    Quanto ao "Espírito mau", é importante observar ainda que a sua aparição não se dá sob o comando de Mefistófeles, mas parece configurar-se antes como projeção dos remorsos e da má consciência da "pecadora" — uma criação psíquica que se autonomiza e surge "por detrás de Gretchen".

    No romance *O adolescente* (terceira parte, 5º capítulo), Dostoiévski faz o seu personagem Trichátov comentar a cena "Catedral" como uma ópera baseada no entrelaçamento (e duelo) de diferentes vozes: a de Gretchen, a dos hinos medievais, e a do "Espírito mau", poderoso "tenor" que vai se impondo num *crescendo* e acaba por esmagar a moça "como um grito do universo inteiro".

E vale lembrar mais uma vez que, em maio de 1949, Bertolt Brecht anotou no seu *Diário de trabalho*, em relação a esta cena "Catedral", que não seria difícil "encená-la como espécie de execução espiritual e física de Gretchen, levada a cabo pela Igreja, e sobretudo como execução moral, já que ela é incitada aqui ao homicídio". [M.V.M.]

(Ofício divino, órgão e canto)

(Gretchen no meio do povo.
Espírito Mau por detrás de Gretchen)

ESPÍRITO MAU

Quão outra, Gretchen, te sentias,
Quando ainda plena de inocência
Deste altar santo te acercavas,
A balbuciar do livro gasto
As orações, 3.780
Em parte folgas infantis,
Em parte Deus no coração!
Gretchen!
Tua cabeça, onde anda?
No coração 3.785
Tens que delito?
Pela alma de tua mãe oras
Que adormeceu por ti a interminável pena?[1]

---

[1] A "longa, longa pena", no original; referência à estada de purificação no Purgatório para as pessoas que faleceram sem os sacramentos (e, portanto, sem terem os pecados absolvidos).

De quem o sangue em teu umbral?[2]
E, borbulhante, já não se move algo   3.790
Sob o teu coração,
E te angustia, a ti e a si,
Com existência pressagiosa?[3]

GRETCHEN

Ai de mim! ai!
Como fugir dos pensamentos,   3.795
Que me andam, contra mim,
De cá, de lá!

CORO

Dies irae, dies illa,
Solvet saeclum in favilla.[4]

(Sons de órgão)

---

[2] Evidentemente o sangue de Valentim, cuja morte o "Espírito mau" atribui também a Gretchen.

[3] Esses versos dão a entender que a criança no ventre de Gretchen já estaria pressentindo a ameaça de infanticídio.

[4] "O dia da cólera, aquele dia,/ Dissolverá o mundo em cinzas". São versos da primeira estrofe do hino, traduzida da seguinte forma por Alphonsus de Guimaraens: "Oh! dia de ira, aquele dia!/ Di-lo Davi, e a Pitonisa:/ Revolve o mundo em cinza fria".

ESPÍRITO MAU

    Furor te agarra!   3.800
    Troa a trombeta!
    Sepulcros tremem!
    E das dormentes cinzas,
    Para infernais tormentos
    Já ressurgido,[5]   3.805
    Teu coração
    Palpita, freme!

GRETCHEN

    Visse-me eu longe!
    Sinto os sons do órgão
    A me estacar o alento,   3.810
    Canto a premir-me
    No mais profundo o coração.

CORO

    Judex ergo cum sedebit,
    Quidquid latet adparebit,
    Nil inultum remanebit.[6]   3.815

---

[5] Isto é, ressuscitado pela "trombeta" do Juízo Final para a eterna danação no fogo do Inferno (os "tormentos infernais"). O "Espírito mau" explicita assim o conteúdo de algumas estrofes da sequência *Dies irae, dies illa*.

[6] Sexta estrofe da sequência: "Quando o Juiz sentar-se para o julgamento/ Tudo o que estiver oculto, aparecerá:/ Nada ficará impune". Na elaborada tradução de Alphonsus de Guimaraens: "E Aquele que os mortos reúne/ Há de julgar o que se esconde,/ E nada ficará impune".

GRETCHEN

>Que abafo sinto!
>Sufocam-me
>Estas pilastras!
>A abóbada
>Me oprime!... Ar! 3.820

ESPÍRITO MAU

>Oculta-te! Pecado e opróbrio
>Jamais se ocultam!
>Ar? Luz?
>Mísera, tu!

CORO

>*Quid sum miser tunc dicturus?* 3.825
>*Quem patronum rogaturus?*
>*Cum vix justus sit securus.*[7]

ESPÍRITO MAU

>Almas glorificadas
>Desviam de ti seu semblante,
>Oferecer-te as mãos 3.830

---

[7] Sétima estrofe da sequência: "O que eu, mísero, direi então?/ A quem suplicar como intercessor?/ Se mesmo o justo não está seguro.". Na tradução de Alphonsus de Guimaraens: "Que direi ante o Trono augusto?/ Só tu, com as tuas vestes alvas/ Não sofrerás, Alma do Justo!".

Aos Puros arrepia.
Ai de ti, ai!

CORO

Quid sum miser tunc dicturus?

GRETCHEN

Vizinha! os vossos sais![8]

(Cai sem sentidos)

---

[8] Margarida solicita à sua vizinha no banco da igreja o seu "frasquinho" (*Fläschen*) com sais, isto é, o "pequeno frasco de cheirar" usado em casos de desmaio, muito frequentes no século XVIII. Para a encenação de 1829 no Teatro de Weimar, este verso foi alterado, com o consentimento de Goethe, para: "Vizinha! Estou com vertigens!". Segundo Albrecht Schöne, procurou-se evitar assim que o desmaio fosse entendido apenas como sintoma da gravidez (quando tem a ver muito mais com a angústia em que a moça se encontra).

Noite de Valpúrgis

No final da cena "A cozinha da bruxa" encontra-se a primeira referência antecipatória à "Noite de Valpúrgis": "E se algo queres pelo teu serviço,/ Ser-te-á em Valpúrgis por mim pago". Com estas palavras de Mefistófeles, dirigidas à bruxa que ministrara a poção rejuvenescedora a Fausto, explicita-se um vínculo entre as duas cenas situadas inteiramente na esfera demoníaca, as quais emolduram a história de amor de Gretchen, conduzida em seguida a seu trágico desfecho.

A "Noite de Valpúrgis" tem uma gênese intrincada e intermitente, que se estende entre 1797 e 1805 — não consta, portanto, nem do *Urfaust* nem do *Fragmento* publicado em 1790. Como registrado nos arquivos da Biblioteca de Weimar, em 1801 Goethe retirou vários livros sobre demonologia e feitiçaria, que lhe forneceram subsídios para a configuração desta cena. São livros de baixa qualidade estética, com toscas ilustrações de reuniões de bruxas, feiticeiros e demônios, geralmente com Satã ocupando a posição central e uma bruxa beijando o seu traseiro. Conforme demonstram comentadores do *Fausto*, Goethe baseou-se especialmente numa gravura em cobre de meados do século XVII, de autoria de Michael Herr, intitulada *Verdadeiro esboço e representação da festa amaldiçoada e ímpia dos feiticeiros*.

A indicação "Noite de Valpúrgis" remete à data de 1º de maio, em que a Igreja católica comemora o dia de Santa Valpúrgis, nascida na Inglaterra por volta do ano de 710 e falecida na Alemanha em 779. Segundo uma lenda popular do Harz (norte da Alemanha), onde Goethe situa a cena, na madrugada de 30 de abril para 1º de maio, seres demoníacos reuniam-se no cume da montanha mais alta dessa região (o *Brocken* ou, mais coloquialmente, *Blocksberg*, com 1.142 metros) para promover um culto orgiástico a Satã.

Fausto é conduzido assim, "pela esfera da magia e do sonho", a um terreno em que impera soberanamente o elemento satânico-mefistofélico, com a densa rede de conotações sexuais que Goethe procurou plasmar mediante uma plenitude "orgiástica" de sons e ritmos cambiantes, mesclados com uma profusão caótica de imagens e temas: no início, uma visão vigorosa e anímica da natureza; em seguida, a figuração da montanha que resplandece em seus veios de metal, o sortilégio noturno das florestas, e, por fim, o desdobramento das cenas com toda uma legião de entes fantasmagóricos e réprobos. À movimentação tresloucada dessas cenas nórdicas de "Valpúrgis" — espécie de "ópera" grotesca em que as falas das personagens misturam-se com trechos cantados (coros e semicoros das bruxas, o canto alternado inicial) — Goethe irá contrapor, no *Fausto II*, a "Noite de Valpúrgis clássica", envolta numa atmosfera meridional de serenidade e encanto para a celebração da beleza e de Eros.

Em meados de 1808, numa conversa com seu amigo Johannes Daniel Falk (1768-1826), Goethe referiu-se pela primeira vez a um "saco de Valpúrgis" (*Walpurgissack*), "destinado a acolher alguns poemas intimamente relacionados às cenas de bruxas no *Fausto*, quando não ao próprio Blocksberg". Dava a entender assim que originalmente a "Noite de Valpúrgis" se estendia para além dos limites configurados na versão "canônica" do *Fausto I*: na verdade, englobava ainda a ascensão de Fausto e Mefistófeles até o topo da montanha, onde a cena atingia o seu ponto culminante, com as reverências prestadas a Satanás, audiências e "homilias", e por fim o culto propriamente satânico, com grotescas e caóticas orgias sexuais que, para Fausto, encontrariam todavia o seu ponto de viragem na "aparição" de Margarida no patíbulo, pronta para a execução.

Para o mencionado "saco de Valpúrgis" migraram portanto as passagens que, seja por escrúpulos de autocensura, seja por razões internas à tragédia, foram excluídas da versão publicada em 1808. Sobre este ponto há uma longa controvérsia na filologia goethiana: já em 1836 Friedrich W. Riemer defendia a publicação dessas passagens, argumentando que assim a figura de Satã se imporia como *Simia Dei* ("macaqueador de Deus") e sua aparição no alto do Blocksberg se configuraria como *pendant* e contraponto necessário ao "Prólogo no céu".

Aderindo a essa perspectiva, Albrecht Schöne — que sobre o assunto publicou em 1982 o estudo *Götterzeichen, Liebeszauber, Satanskult. Neue Einblicke in alte Goethetexte* [Sinais dos deuses, feitiço amoroso, culto satânico. Novas miradas em velhos textos de Goethe] — faz a seguinte observação: "O que Goethe planejava inserir na cena da montanha Brocken era, para além de muitos detalhes, o ritual estruturante da 'Synagoga Satanea', um culto satânico que havia sido codificado nas investidas da Igreja para exterminar as grandes heresias medievais e exterminar a feitiçaria". Assim, a supressão das passagens obscenas e blasfemas teria, para Schöne, fraturado o cerne da "Noite de Valpúrgis", pois toda a série de símbolos e temas em torno da riqueza e da sexualidade, que atravessam a história de Fausto e Margarida e se estendem para o *Fausto II*, deveria encontrar o seu momento culminante nesse "sermão" em que Satã, no cume da montanha, profere a consagração do ouro, do falo e da vagina.

Para outros comentadores, entre eles Erich Trunz, a inclusão do ritual satânico no Blocksberg destruiria a imagem do "mal" que se desdobra ao longo de todo o enredo, emoldurada entre o "Prólogo no céu" e as "Furnas montanhosas" no final do *Fausto II*, os polos em que se manifesta a "ordem divina". Encarnado no companheiro inseparável de Fausto — que não é caracterizado nem como um demônio supremo nem subalterno, isto é, que execute ordens alheias —, o "mal" atua ao longo da tragédia como uma força intrinsecamente ligada ao mundo humano, sempre empenhada em subverter e aniquilar a ação do "bem". Sendo assim, essa concepção se romperia com uma cena que mostrasse Satanás em seu domínio soberano, acessível apenas a seres demoníacos, como um "Príncipe do mal" alheio aos esforços humanos. Na visão de Trunz, aqui se fundamentaria a razão mais profunda para o "corte" operado por Goethe na cena "Noite de Valpúrgis": "Importava-lhe apenas fazer com que Fausto, após a dança com a bruxa, divisasse a imagem de Gretchen. Com isto, o essencial já estava dito". [M.V.M.]

(Montanhas do Harz. Região de Schierke e Elend)[1]

(Fausto, Mefistófeles)

MEFISTÓFELES

Não te faz falta uma forquilha?[2] 3.835
Quisera eu ter um bode harto e veloz.
Até o nosso alvo é longa ainda esta trilha!

FAUSTO

Enquanto lassidão o andar não me empecilha,
Basta-me este bordão de nós.
De que serve abreviar a rota? 3.840
Transpor do vale atalhos e o maninho,
Galgar a rocha de que brota
A fonte em seu perpétuo redemoinho,
Eis o sabor que dá gosto ao caminho!
Na bétula urde a primavera, já, 3.845
E o pinho, até, lhe sente o viço;
Também em nós vigor não influirá?

---

[1] Schierke e Elend são nomes de aldeias nas proximidades do Monte Brocken. Entre o inverno de 1777 e o outono de 1784, Goethe fez três grandes viagens pela região e a conhecia portanto muito bem. Em dezembro de 1777 escreveu aí o seu grande hino "Viagem de inverno pelo Harz", em que também fala dos veios de metal nas montanhas.

[2] No original, Mefisto diz "cabo de vassoura" e deseja a si mesmo o bode (o animal fedido do demônio) "mais devasso".

MEFISTÓFELES

>Deveras, nada sinto disso!
>Corta-me a carne um frio de geada;
>Quisera ver flocos de neve sobre a via. 3.850
>Quão triste ascende a esfera mutilada
>Da rubra lua ao céu, em ignição tardia,
>E reluz mal: faz com que a gente choque
>Num tronco, a cada passo, ou num rochedo!
>Convém que um fogo-fátuo[3] a nós convoque; 3.855
>Vejo um que lá arde, alegre, no arvoredo.
>Eh, lá! posso chamar-te, camarada?
>Por que hás de chamejar por nada?
>Vem, por favor, luzir-nos no percurso!

FOGO-FÁTUO

>Por devoção, por tempo breve, 3.860
>Tento abafar meu gênio leve;
>Ziguezagueante é nosso habitual curso.

---

[3] No original *Irrlicht* (luz errante), inflamação ou pequena chama produzida pela emanação de gases em pântanos. A crendice popular interpretava esse fenômeno como um demônio que, com seu curso "ziguezagueante", confundia as pessoas. Em seu *Ulisses*, no início do episódio localizado no bordel de Bella Cohen (correspondente ao encontro com a feiticeira Circe no canto X da *Odisseia*), James Joyce coloca fogos-fátuos com a mesma função sinalizadora explicitada aqui por Mefisto: "Vem, por favor, luzir-nos no percurso!".

MEFISTÓFELES

    Eh, eh! quer imitar da raça humana o jeito?[4]
    Pelo demônio, ande direito!
    Se não, lhe apago a bruxuleante brasa.   3.865

FOGO-FÁTUO

    Percebo-o bem, sois o patrão da casa,
    E com prazer presto o serviço.
    Mas, vede! hoje, no morro, impera a bruxaria,
    E se vos indicar um fogo-fátuo a via,
    Terá de ser sem compromisso.   3.870

FAUSTO, MEFISTÓFELES, FOGO-FÁTUO *(em canto alternado)*

        Pela esfera da magia
        E do sonho, andamos, ora;
        Cumpre o ofício e sê bom guia!
        Por transpormos sem demora
        As desertas, vastas plagas.   3.875

        Vê a deslizar, em vagas,
        Árvores entre arvoredos,
        E vergando-se, os rochedos;
        Como exalam sopros, roncos,[5]
        Seus narizes longos, broncos!   3.880

---

    [4] A tradução mantém aqui a forma de tratamento em terceira pessoa (*Er*), com que Mefisto se dirige ao fogo-fátuo: "Eh, eh, [ele] quer imitar da raça humana o jeito?/ Pelo demônio, [que ele] ande direito!".

    [5] Ao atravessar os penedos de granito situados entre Schierke e Elend (co-

Por folhedos, pedras, troncos,
Correm fonte e arroio abaixo.
Ouço cantos, ouço o riacho?
Do amor ouço a queixa grave,
Vozes daquela era suave? 3.885
Da esperança e amor em maio?
E, qual saudação de antanho,
O eco soa, vago e estranho.

"Mocho! chocho!" soa perto!
Ficou tudo, hoje, desperto? 3.890
A coruja, o bufo, o gaio?
São lagartos nas urtigas?
Perna longa, amplas barrigas!
E raízes, como cobras,
Torcem-se e no chão se encolhem, 3.895
Tendem laços, redes, dobras,
Que dão susto, que o andar tolhem,
Tendem para os viandantes
Fibras vivas, palpitantes
De polipo. E os camundongos, 3.900
Em tropéis cerrados, longos,
Correm pelo musgo e campos!
E aos enxames, em revolta,
Para desnorteante escolta,
Vão voejando os pirilampos. 3.905

---

nhecidos como "rochedos roncadores"), ventos fortes de sudoeste produzem um barulho semelhante ao de "roncos".

Dize-me, porém, paramos,
Ou a rota continuamos?
Rochas, troncos, verdes ramos,
Tudo gira, e em louca trama
Fogos-fátuos, cuja flama   3.910
Se incha entre urze, mata e grama.

MEFISTÓFELES

Pega na orla do meu manto!
Isto é um píncaro alto um tanto,
Donde vês, com pasmo, o ouro[6]
Refulgir no sorvedouro.   3.915

FAUSTO

No abismo como fulge, estranha,[7]
A luz de um auroreal clarão,
Que das voragens da montanha
Penetra o mais profundo vão!

---

[6] No original, Mefistófeles menciona o nome *Mammon*, mas exatamente no sentido de "ouro", da "riqueza" escondida nos veios de metal da montanha (um motivo recorrente no *Fausto II*). Logo em seguida, porém, "Mamon" aparecerá como divindade demoníaca, a personificação do dinheiro e riqueza (conforme explicitado em nota ao v. 1.599 da segunda cena "Quarto de trabalho").

[7] Esta descrição da montanha iluminada para o culto a Satã sugere por vezes imagens de uma erupção vulcânica. Goethe, que participara ativamente da Comissão de Minas do Ducado de Weimar (inclusive negociando a compra de diamantes com Wilhelm Eschwege, administrador por muitos anos das minas brasileiras e portuguesas), vale-se também de termos técnicos oriundos de seus conhecimentos de mineralogia e engenharia de minas.

Aqui um vapor ascende ao cume, 3.920
E corre lá qual frágil fio,
De fumo e véu fulgura um lume,
Que após resvala como um rio.
No vale ali, um bom pedaço,
Em cem filões se desenrola, 3.925
E aqui, neste restrito espaço,
Para e de súbito se isola.
Flamejam chispas na fundura,
Como áureo pó que se esparrama.
Mas vê! em toda a sua altura 3.930
O morro se ilumina e inflama.

MEFISTÓFELES

Não acende, hoje, o deus Mamon
Em seu solar luzes festivas?
Pudeste vê-lo, isso é que é bom!
Já ouço os árdegos convivas. 3.935

FAUSTO

Como recorta o vento os ares!
Como me malha a nuca o seu arranco!

MEFISTÓFELES

Da penha agarra as costas seculares,[8]
Ou te arremessará neste abismal barranco.

---

[8] No original: "Precisas agarrar as velhas costelas do rochedo".

Condensa-se a noite em garoa. 3.940
Ouve, como a floresta atroa!
Fogem mochos sobre águas brunas.
Ouve, lascam-se as colunas
De eternamente verdes paços.
Arrulho e quebra dos braços! 3.945
Troada possante dos troncos!
Dos pés rangidos e roncos!
Em confusão e horríferos tombos,
Uns sobre os outros caem aos rimbombos,
E por escombros e arrombamentos 3.950
Sibilam e uivam os ventos.
Ouves vozes, no planalto?
Perto, longe, embaixo, no alto?
Sim, pelo morro todo, em levanto,
Corre um furioso, mágico canto! 3.955

BRUXAS EM CORO

Das bruxas corre ao Brocken a horda,
O restolhal de pó transborda.[9]
Junta-se ali todo o montão,
No topo monta Dom Urião.[10]

---

[9] No original: "O restolho está amarelo, a seara, verde". Ainda por volta de Valpúrgis (1º de maio), viam-se lado a lado restos da ceifa passada e a nova semeadura em brotação.

[10] De início, *Herr Urian* designava uma pessoa desconhecida ou cujo nome não podia ser dito. Por extensão, passou a aplicar-se também ao demônio, e assim referem-se as bruxas a Satã entronizado no alto da montanha.

        Por paus e pedras tudo acode,   3.960
        ... a bruxa, ... o bode.[11]

VOZ

A velha Baubo vem sozinha;[12]
Numa mãe-porca se avizinha.

CORO

        Honra, pois, a quem honra cabe!
        A velha à frente, já se sabe!   3.965
        Porca robusta e anciã peralta,
        Das bruxas segue toda a malta.

VOZ

Por onde vieste?

VOZ

        A Pedra Ilse[13] é o caminho!

---

[11] Desde a publicação do *Fausto I* em 1808, as edições costumam trazer neste verso as chamadas "reticências de decoro". O manuscrito de Goethe registra *farzt* (grafia antiga de *furzt*, peida) e *stinckt* (grafia antiga de *stinkt*, fede): "Peida a bruxa, fede o bode".

[12] Em sagas antigas, Baubo (a Vulva personificada) é uma velha criada de Deméter, a quem conta histórias cômicas e devassas para distrair-lhe dos sofrimentos causados pelo rapto de sua filha Perséfone. Goethe introduz assim uma figura da mitologia clássica em meio à agitação despudorada das bruxas nórdicas.

[13] Ilsenstein fica a cerca de 6 km do Monte Brocken.

Vi lá a coruja e espiei-lhe o ninho.
E que olhos fez!

VOZ Oh, possa o inferno levar-te! 3.970
Por que corres destarte!

VOZ

Moeram-me as magas,
Vê minhas chagas![14]

CORO DAS BRUXAS

É larga a estrada, é longa a estrada,
Por que tão louca trapalhada? 3.975
Desanca o pau, raspa a vassoura,
Sufoca o filho, a mãe estoura.[15]

SEMICORO DOS BRUXOS

Seguimos nós pacatamente,
Todo o femeaço está à frente.
Pois, indo para o inferno a gente, 3.980
Tem passos mil a fêmea à frente.[16]

---

[14] Num galope veloz, as bruxas ("magas") abalroaram a "Voz", causando-lhe ferimentos.

[15] Em suas cavalgadas sobre forquilhas e cabos de vassoura, bruxas grávidas pariam natimortos.

[16] No percurso para o cume do Blocksberg as bruxas mantêm larga dianteira sobre os feiticeiros, de acordo com a superstição medieval de que a mulher

A OUTRA METADE

> Não nos perturba isso, sequer,
> Com passos mil fá-lo-á a mulher;
> Mas, corra o que puder, detrás
> Vem o homem e de um salto o faz. 3.985

VOZ *(do alto)*

Aqui, do Lago! aqui, do Salto!

VOZES *(embaixo)*

Também queremos voar ao alto.
Lavamo-nos e o corpo está luzente,
Mas infecundo eternamente.

AMBOS OS COROS

> Cala-se o vento, foge o astro, 3.990
> Retrai-se a lua de alabastro.
> Correndo expele o mago coro
> Mil chispas de flamante estouro.

---

estava bem à frente do homem no caminho para o "mal". Como observa Albrecht Schöne, o *Malleus maleficarum* [O martelo das bruxas, 1487], manual de perseguição às bruxas usado pela Inquisição, codificou a noção de que o sexo masculino, sob o qual Cristo veio ao mundo, seria menos vulnerável à ação do demônio do que a mulher, movida por insaciável apetite sexual. Contudo, o segundo semicoro explicita a afinidade de ambos os sexos com o demônio: se a mulher "tem passos mil" à frente, "vem o homem e de um salto o faz".

VOZ *(embaixo)*

  Para! Para!

VOZ *(do alto)*

  Que voz ressoa ali da enxara?   3.995

VOZ *(embaixo)*

  Levai-me lá! levai-me lá!
  Trezentos anos subo já,
  E não atinjo o pico à frente.
  Quisera estar com minha gente!

AMBOS OS COROS

      Levar-te, hoje, a vassoura pode,   4.000
      Leva a forquilha e leva o bode;
      Quem hoje não puder subir,
      Perdido está para o porvir.

SEMIBRUXA[17] *(embaixo)*

  Sigo eu há tanto tempo em vão;
  Os outros já tão longe estão!   4.005

---

[17] Como espécie de semibruxa ou bruxa ainda não consumada (*intermedio Malificam*) refere-se o *Malleus maleficarum*, de acordo com Schöne, àquelas que ainda não se entregaram de corpo e alma ao diabo, isto é, ainda não prestaram o chamado *Homagium*. Já as vozes que pouco antes soaram "embaixo" parecem vir dessas bruxas intermediárias.

Embaixo nunca vi descanso,
E aqui tampouco os mais alcanço.

CORO DAS BRUXAS

    Dá ânimo a pomada às bruxas,[18]
    De velas servem as capuchas,
    Qualquer barril é nave boa;   4.010
    Quem não voar hoje, nunca voa.

AMBOS OS COROS

    E ao circundarmos pico e colo,
    Esparramai-vos pelo solo.
    E recobri urze e folhedo
    Com vosso enxame do bruxedo.   4.015

(Pousam-se todos)

MEFISTÓFELES

Isso arfa, apita, uiva, estrebucha!
Esbarra, empurra, aflui, repuxa!
Faísca, fulge e fede à farta!
Bruxedo que não se descarta!
Vem, junto a mim! ou algo nos aparta.   4.020
Onde é que estás?

---

[18] Segundo livros, relatos e protocolos estudados por Goethe, os participantes do "sabá das bruxas" costumavam, antes do voo para o Blocksberg, untar as frontes, axilas e partes sexuais com uma pomada preparada com substâncias narcóticas e alucinógenas.

FAUSTO *(de longe)*

    Aqui!

MEFISTÓFELES

    Pra lá levado já?[19]
Terei de usar lei de patrão; eh, lá!
Lugar! vem Dom Satã![20] Alto, gentil corja, alto!
Agarra-me, doutor! e, agora, um grande salto
Que deste aperto nos extraia;   4.025
Isto é demais, até pra minha laia.
Atrai-me algo a esse bosque em cujo centro
Um brilho todo especial raia.
Vem, vem! enfiemo-nos lá dentro.

FAUSTO

Gênio da oposição! Bem, hei de acompanhar-te!   4.030
Mas a esperteza admiro; aos cimos

---

[19] Fausto parece já estar sendo arrastado pela "massa", como dirá pouco depois, que ruma "para o demônio".

[20] No original, Mefistófeles impõe aqui presença como *Junker Voland*, um antigo nome do diabo (derivado do médio alto alemão *vâlant*, o "pavoroso, assustador"). Voland é também o nome que o escritor russo Mikhail Bulgákov, em seu romance *O mestre e Margarida*, dá ao diabo que tumultua a Moscou stalinista dos anos 1930. A obra de Bulgákov traz como epígrafe os versos de Mefistófeles "Sou parte da Energia/ Que sempre o Mal pretende e que o Bem sempre cria" (v. 1.335).

Do Brocken, nesta noite, os passos dirigimos,
Para ficarmos cá, de parte.[21]

MEFISTÓFELES

Pois vê que flamejar garrido!
É um clube alegre reunido.   4.035
Nunca estás só com o povo miúdo.

FAUSTO

Quisera no alto estar, contudo!
Vejo fogo e espirais de escuma.
Para o demônio a massa ruma.
Mais de um enigma, lá, se solve.   4.040

MEFISTÓFELES

E mais de um, lá, também se envolve.
Fiquemos cá, onde é quieto, e desande
A bel-prazer o mundo grande!
É praxe antiga e de ótimos efeitos
Serem, no grande mundo, os pequeninos feitos.[22]   4.045

---

[21] Fausto parece consentir em segregar-se da torrente ascendente de bruxas e feiticeiros e, assim, abrir mão da verdadeira meta da Noite de Valpúrgis.

[22] Literalmente: "Serem, no grande mundo, os pequenos mundos feitos". Atrás dessa observação de Mefistófeles pode estar a concepção goethiana (de matriz pansófica) da relação entre o Macrocosmo e o Microcosmo: designando este o ser humano, "feitos" poderia estar significando "gerados", o que daria às palavras de Mefisto o caráter de uma exortação ao ato sexual.

Lá, jovens bruxas nuas vejo,
E anciãs que, espertas, cobrem a nudez.
Por minha causa, sê cortês;
É pouco esforço e bom gracejo.
Ouço soar instrumentos por ali! 4.050
Tens de habituar-te àquilo; atroz charivari!
Vem, vem, pois deve ser! Eu entro
E te conduzo para dentro.
E, assim, mais uma vez te obrigo.[23]
Não é pequeno espaço, eh! que achas, meu amigo? 4.055
Mal vês-lhe o termo! observa esta fogueira,
Ardem cem outras na fileira;
A gente bebe, ri, dança, anda, ama ao redor;
Dize-me, pois, onde há cousa melhor?

FAUSTO

Como, ali dentro, te introduzirás? 4.060
Far-te-ás de mágico ou de Satanás?

MEFISTÓFELES

Se o incógnito[24] usualmente me assinala,
As ordens sempre exibo em ocasiões de gala.

---

[23] Após ter conduzido Fausto até Margarida, Mefisto sugere estar "obrigando-o" agora pela segunda vez, à medida que o leva à jovem bruxa. Pouco depois dirá Mefisto: "Sou o cortejador e és tu o pretendente".

[24] Como em sua aparição na "Cozinha da bruxa", ao disfarçar o pé de cavalo com "panturrilhas falsas".

A jarreteira não me condecora,
Mas ao pé de cavalo aqui ninguém ignora.   4.065
Não vês o caracol que para cá se arrasta?
A rastejar, tateante e cego,
Já me cheirou algo da casta.
Quisesse-o, até, aqui não me renego.
Vem, pois! de fogo em fogo, andemos rente,   4.070
Sou o cortejador e és tu o pretendente.

(A umas figuras sentadas em torno de brasas meio extintas)

No fim, dignos anciãos?[25] Estimaria
Ver-vos no centro, a pândega e a folia
Dos jovens ao redor de vós;
Basta cada um estar em casa a sós.   4.075

GENERAL

Não, em nações já não me fio!
Podeis render-lhes préstimos sem conta;
O povo é como o mulherio,
A juventude sempre põe na ponta.

MINISTRO

Tudo está roto, agora, é desaforo!   4.080
Só os bons velhos ainda exalto;

---

[25] Os "velhos senhores" (como diz o original) sentados "em torno de brasas meio extintas" mostram-se como rabugentos representantes do *Ancien Régime*: tipos reacionários que a geração mais jovem, desde a Revolução Francesa, costumava "mandar para o diabo" (e que Goethe coloca, portanto, no Blocksberg).

Pois, se houve alguma idade de ouro,
Foi quando estávamos nós no alto.

PARVENU

Também tivemos tino pra gozar
Mais de um ilícito regalo; 4.085
Mas, hoje, tudo está de pernas para o ar,
Quando mais pretendemos conservá-lo.

AUTOR

Inda há quem leia ou quem estude
Escritas de teor algo inteligente?
E no que toca à cara juventude, 4.090
Jamais foi tão impertinente.

MEFISTÓFELES *(que de repente aparece muito velho)*

Para o supremo juízo a grei madureceu,
Pois pela última vez, no Blocksberg, hoje, me acho,
E já que corre turvo o barrilzinho meu,[26]
Também o mundo vem abaixo.[27] 4.095

---

[26] Quando o nível do vinho diminui, a borra deposita-se no fundo do "barrilzinho" e a bebida adquire uma coloração "turva".

[27] Schöne interpreta estes versos obscuros de Mefisto não como paródia ao palavreado saudosista dos "velhos senhores", mas como verdadeira tomada de partido em prol do *Ancien Régime*, que veio abaixo com a Revolução Francesa. Ao mesmo tempo, os versos encerrariam alusões a um escrito de Johann Bengel, de 1748, sobre o *Apocalipse de João*, elogiado por Goethe em *Poesia e verdade*. Bengel calculara a volta de Cristo para o ano de 1836, uma profecia que muitos viam

UMA BRUXA VENDILHONA

    Senhores, não passeis destarte!
    De perto olhai-me o sortimento!
    Não é ocasião que se descarte;
    Escolha vedes a contento.
    Pois nada há, em meu armazém,   4.100
    Que sobre a terra igual não tem,
    Que alguma vez tremendos danos
    Já não causasse ao mundo e humanos:
    Punhal nenhum que sangue não bebesse;
    Nenhuma taça que, veneno abraseador,   4.105
    Em corpo são já não vertesse;
    Adorno algum, que uma donzela em flor
    Não seduzisse; aço, que, em plena paz,
    Traiçoeiro, não varasse o aliado por detrás.[28]

---

confirmar-se com o advento do "terror" jacobino, sob a liderança do "Anticristo" Robespierre. Assim, em versos que Goethe não chegou a incluir nesta cena, Mefisto diz: "O mundo se decompõe como um peixe podre/ Não vamos querer nós embalsamá-lo". Uma vez, porém, que o diabo só pode urdir suas armadilhas enquanto o mundo subsistir, Bengel declarava em sua escatologia: "O pouco tempo do diabo já declina". É o que dá a entender Mefisto, e, por isso, ele estaria subindo pela última vez o Blocksberg. Pela mesma razão, versos suprimidos por Goethe faziam Satã usurpar, nesta "última" Noite de Valpúrgis, o papel que caberia a Cristo no dia do Juízo Final.

[28] As coisas que a "bruxa vendilhona" tem em seu "armazém" podem despertar lembranças em Fausto: "adorno" que seduz "uma donzela em flor", "taça" que verte "veneno abraseador", "aço" que vara o adversário pelas costas (no original, *Gegenmann*, oponente em que se converteu o antigo "aliado"). Por isso, Mefisto busca desviar a atenção de Fausto das mercadorias apregoadas por sua "cara prima": "Fora com o visto! adeus! sem ócio!".

MEFISTÓFELES

Não entendeis os tempos, cara prima! 4.110
Fora com o visto! adeus! sem ócio!
Só o que é novo à compra anima,
Mais novidade no negócio!

FAUSTO

Não deixes que a mim próprio esqueça!
Que feira! gira-me a cabeça![29] 4.115

MEFISTÓFELES

Para o alto aflui toda a enxurrada;
A gente crê que empurra, e vai sendo empurrada.[30]

FAUSTO

Quem é aquela?

---

[29] *Messe*, no original, que tanto pode significar "feira" como "missa". Assim, Fausto pode estar se referindo à "missa negra" que se desenrola mais acima. O pouco que a bruxa tem a oferecer dificilmente poderia constituir uma "feira" (ou "quermesse", palavra cuja etimologia aglutina os dois significados) capaz de "girar" a cabeça de Fausto e fazê-lo esquecer-se de si mesmo.

[30] Mefistófeles já dissuadira Fausto de prosseguir o caminho "para o alto"; assim, esses dois versos poderiam ser vistos como "resíduos" da concepção original da "Noite de Valpúrgis", com o culto satânico em seu centro.

MEFISTÓFELES

                Olha-a com atenção!
Lilith é.

FAUSTO

    Quem?

MEFISTÓFELES

           A esposa número um de Adão.[31]
Cautela com a formosa trança,   4.120
Que, unicamente, a adorna até à ilharga;
Quando com ela algum mancebo alcança,
Tão cedo a presa já não larga.

FAUSTO

A velha e a moça, lá, sentadas na fileira,
Pularam já, que não é brincadeira.   4.125

MEFISTÓFELES

Bom, hoje a gente não descansa;
Música nova; então! vamos entrar na dança.

---

[31] Como Deus, segundo o *Gênesis*, criou primeiro o ser humano à sua imagem, "homem e mulher ele os criou" (1: 27), e somente depois teria criado Eva a partir da costela de Adão, originou-se uma antiga concepção rabínica segundo a qual a primeira mulher teria sido Lilith. De acordo com essa lenda, Lilith, mulher de longos cabelos e grande beleza, afastou-se de Adão para unir-se ao diabo, povoando o mundo com pequenos demônios.

FAUSTO *(dançando com a jovem)*

    Um lindo sonho outrora tive;
    Numa macieira me detive,[32]
    Duas maçãs lhe espiei, tão belas,   4.130
    Que na árvore trepei, por elas.

A BELDADE   Já as maçãs nas férteis hastes
    Do jardim de Éden almejastes.
    Quanta alegria sinto em mim,
    Por ter iguais em meu jardim.   4.135

MEFISTÓFELES *(com a velha)*

    Um sonho obsceno outrora tive;
    Num tronco aberto me detive,
    Um... era o que tinha;[33]
    Mas, assim mesmo, me convinha.

A VELHA

    Permita o ilustre par saudá-lo,   4.140
    Senhor do pé mor de cavalo!

---

[32] Fausto exprime aqui o seu sonho com imagens tomadas novamente ao *Cântico dos cânticos*, em que a amada compara o amado com a "macieira entre as árvores do bosque" (2: 3). Este a compara ao "talhe da palmeira" e em seguida diz: "'Subirei à palmeira/ para colher dos seus frutos!'/ Sim, teus seios são cachos de uva,/ e o sopro das tuas narinas perfuma/ como o aroma das maçãs" (7: 8-9).

[33] Aqui também ocorrem as "reticências de decoro". O manuscrito de Goethe traz *ungeheures Loch*, um "buraco descomunal".

Tenha um... ao dispor,[34]
Se não temer seja o que for.

PROCTOFANTASMISTA[35]

A que vos atreveis, vil crápula, ralé!
Há muito se provou, de modo concludente, 4.145
Que nunca espíritos estão de pé;
E vos vejo a dançar como se fosseis gente!

A BELDADE *(dançando)*

Que quer no baile aquele lá?

FAUSTO *(dançando)*

Em toda parte o bruto está!
Tem de avaliar a dança alheia. 4.150
Se um passo não parafraseia,
Torna-se o passo inexistente.

---

[34] No manuscrito de Goethe lê-se *rechten Pfropf*, uma "rolha certa". O substantivo alemão é masculino, daí o artigo "um" na tradução.

[35] Neologismo criado a partir da palavra grega *prōktós*, "ânus", e *Phantasmist*, alguém que vê fantasmas: algo como "Visionário do ânus". Em *Deus e o diabo no* Fausto *de Goethe*, Haroldo de Campos usa "Retrovedor fantásmeo" e "Nadegofantasmista". Trata-se de uma sátira ao iluminista Christoph Friedrich Nicolai (1733-1811), que criticara mordazmente o *Werther*, provocando a animosidade de Goethe. Em 1797 circularam boatos de que havia fantasmas no castelo da família Humboldt, em Tegel. Apesar de seu racionalismo, Nicolai afirma, em palestra na Academia de Ciências, ter sido ele próprio atormentado por aparições fantasmagóricas, que só cessaram após a aplicação de sanguessugas na parte do corpo citada por Goethe.

O que mais o enfurece é irmos para a frente.
Girássemos somente à roda,
Como o faz em seu velho moinho,[36]   4.155
Não o acharia tão ruinzinho;
Mormente lhe elogiasse alguém a moda.

PROCTOFANTASMISTA

É o cúmulo! ainda aqui? Súcia de demos![37]
Sumi-vos, afinal! já tudo esclarecemos!
Não seguem leis aqueles sem-vergonhas!   4.160
Tão sábio sou, e ainda há fantasmas e visonhas![38]
Há quanto tempo estou varrendo essas quimeras,
E nunca fica limpo, é o cúmulo, deveras!

A BELDADE

Já basta de enfastiar a gente!

PROCTOFANTASMISTA

Na cara, espíritos, eu vo-lo digo,   4.165

---

[36] Provável referência satírica à revista *Allgemeine Deutsche Bibliothek*, fundada por Nicolai para difundir suas ideias iluministas e que, segundo Goethe, girava em círculos.

[37] No original, Goethe faz os versos desta estrofe matraqueada pelo "proctofantasmista" girar de fato "à roda", com o esquema rímico *a b c c b a*, o último verso retornando portanto à expressão que fecha o primeiro: *das ist unerhört*, "isto é inaudito".

[38] No original, "Somos tão inteligentes, e ainda há fantasmas em Tegel".

Ao despotismo espiritual não ligo;
Não pode praticá-lo a minha mente.

(A dança continua)

Já vejo que hoje não consigo nada;
Mas algo sempre levo da jornada,
E, antes do fim, espero ainda que a grei 4.170
Dos poetas e demônios domarei.

MEFISTÓFELES

Sentar-se-á logo em charco lodacento,
Destarte, alívio enfim procura;
Com sanguessugas a chuchar-lhe o assento,
De espíritos e mais do Espírito acha a cura. 4.175

(A Fausto, que saiu da dança)

Por que é que largas da formosa jovem
Que à dança aliava o suave canto?

FAUSTO

Ui! lhe pulou da boca, entanto,
Um rato vermelhinho e vil.

MEFISTÓFELES

E só por isso estás birrento? 4.180
Pois basta que não foi cinzento!
Quem liga a tal, numa hora pastoril?

FAUSTO

Depois, vi...

MEFISTÓFELES

Quê?

FAUSTO

Mefisto, ao longe e a sós,
Não vês uma formosa e pálida donzela?[39]
Com lentidão se arrasta para nós,   4.185
De pés atados é o andar dela.
Confesso-o, julgo-a parecida
Com minha boa Margarida.

MEFISTÓFELES

Deixa isso em paz! essa visão faz mal!
Miragem é, sem vida; um ídolo fatal.[40]   4.190

---

[39] Dá-se aqui o ponto de virada no andamento da cena, com a aparição fantasmagórica de Margarida, que se encontra agora, sem que Fausto o saiba, no cárcere, à espera do carrasco. Enquanto a jovem bruxa nua leva Fausto a exteriorizar a sexualidade, o seu íntimo adquire forma nessa visão da amada, que não apenas se presentifica mas também antecipa o futuro, isto é, a decapitação, uma vez que traz ao redor do pescoço "Um único, purpúreo fio,/ Fino qual lâmina de faca!".

[40] Mefisto também nota a aparição, mas busca desqualificá-la como "miragem sem vida", um "ídolo" (*Idol*, no original, do grego *eidolon*: ilusão ou sombra); lembra ainda, como advertência a Fausto, a antiga saga de Medusa, cujo as-

Causa, encontrá-la, mágoa e dano,
O teso olhar, que gela o sangue humano,
Faz com que a gente a pedra se reduza;
A história sabes da Medusa.

FAUSTO

Deveras, de uma morta é o olhar aberto, 4.195
Que mão alguma lhe cerrou com amor;
É o seio que me foi por Margarida oferto,
É o doce corpo do qual tive a flor.

MEFISTÓFELES

Ingênuo toleirão! é mágica, mais nada!
Cada um vê nela a sua bem-amada. 4.200

FAUSTO

Quanta delícia! que penar!
Fugir não posso àquele olhar.
Como há de ornar aquele colo esguio
Um único, purpúreo fio,
Fino qual lâmina de faca! 4.205

---

pecto petrificava aquele que a contemplava, até que teve a cabeça decapitada por Perseu. Fausto, porém, já "saiu da dança", afastando-se em seu íntimo, graças à visão de Margarida, de toda a agitação no Blocksberg. Mefistófeles procurará distraí-lo com o teatro de Valpúrgis, que se segue a esta cena.

MEFISTÓFELES

    Vejo-o também, pois se destaca.
    Leva a cabeça sob o braço, à escolha;
    Perseu o sabe: decepou-lha.
    Sempre esse gosto das quimeras!
    Galga a colina, que é que esperas?   4.210
    Divertimento aqui não falta;[41]
    E, se não me iludir, deveras,
    Vejo lá perto uma ribalta.
    Que há por aqui?

SERVIBILIS[42]

            Tão logo recomeça;
    De sete estreia-se a última peça;[43]   4.215
    A norma é dar tantas assim.
    Se um diletante escreveu essa,
    São-no os atores, outrossim.
    Perdoai, senhores, se me sumo, é praxe
    Um diletante erguer o pano.   4.220

---

[41] Literalmente, no original: "Aqui é tão divertido como no Prater", famoso parque de diversões em Viena.

[42] Do latim *servilis*, um "ajudante" ou "serviçal", designando o "espírito" a serviço do teatro que ocupa agora a cena.

[43] Provável referência de Goethe ao antigo "drama satírico", peça cômico-grotesca que no teatro grego se seguia, com a finalidade de "relaxar" o público, à trilogia de tragédias. Com a apresentação da sétima e última peça, os ambiciosos "diletantes" podem estar almejando superar a tetralogia grega.

MEFISTÓFELES

Contanto que no Blocksberg eu vos ache,
Que é lugar vosso, sem engano.[44]

---

[44] Empenhado, ao lado de Schiller, em distinguir a verdadeira arte do mero diletantismo, Goethe sugere que o lugar dos "diletantes" é no Blocksberg — ou seja, está mandando-os "para o diabo".

Sonho da Noite de Valpúrgis

ou

As bodas de ouro de Oberon e Titânia

Intermezzo

Entre janeiro e agosto de 1796, Goethe e Schiller escreveram cerca de mil epigramas, que depois, selecionados por Schiller e reduzidos a 400, foram publicados por este no *Almanaque das Musas para o ano de 1797*. Em grande parte, eram epigramas satíricos (um ataque ao "diletantismo" e mediocridade da vida literária e cultural da época), formalmente influenciados pelos *Epigrammata* e *Xenia* do poeta latino Marcial, e receberam por isso o título de *Xenien* (do grego *xenion*, "dom de hospitalidade"). Disposto a continuar a polêmica literária, Goethe logo envia a Schiller, para publicação no número subsequente da revista, uma nova remessa de quadras satíricas, emolduradas desta vez pelo motivo da briga e reconciliação de Oberon e Titânia, o casal de elfos que figura na comédia shakespeariana *Sonhos de uma noite de verão*. Schiller, porém, desaconselha a publicação ("basta de polêmica") e manda o material de volta. Em dezembro de 1797, Goethe escreve então ao amigo: "Foi movido por um ato de bom senso que você deixou de lado as 'Bodas de ouro de Oberon'; nesse meio-tempo esses versos dobraram de tamanho e eu devo acreditar que encontrarão o seu lugar mais adequado no *Fausto*".

Como espécie de "apêndice" à "Noite de Valpúrgis", que por sua vez já possui em certa medida o caráter de *intermezzo*, entrou assim no *Fausto* esta cena que desde o início tem sido objeto de controvérsias entre os intérpretes. Um juízo crasso a respeito desta inserção foi proferido pelo importante esteta Friedrich Theodor Vischer que, em seus "Novos subsídios para a crítica do poema" (1875), escreve: "O conjunto é uma interpolação de palha satírica num poema eterno, um ato que se deve considerar como leviandade irresponsável". Alguns outros comentadores e intérpretes, ao contrário, esforçam-se em justificar este *intermezzo*, como Jochen Schmidt mais recentemente (2001): "De qualquer modo, o 'Sonho da Noite de Valpúrgis' cumpre uma função psicológica na estratégia mefistofélica de desviar a atenção de Fausto e, paradoxalmente, é a sua própria nulidade que se torna significativa no contexto, uma vez que o fracasso já vem inscrito nessa tentativa".

Seja como for, vale lembrar ainda que o próprio Goethe sugeriu a exclusão deste *intermezzo* para a encenação do *Fausto* levada ao palco do Teatro de Weimar em 1812. [M.V.M.]

DIRETOR DO TEATRO

> Hoje estamos em repouso,
> Bravos filhos de Mieding;[1]
> Ao val lento e ao morro anoso   4.225
> O cenário se restringe.

ARAUTO

> Pra que sejam de ouro as bodas,
> Meio século se deve ir;
> Mas, depois das brigas todas,
> Sempre o ouro hei de preferir.[2]   4.230

OBERON

> Se flutuais na esfera minha,
> Gênios, descobri a face;

---

[1] Johann Martin Mieding foi o primeiro diretor de teatro em Weimar. Seus "filhos" são cenógrafos e outros profissionais de teatro, que estão hoje "em repouso" justamente porque os diletantes ocuparam a cena.

[2] O "ouro" está metaforizando a concórdia que voltou a estabelecer-se entre Oberon, o rei dos elfos nos *Sonhos de uma noite de verão* de Shakespeare, e a rainha Titânia. O "arauto" apregoa esse "ouro" como sendo ainda mais valioso do que as próprias "bodas de ouro" do casal de elfos.

Vosso rei, vossa rainha,
Têm formado novo enlace.

PUCK[3]

Gira o Puck e em viravolta   4.235
No bailado arrasta o pé,
Vêm mais cem de sua escolta,
Tomar parte no banzé.

ARIEL[4]

Moves tu o canto, Ariel,
Com tons puros, celestiais;   4.240
Se a corja atraem teus sons de mel,
Também a formosura atrais.

OBERON

Não quereis, casais, brigar?
A lição é com nós dois!
Desejais que se ame um par?   4.245
Basta separá-lo, pois!

---

[3] Encabeçando o cortejo de espíritos que se apresentarão nesta cena vem Puck, que atua como duende na comédia shakespeariana.

[4] Espécie de "espírito etéreo" na última peça de Shakespeare, *A tempestade*. Ariel chama-se também a primeira figura a aparecer no *Fausto II*, sem que porém fique explícito tratar-se da mesma personagem.

TITÂNIA

    Ralha o esposo e embirra a saia,
    Pegai nele e na consorte.
    Para os fins do sul enviai-a,
    Conduzi-o aos fins do norte.   4.250

ORQUESTRA TUTTI[5] *(fortissimo)*

    Moscas, sapos e a caterva
    De seus múltiplos afins,
    Rã na mata e grilo na erva,
    Isso são os musiquins!

SOLO

    Vê, a cornamusa vem!   4.255
    É a bolha de sabão!
    Ouve o nhegue-nhague-nhem,[6]
    Por seu chato narigão.

GÊNIO EM VIAS DE FORMAÇÃO

    Ventre de rã, pé de aranha,
    E asas para o duendezinho!   4.260

---

[5] A orquestra, que inicia em *fortissimo* o acompanhamento do desfile de espíritos, apresenta-se como composta de moscas, sapos, grilos (e "seus múltiplos afins") que zumbem, coaxam, estridulam etc.

[6] *Schneckeschnickeschnack*, no original, expressão onomatopaica do som produzido pela gaita de foles (ou "cornamusa").

Um bichinho não se ganha,
Mas se ganha um poemazinho.[7]

UM CASALZINHO

Por eflúvios, pelo orvalho,
Grande salto e passo miúdo;
Pateias muito, é bom trabalho,   4.265
Não te elevas no ar, contudo.

VIAJANTE CURIOSO[8]

Mascarada é, ou miragem?
Devo fiar nos olhos meus?
Ver aqui, nesta paragem,
Oberon, o belo deus?   4.270

ORTODOXO[9]

Duvidar, só gente néscia!
Não tem garras, não tem rabo,
Mas, qual deuses da áurea Grécia,
Também ele há de ser diabo.

---

[7] Esse "poemazinho", compósito de elementos tão disparatados ("ventre de rã", "pé de aranha", "asas"), é uma daquelas construções que Goethe costumava chamar de *Tragelaph* (em grego, um misto de "bode" e "veado").

[8] Provável alusão ao iluminista berlinense Christoph Friedrich Nicolai, que já aparecera como "proctofantasmista" na cena anterior.

[9] Goethe parece aludir aqui a um tipo de crítico embotado por uma moralidade cristã ortodoxa, como o contemporâneo Friedrich Leopold zu Stolberg, que condenara o poema filosófico "Os deuses da Grécia", de Schiller.

ARTISTA NÓRDICO

    Do que aqui percebo e encaro,   4.275
    Mero esboço em mim assoma;
    Mas, em tempo me preparo
    Para a viagem de arte a Roma.[10]

PURISTA[11]

    Traz-me cá minha desdita:
    Que orgia, bruxas desgraçadas!   4.280
    E de toda a mó maldita,
    Duas só estão empoadas.

JOVEM BRUXA

    Pó e saia apenas são
    Pra velhas; não lhes vou na pista!
    Monto, pois, o meu cabrão   4.285
    Corpo rijo e nu à vista.

---

[10] "Para a viagem italiana", no original. Sobre o pintor contemporâneo Johann Heinrich Menken (portanto, um "artista nórdico") que enviara quadros para um concurso de pintura em Weimar, escreveu Goethe: "Vivesse ele na Itália, então a Natureza faria exigências inteiramente diferentes ao seu belo natural [*schönes Naturell*]". Vale lembrar que o próprio Goethe empreendeu a sua famosa "viagem italiana" entre setembro de 1786 e junho de 1788.

[11] Neste contexto, um crítico tomado de falsos pudores, que alega repugnar-se com a visão da Natureza "nua" e deplora que apenas duas bruxas estejam "empoadas".

MATRONA

>Convosco não brigamos, pois
>Somos muito aristocratas;
>Mas, jovens e alvas como sois,
>Inda hei de ver-vos putrefatas. 4.290

REGENTE DE ORQUESTRA

>Moscas, rãs, toda a caterva,
>Não rondeis a bruxa nua!
>Sapo na água e grilo na erva,
>O compasso não se obstrua!

CATA-VENTO[12] *(para um lado)*

>Da sociedade é a fina flor; 4.295
>Noivas vejo aqui a rodo!
>E solteirões! tem, sem favor,
>Futuro rico o bando todo.

CATA-VENTO *(para o outro lado)*

>E não se abrindo o solo prestes,
>Tragando a mó ao pego interno, 4.300
>Despencar-me-ei, com salto lestes,
>De súbito no inferno.

---

[12] Pessoas que se deixam levar pela direção em que sopra o vento; no contexto, "vira-casacas" que, "virando-se para um lado", julgam com simpatia e amabilidade os entes reunidos no Blocksberg, mas, voltando-se "para o outro lado", proferem sobre estes um juízo aniquilador.

XENIES[13]

    Com torqueses mui pontudas,
    Nós, insetos, viemos cá,
    Pra prestar honras graúdas   4.305
    A Satã, nosso papá.

HENNINGS[14]

    Ouve o ingênuo telim-tlim
    Com que brinca a turba em coro.
    Hão de declarar, no fim,
    Que seus corações são de ouro.   4.310

MUSAGET[15]

    Gosto ter ao meu redor
    Estas multidões confusas;
    Sei apresentar melhor
    Bruxas do que as nove musas.

---

[13] Em uma carta de setembro de 1796, Goethe refere-se às "xênies" (ou "xênias") satíricas que estava escrevendo em parceria com Schiller como "naturezas aladas de toda espécie: pássaros, borboletas e vespas".

[14] Referência ao literato August von Hennings, que em sua revista *Gênio da Época* lançara sobre Goethe e Schiller a acusação de imoralidade.

[15] "Musaget", isto é, o "condutor das musas", intitulavam-se os suplementos da revista editada por Hennings, a qual passou a chamar-se, a partir de 1801, *Gênio do Século XIX* – por isso "*Ci-devant* [anteriormente] *Gênio da Época*". Goethe alude ainda aos nobres pós-Revolução Francesa, ditos "*ci-devant nobles*".

CI-DEVANT GÊNIO DA ÉPOCA

    Com figurões ficas mestrão;   4.315
    A mim te agarres, se tens tino!
    O Blocksberg e o Parnaso alemão
    Têm ambos espaçoso pino.

VIAJANTE CURIOSO

    O homem rijo, quem será,
    Que tão arrogante passa?   4.320
    Cheira cá, fareja lá;
    De jesuítas se acha à caça.[16]

O GROU[17]

    Gosto de pescar no claro
    Como em turva embocadura;
    Eis porque o beatão preclaro   4.325
    Com demônios se mistura.

---

[16] Possível alusão ao iluminista Nicolai, que era conhecido por "farejar" maquinações de "jesuítas" por toda parte, e também ao "grou" Lavater, que aparece em seguida.

[17] Em 1829, Eckermann registra estas palavras de Goethe sobre Lavater: "A verdade rigorosa não era o seu elemento; enganava-se a si mesmo e aos outros. Por isso houve uma ruptura radical entre nós dois [...] O seu modo de andar era o de um grou, e assim ele aparece no Blocksberg".

O MUNDANO[18]

    Sim, para os beatos, podeis crer-mo,
    Tudo serve de veículo;
    Formam no Blocksberg íngreme e ermo,
    De vez em quando, um conventículo.   4.330

DANÇARINO

    Não vem lá um coro novo?
    Ouço tamborins distantes.
    Continuai! na cana é o povo
    De alcavarões[19] unissonantes.

MESTRE DA DANÇA[20]

    Cada um remexe-se, estrebucha,   4.335
    Faz o melhor que pode.
    Pula o corcunda, arfa a gorducha,
    Sem que a aparência os incomode.

---

[18] Durante uma viagem pelo Reno em 1774, na companhia de Lavater e Basedow, o teólogo e o pedagogo fanáticos, Goethe anotou: "Profeta à direita, profeta à esquerda, o mundano no meio", referindo-se a si mesmo.

[19] Espécie de garça que vive entre canas e juncos. Com estas aves estridentes, o "dançarino" introduz um novo grupo: como se verá, filósofos falastrões que não se entendem entre si.

[20] Goethe redigiu as falas do "mestre da dança" e do "rabequista" (que aludem à "mísera populaça" dos filósofos) em 1826, o único acréscimo ao texto do *Fausto* publicado em 1808.

RABEQUISTA

> De morte odeiam-se deveras;
> Mísera populaça! 4.340
> Como a lira de Orfeu as feras,
> A cornamusa é que a congraça.[21]

DOGMÁTICO[22]

> Que importam críticas, desgabo,
> Dúvidas e gritaria?
> Deve ser qualquer cousa o diabo; 4.345
> Se não, como é que os haveria?

IDEALISTA

> Da fantasia o rebuliço
> Me azoina aqui o juízo todo.
> Deveras, se sou tudo isso,
> Não sou mais do que um doido.[23] 4.350

---

[21] De forma pejorativa, os filósofos, reconciliados pela "cornamusa", são comparados às "feras" amansadas por Orfeu.

[22] Alusão a "dogmáticos" pré-kantianos que deduzem a existência de um ser a partir do conceito. Como nota Erich Schmidt, trata-se aqui de "um contraponto divertido à prova ontológica da existência de Deus".

[23] Ao contrário do "dogmático", para quem o "Sonho da Noite de Valpúrgis" é realidade, o "idealista" enxerga nesta fantasmagoria uma mera emanação do seu "eu", julgando-se um "doido".

REALISTA

> Que chinfrim vulgar e baixo!
> Só raiva pode influir-me;
> Pela primeira vez não me acho
> Aqui sobre os pés firme.[24]

SUPERNATURALISTA

> Junto-me ao recreio vosso 4.355
> Com prazer, como ninguém;
> Já que dos demônios posso
> Deduzir gênios do bem.[25]

CÉPTICO

> Seguindo a chama abaixo, acima,
> Creem que o tesouro luz; mas cismo, 4.360
> Se errôneo com demônio rima,
> Que mais me vale o cepticismo.[26]

---

[24] Sempre "firme" sobre os pés, o "realista" confessa estar inseguro em face das aparições desta noite.

[25] A aparição dos seres demoníacos confirma para o "supernaturalista" sua fé no mundo sobrenatural, e este deduz daí a existência de "gênios do bem".

[26] O "tesouro" indicado pela "chama", que se move "abaixo, acima", sinaliza a existência do "demônio", o qual rima com "errôneo", reforçando o ceticismo do personagem. No original, *Teufel* (demônio) rima com *Zweifel* (dúvida).

REGENTE DE ORQUESTRA

>Sapo na água, grilo na erva,
>Miseráveis diletantes!
>Moscas, rãs, toda a caterva,   4.365
>Músicos sois? sois farsantes!

OS DESEMBARAÇADOS[27]

>*Sans-souci* se chama a banda
>De ledíssimos mariolas;
>Sobre os pés ninguém já anda,
>Mas andamos sobre as bolas.   4.370

OS DESAJEITADOS[28]

>Tivemos mais de um bom repasto,
>Mas, ora, é um deus que nos acuda!
>Nosso calçado está já gasto,
>A sola tem de andar desnuda.

---

[27] O "regente" introduziu um terceiro grupo, com conotações políticas: figuras típicas da sociedade pós-Revolução Francesa. À frente do grupo, surgem os "desembaraçados", que se adaptam sem preocupação (*Sans-souci*), oportunistas sempre bem-sucedidos.

[28] Os antigos nobres e membros da corte forçados a deixar a França. Uma das "Xênias", do *Almanaque das Musas* de 1797, diz: "Do aristocrata em farrapos, livrai-me, ó deuses,/ E também do *sans-cullote* com dragonas e patente".

FOGOS-FÁTUOS[29]

    Viemos para cá, do charco   4.375
    De que somos fátuos filhos;
    Formamos, pois, na ronda o arco
    Dos galantes peralvilhos.

ESTRELA CADENTE[30]

    Caí de órbitas supernas,
    No clarão de fogo e estrelas,   4.380
    Jazo na erva; minhas pernas!
    Quem me ajuda a soerguê-las?

OS MACIÇOS[31]

    Mais lugar! ali e além!
    Dobram-se ervas, caem arbustos,
    Gênios vêm, gênios também   4.385
    Podem ter membros robustos.

---

[29] Arrivistas que ascenderam do nada (como "fogos-fátuos" que se originam de pântanos) para brilhar artificialmente na nova ordem social.

[30] Celebridades que, como estrelas cadentes, brilham por um instante e depois se extinguem.

[31] A "massa" compacta que abre caminho com os cotovelos e passa indistintamente por cima de tudo — à frente vem Puck, também um espírito grosseiro: "Quem faça hoje patatrás,/ Seja Puck, o rude infante". Em seguida à fala de Puck, Ariel, espírito etéreo e delicado, convoca os elfos a dirigirem-se ao "morro das rosas", onde fica o feérico palácio de Oberon. Com isso, a cena se esvazia, restando à orquestra fazer soar, em *pianissimo*, o acorde final para o encerramento desse *intermezzo* da "Noite de Valpúrgis".

PUCK

>Não piseis, súcia brutaz,
>Com patadas de elefante;
>Quem faça hoje patatrás,
>Seja Puck, o rude infante. 4.390

ARIEL

>Deu-te o empíreo, amante e vasto,
>Deu-te o gênio asas viçosas,
>Segue meu ligeiro rasto
>Para o morro, lá, das rosas!

ORQUESTRA *(pianissimo)*

>Nuvrejão, véu de neblina, 4.395
>Dissolvem-se na aurora.
>Vento na haste, ar na campina,
>E tudo se evapora.

Dia sombrio — Campo

Enquanto as cenas "Na fonte", "Diante dos muros fortificados da cidade", "Noite" e "Catedral", imediatamente anteriores ao complexo da "Noite de Valpúrgis", mostram o recrudescimento da aflição de Margarida, abre-se aqui a série de acontecimentos que levam rápida e inexoravelmente para a catástrofe final. Entre essas duas sequências cênicas Goethe deixou implícitos, situando-os por assim dizer "atrás do palco", o nascimento e o assassinato (por afogamento) da criança, a prisão de Gretchen, o processo e a sua condenação à morte.

Com algumas leves diferenças, esta cena já se encontra no *Urfaust*, intitulada apenas "Fausto, Mefistófeles", que aqui aparece como indicação cênica. Muito provavelmente, Goethe a escreveu, assim como as duas cenas subsequentes, já em 1772, após a execução em Frankfurt, no dia 14 de janeiro, da infanticida de 24 anos Susanna Margaretha Brandt, cujo processo ele acompanhara detalhadamente. A frase de Mefisto: "Ela não é a primeira", que faz ferver a revolta e a indignação de Fausto, foi tomada aos autos do processo, examinados aliás também pelo pai de Goethe em sua própria casa.

Na versão original da tragédia, as três últimas cenas estão redigidas em prosa, no estilo característico do movimento *Sturm und Drang* ("Tempestade e Ímpeto"), impregnado de exclamações, interjeições, elipses, repetições de palavras, imagens arrojadas etc. Somente em relação à cena "Dia sombrio – Campo", Goethe manteve a versão em prosa, suspendendo assim um dos princípios que nortearam a redação final do *Fausto I*, explicitado com as seguintes palavras numa carta a Friedrich Schiller datada de 5 de maio de 1798: "Algumas cenas trágicas estavam escritas em prosa; em virtude de sua naturalidade e força elas tornaram-se agora, comparadas com o material restante, inteiramente insuportáveis. Por isso procuro atualmente transpô-las para versos, pois assim a ideia irá transluzir como que através de um véu, mas o efeito imediato do assunto monstruoso será abafado".

Findo o mundo ominoso e demoníaco da "Noite de Valpúrgis", que por sua vez se seguiu à esfera poética e espiritualizada das cenas em torno de Gretchen, o leitor ou espectador se vê aqui diante da mais crassa realidade, e poderá estranhar talvez a ausência de qualquer autocrítica por parte de Fausto, já que todas as suas invectivas e maldições se dirigem exclusivamente contra Mefistófeles. [M.V.M.]

(Fausto, Mefistófeles)

FAUSTO

Na desventura, em desespero! Miseravelmente errante sobre a terra e finalmente prisioneira![1] Encarcerada como criminosa, entregue a sofrimentos cruéis, a meiga, infausta criatura! Até este ponto! Até este ponto! — E mo ocultaste tu, traiçoeiro, infame Gênio! — Pois sim, queda-te ali! Revolve em fúria os olhos demoníacos dentro da fronte! Provoca-me com teu aspecto odioso! Encarcerada! em infortúnio irremediável! Entregue a gênios maus e à humanidade justiceira e impiedosa! E a mim, no entanto, embalas com insulsas diversões,[2] dela me ocultas o crescente desespero e a entregas, indefesa, à perdição!

MEFISTÓFELES

Não é ela a primeira.

---

[1] Estas palavras sugerem que Margarida já havia empreendido uma tentativa de fuga. Na cena "Cárcere" ela recusará decididamente uma nova proposta nesse sentido.

[2] Possível referência às "diversões" desdobradas nas duas cenas anteriores, ambientadas no Blocksberg na noite de 1º de maio. Como esta referência já se encontra no *Urfaust* (mas não as próprias cenas), pode-se supor que Goethe tenha concebido a "Noite de Valpúrgis" logo no início do trabalho na tragédia.

FAUSTO

Bruto! Monstro execrando! — Transforma-o tu, Gênio Infinito![3] Sim, torna a dar-lhe a vil feição de cão, que ele adotava, outrora, em folgas noturnais, quando, trotando à minha frente, se arrojava aos pés do caminhante incauto e aos ombros lhe saltava após lançá-lo ao solo. Sim, torna a dar-lhe a sua forma predileta, a fim de que ante mim se roje sobre o ventre, para que aos pés na poeira o pise, a esse maldito! — Não é ela a primeira! — Lástima! Miséria! Humana alma haverá que o possa conceber? Ter soçobrado mais de uma criatura já em tão funda aflição? Não ter já a primeira, ao estorcer-se em seu mortal tormento, pago pra sempre a culpa das demais perante o olhar d'Aquele que perdoa eternamente![4] A mim traspassa-me, até ao âmago dos ossos, o infortúnio duma só; e escarneces tu, plácido e sorridente, o fado de milhares!

---

[3] Fausto dirige-se aqui ao Gênio da Terra (*Erdgeist*), que lhe aparecera fugazmente na primeira cena "Noite". Estas palavras dão a entender que Fausto considera Mefistófeles como um enviado do Gênio da Terra, sem atentar à discrepância entre a autoapresentação de Mefisto ("Sou parte da Energia/ Que sempre o Mal pretende e que o Bem sempre cria./ O Gênio sou que sempre nega!") e a daquele outro espírito ("Do Tempo assim movo o tear milenário,/ E da divindade urdo o vivo vestuário."). Esta exortação de Fausto ao "Gênio Infinito", assim como sua apóstrofe ao "Sublime Gênio" na cena "Floresta e gruta", geraram uma discussão interminável na bibliografia secundária sobre as relações entre Mefistófeles e o espírito invocado na cena "Noite".

[4] No *Urfaust*, em cujo final ainda não se ouve a "voz do alto" que anuncia o perdão e a salvação de Margarida, lê-se apenas "perante o olhar do Eterno".

MEFISTÓFELES

Tornamos aos confins do vosso entendimento, lá, onde a vós, mortais, o juízo se alucina. Por que é que entraste em comunhão conosco, se és incapaz de sustentá-la? Almejas voar e não te sentes livre da vertigem? Pois fomos nós que a ti nos impusemos, ou foste tu que te impuseste a nós?[5]

FAUSTO

Deixa de arreganhar assim os teus vorazes dentes! Nauseias-me! — Sublime, imenso Espírito, ó tu que te dignaste aparecer-me, que o coração e a alma me conheces, por que me aferras ao nefando bruto que com a desgraça se deleita e se compraz com a perdição?[6]

MEFISTÓFELES

Inda não terminaste?

FAUSTO

Tens de salvá-la, ou ai de ti! A mais horrenda maldição te acompanhe por milênios!

---

[5] Aproveitando-se do equívoco de Fausto em associá-lo com o espírito invocado na cena "Noite", Mefisto faz de si e do Gênio da Terra um "nós".

[6] Com algumas variações, Fausto retoma aqui um pensamento que explicitara em versos da cena "Floresta e gruta": "Juntaste o companheiro que não posso/ Já dispensar, embora, com insolência,/ Me avilte ante mim próprio, e um mero bafo seu/ Reduza as tuas dádivas a nada".

MEFISTÓFELES

Não me é possível desprender os laços da justiça vingadora, não posso abrir os seus cadeados.[7] — Tens de salvá-la! — E quem foi que a lançou à perdição? Fui eu ou foste-o tu?

FAUSTO *(lança ao redor olhares de revolta e de desespero)*

MEFISTÓFELES

Pretendes agarrar o raio?[8] Inda bem, míseros mortais, não terdes vós esse poder! Aniquilar o inocente que os enfrenta, é o modo pelo qual tiranos aliviam seus pesares.

FAUSTO

Leva-me a ela! Tem de ser salva!

MEFISTÓFELES

E o perigo a que te expões? Recorda-te de que ainda paira, inexpiado, o teu sangrento crime[9] sobre a urbe. Flutuam gê-

---

[7] Isto é, os "cadeados" da autoridade terrena, sobre cujas instâncias (no contexto, o "cárcere" de Margarida) o diabo, segundo a crendice popular, não tinha poder.

[8] Alusão ao poder de Zeus de fulminar humanos com o raio.

[9] *Blutschuld* ("culpa ou dívida de sangue"), no original: referente ao assassinato, ainda não expiado, de Valentim. Goethe não emprega um termo jurídico da época, mas sim uma "lei" do Antigo Testamento (*Números*, 35: 33): "Não profanareis a terra onde estais. O sangue profana a terra, e não há para a terra outra expiação do sangue derramado senão a do sangue daquele que o derramou".

nios vingadores por sobre o pouso espiritual da vítima, a espreitar a volta do assassino.

FAUSTO

Mais isso ainda te devo? Morte e sangue do universo sobre ti, maldito! Leva-me a ela, digo, e solta-lhe os grilhões!

MEFISTÓFELES

Levar-te-ei, sim, e ouve agora o que me é dado empreender. Todo o poder no firmamento e sobre a terra, acaso, é meu?[10] Do carcereiro entonteço os sentidos, apossa-te das chaves, e para fora a guie a tua mão humana. Lá me acho vigilante, os mágicos corcéis de prontidão! levo-vos ambos. Este é o poder que tenho.

FAUSTO

Pois vamos, vamos!

---

[10] No original ressoam aqui, ainda mais claramente do que na tradução brasileira, as palavras de Cristo (*Mateus*, 28: 18): "Toda a autoridade sobre o céu e sobre a terra me foi entregue".

Noite — Campo aberto

Esta penúltima cena, em versos não rimados e com número variável de sílabas, é a mais curta do *Fausto*, e faz lembrar em sua brevidade (tão apreciada pelos dramaturgos do *Sturm und Drang*) várias cenas do drama *Götz von Berlichingen*, que Goethe escreveu, em sua primeira versão, durante algumas semanas de 1771.

Cavalgando velozmente sobre cavalos mágicos, Fausto e Mefistófeles avistam espíritos agourentos ("um grêmio de bruxas", segundo este) ocupados de maneira enigmática com os preparativos para a execução de Margarida. Erich Trunz supõe que os espíritos estejam consagrando o patíbulo em que a moça será decapitada. Uma vez, porém, que as execuções aconteciam geralmente no centro da cidade (como a de Margaretha Brandt, que se deu na Praça do Mercado de Frankfurt), haveria discrepância com a indicação cênica "Campo aberto".

Em todo caso, trata-se de uma visão funesta e fantasmagórica, inspirada talvez na aparição das três bruxas na tragédia shakespeariana *Macbeth*. [M.V.M.]

*(Fausto e Mefistófeles, sobre cavalos negros,
passando em carreira desabalada)*

FAUSTO

Que tramam lá, na Pedra dos Corvos?[1]

---

[1] *Rabenstein*, no original: designação para um local elevado e murado em que tinham lugar as execuções. Provavelmente este topônimo se deve também ao ajuntamento de "corvos" nas proximidades de onde ficaria o cadáver do condenado. Contudo, não se trata aqui de uma referência inequívoca ao lugar da execução iminente de Margarida.

MEFISTÓFELES

Não sei o que estão fervendo e urdindo.   4.400

FAUSTO

Planam cá, planam lá, a vergar-se, a inclinar-se.

MEFISTÓFELES

Um grêmio de bruxas.

FAUSTO

Espalham e sagram.

MEFISTÓFELES

Avante! Avante!

CÁRCERE

Esta cena final, que em sua pungente tragicidade encontra poucos paralelos na literatura mundial, oferece também a melhor ilustração para o princípio estético que presidiu à versificação do "assunto monstruoso" em torno de Margarida. Conforme a intenção do poeta expressa na carta a Schiller de 5 de maio de 1798 (já citada), os acontecimentos que na prosa indômita do *Urfaust* geram um efeito demasiado crasso sobre o leitor ou espectador – o encarceramento da moça, sua loucura e agonia inominável – transluzem agora de maneira atenuada, como que através do "véu" urdido pelos versos do Goethe classicista. Enquanto Trunz enxerga nesta versão definitiva da cena "Cárcere" um expressivo exemplo do que se pode ganhar com a transposição para versos de um texto em prosa, Schöne considera se a atenuação versificada do "assunto monstruoso" não teria acarretado por vezes um enfraquecimento poético do "efeito imediato" que subjaz à versão em prosa.

Exprimindo-se em versos irregulares (com número variável de sílabas) e num ritmo instável, Margarida reporta-se, num discurso alucinatório e fragmentado, a acontecimentos anteriores e traz à tona a esfera espiritual em que se encontra. Vale-se, em sua fala, sobretudo de símbolos: o pássaro do conto de fadas, a coroa e as flores nupciais, túmulos e espada, a mãe sentada imóvel sobre a pedra e, por fim, a visão de anjos e de um Deus justiceiro. É a linguagem característica do profundo desespero que se apoderou da moça dilacerada por impulsos emocionais que se alternam bruscamente, já alienada do mundo real, mas por vezes lúcida e clarividente em seu desvario.

Ao mesmo tempo que vislumbra na condição psicológica de Margarida a antiga concepção da "loucura sagrada" (*morbus sacer*), Albrecht Schöne aponta para possíveis paralelos com a lenda hagiográfica de Santa Margarida (*Sanct Margarita*), tal como narrada no livro *Chorus Sanctorum Omnium* (1563), que integrava a biblioteca particular de Goethe. Ali se relata a história de uma moça de quinze anos ("quatorze anos já há de ter", diz Fausto ao avistar Margarida na cena "Rua"), que, por não se submeter a um administrador local, é encarcerada numa prisão em que lhe aparecem demônios sob a aparência de dragões. Graças à sua fé inabalável, vence-os a todos, mas por fim é condenada à decapitação e o carrasco "a abateu com um golpe de espada/ e assim separou a sua cabeça do seu corpo" (*mit dem schwerd in einem strich nidder gehawen/ vnd jr Heupt von jrem Leibe gelöset*).

Fechando-se cada vez mais na esfera religiosa, Margarida recusa-se a abandonar o cárcere (que para ela se converte então em "sagrado asilo") na companhia de Fausto, supera o temor da morte e desprende-se de todos os vínculos terrenos. A intensificação dos traços religiosos em torno de sua figura culmina finalmente na manifestação da "voz do alto" (inexistente no *Urfaust*), que se contrapõe à sentença de Mefisto ("Está julgada!") e já lança ao mesmo tempo um arco simbólico para o final do *Fausto II*. [M.V.M.]

FAUSTO (*com um molho de chaves e uma lanterna,*
em frente a uma portinha de ferro)

    Varre-me o corpo um calafrio.   4.405
    Toda a miséria humana aqui me oprime.
    Jaz, ela, aqui, detrás do muro frio,
    E uma ilusão de amor, eis o seu crime!
    Receias ter de apercebê-la!
    Vacilas em tornar a vê-la!   4.410
    Vai, teu temor faz com que a morte mais se anime!

(*Pega na fechadura. Ouve-se canto do interior*)[1]

    Minha mãe, a perdida,
    Que me matou!

---

[1] Uma vez que Margarida empresta aqui sua voz à criança morta, Goethe usa o pronome neutro (*Es singt inwendig*). A canção cita, com variantes, versos do conto "Da árvore de zimbro", que Goethe conhecia da tradição oral, ainda antes de ser anotado em 1806 por Philipp Otto Runge e incluído depois pelos irmãos

Meu pai malandro,
Que me tragou! 4.415
Minha irmãzinha pequenina
A ossada na campina
Guardou, junto à lagoa;
Passarinho fiquei que no ar se empina;
Voa-te embora, voa, voa! 4.420

FAUSTO *(abrindo a porta)*

Ela não sente que a ouve o seu amante,
Que ouve o tinir do ferro, a palha sussurrante.

(Entra)

MARGARIDA *(ocultando-se sobre o leito)*

Ei-los! ai! morte amarga, fria!

FAUSTO *(baixinho)*

Psiu, quieta! libertar-te, vim.

Grimm em sua coletânea de contos maravilhosos. A história fala de uma mulher que mata o seu pequeno enteado e o prepara depois para a refeição do marido. A alma do menino transforma-se num pássaro que recobra a sua forma humana após a morte da madrasta, mas antes procura denunciar o infanticídio com uma canção: "Minha mãe, que me matou,/ meu pai, que me comeu,/ minha irmã, a pequena Marlene,/ procura todos os meus ossinhos/ e os junta em um pano de seda,/ coloca-os sob a árvore de zimbro;/ kiwitt, kiwitt, ah!, que belo pássaro sou eu!". Os versos da "canção do cárcere" identificam Fausto com o pai "malandro" (*Schelm*, no original), cabendo àquela que os entoa o papel da madrasta malvada. (Vale notar que os frutos do zimbro podiam ser usados para induzir o aborto.)

MARGARIDA *(contorcendo-se no chão perante ele)*

Se és ser humano, sente-me a agonia. 4.425

FAUSTO

A guarda acordarás, gritando assim!

(Pega nas correntes, para abri-las)

MARGARIDA *(de joelhos)*

Carrasco, quem te deu, nas trevas,
Sobre mim tal poder?
À meia-noite já me levas.
Piedade! deixa-me viver! 4.430
Espera a aurora, a noite logo finda!

(Ela se levanta)

Pois sou tão nova, ah! tão nova ainda!
E morro, ai minha pobre vida!
Fui bela, eis por que estou perdida!
Tão longe estão amado[2] e amores, 4.435
Murcha[3] a grinalda, esparsas as flores.

---

[2] *Freund*, no original, a mesma palavra usada por Goethe em sua tradução do *Cântico dos cânticos*. Nas traduções para o português (como na *Bíblia de Jerusalém*, 5: 2-6), a palavra correspondente é também "amado": "Eu dormia,/ mas meu coração velava/ e ouvi o meu amado que batia: [...]/ Ponho-me de pé/ para abrir ao meu amado".

[3] No original, *zerrissen*, "despedaçada". Símbolo da virgindade, a "grinalda"

Não me agarres com fúria tal!
Poupa-me! fiz-te eu algum mal?
Não deixes que te implore em vão,
Se nunca até te houvera visto, não![4] 4.440

FAUSTO

Resisto a tão cruenta aflição?

MARGARIDA

Estou em teu poder, bem sei.
Só deixes que o nenê ainda amamente;
A noite toda o acalentei;[5]
Por malvadez roubaram-me o inocente, 4.445
E agora dizem que o matei.
Nunca a alegria torna a mim.
Gente má que lá canta! é comigo a canção![6]

(ou coroa de flores) podia ser destruída e as suas flores espalhadas quando se supunha que a noiva a usava indevidamente.

[4] Literalmente, no original: "Pois nunca te vi nos dias de minha vida!".

[5] Todos os cuidados maternais que Margarida tivera com a sua irmãzinha (narrados a Fausto na cena "Jardim") são transferidos agora para a criança assassinada.

[6] Até o século XIX era costume compor canções e baladas populares (*Moritaten, Bänkellieder*) sobre casos de infanticídio, entre vários outros temas. Trata-se também de uma forma de comunicação característica de épocas em que ainda não havia jornais (ou apenas as notícias mais importantes eram veiculadas) — corresponde de certa forma ao sistema da "matraca", como descrito por Machado de Assis na novela *O alienista*.

Um velho fado[7] acaba assim,
A quem faz alusão?   4.450

FAUSTO *(lança-se-lhe aos pés)*

O teu amante aos teus pés jaz,
Que os cruéis ferros te desfaz.

MARGARIDA *(lançando-se ao seu lado)*

Oh, ajoelhemos a invocar os santos!
Vê! sob aqueles cantos,
Sob o arco interno,   4.455
Ferve o inferno.
Faz o demônio,
Com fúria troante,
Um pandemônio!

FAUSTO *(em voz alta)*

Gretchen! Gretchen!   4.460

MARGARIDA *(atenta)*

É a voz de meu amante![8]

(Ergue-se de um salto. As cadeias desprendem-se)

---

[7] *Märchen*, no original: conto maravilhoso ou de fadas. Em seu desvario, Margarida pode estar aludindo à canção do "Conto da árvore de zimbro", que acabara de entoar com algumas variações.

[8] *Freund*, no original, que cita novamente o *Cântico dos cânticos* (2: 8): "A voz do meu amado!".

Ouvi-o a chamar-me, onde está?
Estou livre! ninguém me impedirá![9]
Quero voar-lhe nos braços!
Sentir os seus abraços! 4.465
Chamou-me! estava ali, no umbral.
Por entre a fúria, o escárnio infernal,
Por todo o atroz, diabólico clamor,
Ouvi sua voz meiga, impregnada de amor!

FAUSTO

Sou eu!

MARGARIDA

És tu! Sim! oh torna a dizê-lo! 4.470

(Apegando-se a ele)

Ele! É ele! Onde está já o pesadelo?
Do cárcere o terror? o transe, o alarme?
És tu, vieste salvar-me!
Estou já salva!
Ressurge já a rua aqui,[10] 4.475
Em que a primeira vez te vi.

---

[9] Logo que reconhece a voz de Fausto, que certamente acabou de abrir as "cadeias" com as chaves providenciadas por Mefisto, Margarida sente-se "livre", embora se oponha em seguida ao plano de fuga.

[10] Confundindo a atual situação de encarceramento com o idílio amoroso passado, Margarida relembra aqui as primeiras estações de sua relação com Fausto: a "rua" do encontro inicial (em que este lhe oferecera o "braço e companhia") e, em seguida, o "jardim" em que desabrochou a paixão.

E o jardinzinho, com seus flóreos ramos,
Em que eu e Marta te esperamos.

FAUSTO *(tentando levá-la consigo)*

Comigo! Foge!

MARGARIDA

        Oh! para ainda, meu bem!
Tão feliz paro eu onde quer que pares!   4.480

(Acariciando-o)

FAUSTO

Anda, anda, vem!
Se não te aviares,
Bem caro o haveremos de expiar.

MARGARIDA

Como? e não sabes mais beijar?
Tão pouco ausente, meu querido,   4.485
Tens já o beijar desaprendido?
Mas, por que junto a ti me atemorizo?
Se outrora com teus lábios, teu olhar,
Em mim vertias todo um paraíso,
Aos beijos teus, quase a me sufocar...   4.490
Amado meu,
Beija-me, ou beijo-te eu!

(Abraça-o)

Ai de mim, teus lábios são frios!
Mudos, também.
Teu amor, onde　　　　　　　　　　　　　　　　　4.495
Se esconde?
Roubou-mo quem?

(Desvia-se dele)

FAUSTO

Vem! segue-me! ânimo, amorzinho!
Com ardor cêntuplo te acarinho,
Mas vem! imploro-te! ah, que esperas?　　　　　　4.500

MARGARIDA *(fitando-o)*

E és mesmo tu? dize-me, e és tu, deveras?

FAUSTO

Sou eu! vem vindo![11]

MARGARIDA

　　　　　　　Rompes-me a corrente,
Reténs-me ao peito, outra vez, rente.
Como é, amigo, e não te vais de mim?
Ignoras quem pões livre assim?[12]　　　　　　　　4.505

---

[11] Após assegurar a Margarida que é mesmo o seu amado, Fausto exorta-a novamente a acompanhá-lo na fuga (literalmente: "Sou eu! vem comigo!").

[12] Na versão original da tragédia, Margarida é mais enfática ao lembrar

FAUSTO

    Vem! vem! a noite já clareia.

MARGARIDA

    Não sabes? minha mãe, matei-a!
    Afoguei meu filhinho amado.
    Não nos fora ele a ambos nós dado?
    A ti também. — És tu! Quase o não creio.   4.510
    Dá-me a mão! Não é devaneio!
    Querida mão! — Ah, mas que úmida está!
    Enxuga-a! Cismo que há
    Sangue nela, Virgem celeste![13]
    Ah! que fizeste?   4.515
    Põe a espada de lado;
    Eu to rogo, o demando!

FAUSTO

    Deixa o passado ser passado,
    Estás me matando.

MARGARIDA

    Não! deves restar, não sucumbas!   4.520
    Vou descrever-te as tumbas.

Fausto que ele está libertando uma infanticida: "Não compreendo! Tu! Rompidas as cadeias. Tu me libertas. A quem libertas? Sabes tu?".

[13] Em seu delírio, Margarida acredita enxergar, na mão de Fausto, "sangue" e a "espada" com que Valentim foi morto.

Delas cuida, logo amanhã,
Já de manhã;
Dá à mãezinha o melhor lugar,
Junto a ela, o mano, a repousar, 4.525
Eu, um pouco de lado,[14]
Mas não muito afastado!
E ao meu seio direito o pequenino.
Ninguém mais ficará comigo!
Aconchegar-me a ti, amigo, 4.530
Seria tal doçura e paz.
Mas já o não posso; olho-te, ali,
E julgo ter de impor-me a ti,
Que me repeles, para trás,
E és tu, contudo, e tão bom és, tão brando. 4.535

FAUSTO

Se vês que sou eu, vem andando!

MARGARIDA

Lá pra fora?

FAUSTO

Ao ar livre.

---

[14] Pessoas executadas eram normalmente enterradas longe das que morreram sem desonra (como a mãe e o irmão da moça encarcerada), às vezes fora dos muros da cidade.

MARGARIDA

    É o túmulo, lá fora,
É a morte à espreita, então vem, vem andando![15]
Daqui ao leito de repouso eterno,   4.540
E nem um passo além...
Já vais, Henrique? ah! pudesse-o eu, também!

FAUSTO

    Podes! só o queiras! vês aberta a porta!

MARGARIDA

Não devo; para mim a esperança está morta.
Por que fugir? se estão mesmo a espreitar-me.[16]   4.545
Tão triste é esmolar na indigência,
E, ainda mais, doendo a consciência!
É tão triste vaguear entre estranhos, errante.
E hão de agarrar-me, não obstante!

---

[15] Versos de sentido ambíguo: ou Margarida está considerando agora a proposta de fuga para ir ao encontro, "lá fora", da "morte à espreita", ou se recusa a fugir para, do cárcere, passar ao "leito de repouso eterno".

[16] Como dão a entender palavras de Fausto ("finalmente prisioneira") na cena "Dia sombrio", Margarida já empreendera em vão uma tentativa de fuga. Era comum estipularem-se recompensas para a captura de infanticidas fugitivas (no caso de Susanna Margaretha Brandt a quantia chegou, como observa Albrecht Schöne, a 50 táleres, quase o quíntuplo do que a moça ganhava anualmente como criada).

FAUSTO

    Aqui fico, contigo! 4.550

MARGARIDA

    Salva-o! Corre!
    Salva-o! é o teu filhinho que morre.
    Olha o caminho,
    Seguindo o riacho,
    Perto do moinho, 4.555
    No mato embaixo!
    Corre! à esquerda, eis a prancha,
    No tanque, lá!
    Agarra-o já!
    Quer inda erguer-se, 4.560
    Está com vida!
    Salva-o!

FAUSTO

    Torna a ti, Margarida!
    Sê livre, é um passo, só, defronte!

MARGARIDA

    Visse-me eu já além do monte! 4.565
    Minha mãe lá se agacha numa pedra,
    Roça-me a testa mão fria e inumana!
    Minha mãe lá se agacha numa pedra,
    Sua cabeça abana;

Pesa-lhe a fronte descoberta,[17] 4.570
Dormiu demais, já não desperta.
Dormiu para o nosso amor. Que dizes?
Isso eram tempos tão felizes!

FAUSTO

Se é vão tudo o que imploro e digo,
Terei de carregar contigo.[18] 4.575

MARGARIDA

Larga-me! eu não admito a força!
Não me agarres, mau, deste jeito!
Por amor de ti tudo tenho feito!

FAUSTO

O dia raia, querida! ah, querida!

MARGARIDA

Dia! sim! é a alva, é o último dia! 4.580
Meu dia de núpcias seria!

---

[17] No original este verso diz: "Ela não chama, não acena, pesa-lhe a cabeça". Remonta à crença popular de que pessoas assassinadas não encontravam paz até que o crime fosse expiado: assim, a mãe, sentada imóvel sobre uma pedra, não acena com a mão ou a cabeça para aprovar a fuga da filha.

[18] No original: "Assim ouso carregar-te para fora".

Não digas que estiveste já com Gretchen.[19]
Foi-se a esperança,
A coroa, tão linda!
Hei de ver-te, ainda,   4.585
Mas não na dança.[20]
O povo aflui: mudo, se apinha.
Das ruas, praça,
Reflui a massa.
O sino toou, cai a varinha.[21]   4.590
Como me agarram e me atam! Do solo
Me arrastam já à cruenta trava.[22]
Já sente cada colo
O gume que no meu se crava.
Jaz, mudo, o mundo, qual sepulcro!   4.595

---

[19] Isto é, não no cárcere evidentemente, mas em seu quarto de donzela, antes do "dia de núpcias" agora presente em sua fantasia.

[20] O reencontro fantasiado por Gretchen não se dará na dança nupcial (e tampouco na cerimônia de execução), mas numa outra dimensão, sugerindo sua confiança em uma redenção futura.

[21] Alucinada, Margarida "vê" aqui a afluência do povo à sua execução; menciona o dobre do sino, que dava início à cerimônia pública, e o ato de quebrar a "varinha", pelo qual o juiz indicava que a vida do condenado estava perdida.

[22] No original, *Blutstuhl* ("cadeira de sangue"): o patíbulo sobre o qual a moça seria amarrada e decapitada. Na época, este era o modo mais comum de se executarem infanticidas. Em séculos anteriores, elas eram enterradas vivas, empaladas ou afogadas dentro de um saco.

FAUSTO

Ah, nunca tivesse eu nascido![23]

MEFISTÓFELES *(aparece do lado de fora)*

Avante! ou tudo está perdido.
Pausa fatal! não vacileis!
Fremem os meus corcéis,
A madrugada alvora.   4.600

MARGARIDA

Que surge do solo, lá fora?
Ele! é ele! Vem repeli-lo!
Que busca no sagrado asilo?[24]
Busca-me a mim!

FAUSTO

    Tens de viver!

---

[23] Palavras semelhantes são pronunciadas pelo pactuário Doutor Fausto no livro popular publicado em 1587. Trata-se, porém, de um velho *topos* da tradição literária e bíblica que aparece, por exemplo, no coro da tragédia de Sófocles *Édipo em Colona* ("Não ter nascido – eis o melhor de tudo!"), no *Livro de Jó* ("Pereça o dia em que nasci", 3: 3), nas palavras de Cristo sobre Judas ("Melhor seria para aquele homem não ter nascido!", *Mateus*, 26: 24).

[24] As últimas palavras de Margarida deixam claro o porquê do cárcere ser designado aqui como "sagrado asilo" (no original, "lugar sagrado").

MARGARIDA

A ti me entrego, celeste Poder! 4.605

MEFISTÓFELES *(a Fausto)*

Vem! vem! ou com ela te abandono.

MARGARIDA

Sou tua, Pai no eterno trono!
Salva-me! Anjos, vós, hoste sublime,[25]
Baixai ao meu redor, cobri-me!
Henrique! aterro-me contigo! 4.610

MEFISTÓFELES

Está julgada![26]

---

[25] Nestes últimos versos de Margarida ressoam, modificadas, expressões do Salmo 34 de Davi, "Louvor à justiça divina": "Procurei Iahweh e ele me atendeu,/ e dos meus temores todos me livrou. [...] O anjo de Iahweh acampa/ ao redor dos que o temem, e os liberta".

[26] Mefistófeles refere-se aqui apenas à justiça secular, uma vez que Margarida não pode mais ser salva da decapitação. Ele cita assim, de maneira invertida, a condenação divina que tradicionalmente fechava a história do Doutor Fausto em encenações de companhias itinerantes e de teatros de marionetes: *judicatus es* ("está julgado"). Enquanto no *Urfaust* estas palavras de Mefistófeles permanecem incontestes, Goethe faz seguir agora a intervenção "do alto", que prepara a aparição de Margarida, no final do *Fausto II*, como penitente redimida e intercessora.

VOZ *(do alto)*

        Salva!

MEFISTÓFELES *(a Fausto)*

        Aqui, comigo!

(Desaparece com Fausto)

VOZ *(de dentro, esvanecendo-se)*

Henrique! Henrique!

Sobre o autor

Johann Wolfgang Goethe nasceu no dia 28 de agosto de 1749 em Frankfurt am Main, na época uma cidade-Estado com cerca de 30 mil habitantes. Seu pai, Johann Kaspar Goethe, que começara a vida como simples advogado, logo alcançou o título de Conselheiro Imperial e, ao casar-se com Katharina Elisabeth Textor, de alta família, teve acesso aos círculos mais importantes da cidade.

Seguindo o desejo paterno, Johann Wolfgang iniciou os estudos de Direito em Leipzig, aos 16 anos. Nesse período, que se estende de 1765 a 1768, teve aulas de História, Filosofia, Teologia e Poética na universidade; ocupou-se de Medicina e Ciências Naturais; tomou aulas de desenho e frequentou assiduamente o teatro. Simultaneamente, iniciava-se na leitura dos clássicos franceses e escrevia seus primeiros poemas. No curso de uma doença grave, volta em 1768 para a casa dos pais em Frankfurt. Enquanto se recupera, é atraído pela alquimia, a astrologia e o ocultismo, interesses que mais tarde se farão visíveis no *Fausto*. Dois anos depois, transfere-se para Estrasburgo, onde completa os estudos de Direito. Lá se aproxima de Johann Gottfried von Herder, que o marca profundamente com sua concepção da poesia como a linguagem original da humanidade.

Em 1772, já trabalhando em Wetzlar como advogado, apaixona-se por Charlotte Buff, noiva de um amigo. Nessa época, escreve a peça *Götz von Berlichingen*, de inspiração shakespeariana, que alcança grande repercussão, e começa a redigir o *Fausto*. No outono de 1774, publica *Os sofrimentos do jovem Werther*, romance que obtém enorme sucesso e transforma o jovem poeta em um dos mais eminentes representantes do movimento "Tempestade e Ímpeto", que catalisava as aspirações da juventude alemã da época.

No ano seguinte, após um turbulento noivado com Lili Schönemann, moça da alta burguesia, Goethe rompe repentinamente o compromisso e aceita o convite do jovem duque de Weimar para trabalhar em sua corte na pequena cidade, que contava então com 6 mil habitantes.

Como alto funcionário da administração, o escritor rebelde desdobra-se em homem de Estado. Apesar da pouca idade, é nomeado membro do Conselho Secreto de Weimar e, nos anos seguintes, se incumbiria da administração financeira do Estado, da exploração dos recursos minerais, da construção de estradas e outras funções. No centro de sua vida em Weimar está a figura de Charlotte (esposa do barão von Stein), com quem mantém uma relação de afeto duradoura que, entretanto, nunca ultrapassa os limites do decoro.

Ao mesmo tempo, Goethe constrói para si uma rotina de trabalho que o impede de se perder no caos dos múltiplos deveres e interesses. Só isso explica como, ao lado dos encargos administrativos, o poeta tenha encontrado tempo para prosseguir no *Fausto* e iniciar vários projetos literários, ao mesmo tempo que, como seu personagem, estende sua sede de conhecimento a vários domínios, entre eles as Artes Plásticas, a Filosofia, a Mineralogia, a Botânica e outras ciências.

Dez anos depois, no entanto, saturado com o ambiente intelectual alemão e a monotonia de suas relações na corte, põe em prática um plano há muito arquitetado: com nome falso, parte de madrugada para a Itália, sem sequer se despedir de seus amigos. Inicia-se assim uma temporada de quase dois anos, na qual o poeta assimila os valores clássicos da Antiguidade, e que está registrada nas cartas e notas de diário que compõem *Viagem à Itália*, cuja primeira parte seria publicada em 1816 e a segunda, em 1829.

Quando retorna a Weimar, em 1788, Goethe afasta-se de Charlotte von Stein e abandona as tarefas ministeriais mais imediatas. No ano seguinte, nasce seu filho August, único a sobreviver dentre os vários que teve com a florista Christiane Vulpius, a quem só irá desposar oficialmente em 1806. Mas o acontecimento de maior impacto na vida intelectual de Goethe nesses anos será a amizade que estabelece com Friedrich Schiller (1759-1805), que ensinava História na Universidade de Iena, e que duraria até a morte deste.

Em 1790, assume a superintendência dos Institutos de Arte e Ciências de Weimar e Iena e, no ano seguinte, a direção do Teatro de Weimar, estreitando assim seus laços com a arte dramática. Não por acaso, em seu célebre romance de formação *Os anos de aprendizado de Wilhelm Meister* (de 1796, ao qual se seguiria *Os anos de peregrinação de Wilhelm Meister*, publicado em duas partes, em 1821 e 1829), a ação se desenvolve entre os membros de uma companhia de comediantes.

Com uma capacidade de renovação constante, Goethe publicaria ainda, entre muitas outras obras de interesse, o poema épico *Hermann e Dorothea* (1797), a primeira parte do *Fausto* (1808) e o romance *As afinidades eletivas* (1809), os estudos de óptica de *A teoria das cores* (1810), em que se contrapõe a Newton, a autobiografia *Poesia e verdade* (redigida em partes, entre 1811 e 1831) e uma coletânea de cerca de 250 poemas amorosos, o *Divã ocidental-oriental* (1819), em que se nota o interesse pela poesia persa e por outras culturas.

Nas décadas finais de sua vida, Goethe cercou-se de um grande número de colaboradores, ao mesmo tempo que sua residência atraía visitantes de toda a Europa. Os relatos desses encontros são contrastantes, ora acentuando o caráter caloroso e interessado do escritor, ora descrevendo-o como um homem insensível, sempre fora do alcance dos demais.

Mas, como observou Walter Benjamin, o grande fenômeno dos últimos anos de sua vida "foi como ele conseguiu reduzir concentricamente a uma última obra de porte — a segunda parte do *Fausto* — o círculo incomensurável" de seus estudos e interesses. Nesse poema se encontram filosofia da natureza, mitologia, literatura, arte, filologia, além de ecos de suas antigas atividades com finanças, teatro, maçonaria, diplomacia e mineração. Após sessenta anos de trabalho no *Fausto*, Goethe conclui a segunda parte da tragédia poucos meses antes de sua morte, a 22 de março de 1832, em sua residência na praça Frauenplan, em Weimar.

Sobre a tradutora

Jenny Klabin Segall nasceu a 15 de fevereiro de 1899 em São Paulo, segundo dos quatro filhos de Berta e Mauricio Klabin, imigrantes judeus de origem russa que haviam chegado ao Brasil no final do século XIX. Em 1904, a família se muda para Berlim e mais tarde para Genebra, onde permanece até 1909. Em Berlim, Jenny conhece o pintor russo Lasar Segall, então com 15 anos, que abandonara a cidade natal de Vilna para prosseguir seus estudos de arte na Alemanha. Os dois irão se reencontrar no final de 1912, no Brasil. Em nosso país, Segall expõe seus quadros em Campinas e, sendo irmão de Luba Segall Klabin, tia de Jenny — a quem o pintor dá aulas de desenho nessa temporada — frequenta a casa da família Klabin, na Vila Mariana.

Em São Paulo, Jenny aprofunda a educação que iniciara em escolas alemãs e suíças, tendo aulas com professores particulares e tornando-se fluente em francês, inglês e alemão. Em 1923, após uma estadia de três anos na Europa com a família, Jenny volta ao Brasil. Nesse mesmo ano, Segall, então casado com sua primeira mulher, alemã, instala-se definitivamente em nosso país. Aqui o casamento logo se desfaz, com sua esposa retornando à Europa. Mas o pintor decide permanecer e adquire nacionalidade brasileira. Dois anos depois, a 2 de junho de 1925, Jenny Klabin e Lasar Segall casam-se em São Paulo.

A partir de 1926 o casal inicia um período de viagens entre São Paulo, Berlim e Paris, cidades onde nascem seus filhos, Mauricio em 1926 e Oscar em 1930. Em 1932, o casal retorna ao Brasil, fixando residência na Vila Mariana, em casa projetada pelo arquiteto russo Gregori Warchavchik, casado com Mina Klabin, irmã de Jenny. No início dos anos 30, os casais Segall e Warchavchik participam ativamente da SPAM — Sociedade Pró-Arte Moderna, levando adiante os ideais de renovação e rebeldia do Modernismo de 22.

Em meados dessa década, Jenny Klabin Segall inicia sua longa atividade literária, traduzindo por interesse próprio obras fundamentais da literatura universal. Além do *Fausto* integral (partes I e II), de Goethe, trabalho já por si monumental, traduziu ainda *Escola de maridos*, *O marido da fidalga*, *As sabichonas*, *Escola de mulheres*, *O tartufo* e *O misantropo*, de Molière; *Ester*, *Atalia*, *Andrômaca*, *Britânico* e *Fedra*, de Racine; e *Polieucto*, *O Cid* e *Horácio*, de Corneille. Traduções pautadas por um espírito de profundo respeito ao texto original e que lhe valeram múltiplos elogios.

Após a morte de Lasar Segall em 2 de agosto de 1957, Jenny abandona a atividade literária para se dedicar exclusivamente à organização do acervo do pintor, realizando diversas exposições na Europa, com a cooperação do Itamaraty, no intuito de recolocar a obra e o nome do marido no mundo da arte ocidental. Simultaneamente dedica-se à criação de um museu que preservasse sua obra, negando-se a dispersá-la no mercado de arte. Em meados da década de 60, retoma seu trabalho literário, completando a tradução do *Fausto II*, de há muito aguardada pelos críticos. A 2 de agosto de 1967, Jenny Klabin Segall tem um enfarte, vindo a falecer três dias depois. Em setembro do mesmo ano, é inaugurado por seus filhos o Museu Lasar Segall, hoje incorporado ao IPHAN — Instituto do Patrimônio Histórico e Artístico Nacional, fruto, em grande parte, de seus esforços.

Sobre o organizador

Marcus Vinicius Mazzari nasceu em São Carlos, SP, em 1958. Fez o estudo primário e secundário em Marília, SP, e ingressou no curso de Letras da Universidade de São Paulo em 1977. Concluiu o mestrado em literatura alemã em 1989 com uma dissertação sobre o romance *O tambor de lata*, de Günter Grass. Entre outubro de 1989 e junho de 1994 realizou o curso de doutorado na Universidade Livre de Berlim (Freie Universität Berlin), redigindo e apresentando a tese *Die Danziger Trilogie von Günter Grass: Erzählen gegen die Dämonisierung deutscher Geschichte* [A Trilogia de Danzig de Günter Grass: narrativas contra a demonização da história alemã]. Em 1997 concluiu o pós-doutorado no Departamento de Teoria Literária e Literatura Comparada da Universidade de São Paulo, com um estudo sobre os romances *O Ateneu*, de Raul Pompeia, e *Die Verwirrungen des Zöglings Törless* [As atribulações do pupilo Törless], de Robert Musil.

Desde 1996 é professor de Teoria Literária e Literatura Comparada na Universidade de São Paulo. Traduziu para o português, entre outros, textos de Adelbert von Chamisso, Bertolt Brecht, Gottfried Keller, Günter Grass, Heinrich Heine, Jeremias Gotthelf, J. W. Goethe, Karl Marx, Thomas Mann e Walter Benjamin. Entre suas publicações estão *Romance de formação em perspectiva histórica* (Ateliê, 1999), *Labirintos da aprendizagem: pacto fáustico, romance de formação e outros temas de literatura comparada* (Editora 34, 2010), *A dupla noite das tílias: história e natureza no Fausto de Goethe* (Editora 34, 2019) e a co-organização da coletânea de ensaios *Fausto e a América Latina*

(Humanitas, 2010). Elaborou comentários, notas, apresentações e posfácios para a obra-prima de Goethe: *Fausto: uma tragédia — Primeira parte* (tradução de Jenny Klabin Segall, ilustrações de Eugène Delacroix, Editora 34, 2004; nova edição revista e ampliada, 2010) e *Fausto: uma tragédia — Segunda parte* (tradução de Jenny Klabin Segall, ilustrações de Max Beckmann, Editora 34, 2007). É um dos fundadores da Associação Goethe do Brasil, criada em março de 2009, e atualmente coordena a Coleção Thomas Mann, editada pela Companhia das Letras.

Em 2021 foi agraciado com a "Medalha de Ouro Goethe" pela Goethe-Gesellschaft de Weimar.

Este livro foi composto em Sabon e Rotis, pela Bracher & Malta,
com CTP e impressão da Edições Loyola
em papel Paperfect 70 g/m^2 da Cia. Suzano de Papel
e Celulose para a Editora 34, em agosto de 2023.